LA DIPENDENZA DEL TITANO

IL TITANO DI WALL STREET: LIBRO 2

ANNA ZAIRES

♠ MOZAIKA PUBLICATIONS ♠

Pubblicato da Mozaika Publications, stampato da Mozaika LLC.
www.mozaikallc.com

Copertina di Najla Qamber Designs
www.najlaqamberdesigns.com

ISBN: 978-1-63142-591-2
Print ISBN: 978-1-63142-592-9

Emma

PIANGO PER TUTTA LA PRIMA ORA DEL VOLO DI DUE ORE E
mezzo per arrivare a Orlando. Non posso farci niente.
Non ho solo il cuore spezzato; sembra che mi sia stato
strappato dal petto.

Ed è tutta colpa mia.

Ho detto a Marcus che non posso trasferirmi
con lui.

Gli ho detto che era finita.

I miei vicini di posto—un uomo calvo sulla
cinquantina vicino al finestrino e una ragazza bionda
seduta accanto al corridoio—provano a consolarmi,
mentre soffio il naso per la quinta volta. Solo che non
c'è alcun posto dove andare. Beh, tecnicamente la
ragazza bionda potrebbe alzarsi e andare al bagno, ma

l'ha già fatto tre volte per allontanarsi da me, quindi rimane lì, rivolgendomi un'occhiata di soppiatto.

Non la biasimo. L'unica cosa peggiore di un bambino che piange su un aereo è un adulto che piange.

"Tu, uhm... stai bene?" osa chiedere finalmente l'uomo calvo, e io annuisco, sforzandomi di mostrare un languido sorriso.

"Sì, scusa. Si tratta solo di..." Mando giù il nodo in gola. "Una brutta rottura."

"Oh, figo" replica l'adolescente, visibilmente emozionata. "Pensavo avessi appena scoperto di avere il cancro o qualcosa del genere."

Sbuffo, sentendomi una stronza. Perché ha ragione: potrebbe andare molto peggio. Le persone affrontano vere tragedie, cose brutte che non possono evitare. Mentre il dolore che sto provando io è totalmente autoinflitto.

Ho flirtato con Marcus Carelli, un miliardario di hedge fund che è così fuori dalla mia portata da farmi sentire su un altro pianeta.

Mi sono innamorata di lui, sapendo che non abbiamo futuro, e ora ne sto pagando il prezzo.

"Anch'io una volta ho avuto una brutta rottura" confida la ragazza, masticando la sua unghia verde e scintillante. "Lo stronzo mi ha tradita con la mia migliore amica delle medie. L'ha baciata dietro le gradinate, ti rendi conto?"

"Oh, cavolo, è terribile. Mi dispiace" dico sinceramente. Scuola media o meno, deve aver fatto male. Almeno, Marcus non mi ha mai tradita. È scomparso per tre giorni dopo un fantastico weekend insieme, ma per quanto ne so, non sono state coinvolte altre donne.

Beh, tranne Emmeline.

Lei—o il suo clone altrettanto perfetto—era sempre lì tra noi.

"Sì, beh, succede" ribatte l'adolescente, scrollando le spalle filosoficamente. "E tu che mi dici? Che cos'ha fatto il coglione?"

"Lui..." deglutisco di nuovo. "Mi ha inseguita fino all'aeroporto e mi ha chiesto di trasferirmi da lui."

Sia la ragazza che l'uomo mi fissano come se mi fosse appena spuntata una medusa dalla testa, così mi affretto a spiegare. "Non intendeva sul serio. Non come lo intendono le persone normalmente. È solo una cosa di convenienza per lui. Sposerà qualcun'altra. Me l'ha detto quando ci siamo conosciuti e—"

"È impegnato?" esclama la ragazza, inorridita, e io scuoto la testa.

"No, no. Non hanno ancora iniziato a frequentarsi. Potrebbe non essere nemmeno lei. È solo che ha dei criteri molto particolari, vedi, e io non sono idonea. Per niente. Abbiamo la chimica dalla nostra parte, ma non è sufficiente per una relazione a lungo termine. Non sono il tipo di ragazza che vorrebbe presentare ai suoi amici o clienti. Nella migliore delle ipotesi, sono solo un diversivo per lui, e prima o poi si annoierà e se ne andrà. E a quel punto"—faccio un respiro tremante—"sarebbe molto peggio."

"E così... hai fatto fare al tizio le valigie preventivamente?" L'uomo sembra affascinato nel penetrare all'interno della psiche femminile. "Un po' come colpire per primi in battaglia per ridurre al minimo le perdite?"

Annuisco e mi soffio di nuovo il naso. "Qualcosa del genere."

Solo che se l'obiettivo era vincere la battaglia, ho già perso. Il mio cuore appartiene all'uomo da cui mi sono allontanata, ed è difficile immaginare che farà più male di quanto non faccia ora. Tuttavia, sono sicura di aver fatto la scelta giusta, quando ho rotto con lui.

Se mi sento così dopo un fine settimana insieme, quanto sarebbe stato peggio, se fossi davvero stata con Marcus per qualche tempo?

No, questo è l'unico modo. Strappare il cerotto—insieme a un pezzo del mio cuore, in questo caso—e voltare pagina.

La ferita guarirà con il tempo.

Non è vero?

Emma

QUANDO ATTERRIAMO, SO FIN TROPPO SUI MIEI VICINI DI posto, poiché sembrano aver deciso congiuntamente che il modo migliore per impedirmi di piangere per la mia rottura sia intrattenermi con storie dettagliate su loro stessi. Di conseguenza, ho scoperto che Donny—l'uomo sulla cinquantina—è originario della Pennsylvania ma risiede in Florida, ha divorziato due volte, possiede una concessionaria di auto a Winter Park, e non può mangiare cibi verdi, mentre Ayla—l'adolescente—è una rara nativa della Florida, ha una sorella che ha divorziato tre volte, e si diplomerà al liceo il prossimo anno. Ayla, non la sorella, voglio dire. La sorella ha abbandonato la scuola superiore. Oh, e

Ayla è allergica alle noci, ma non ha problemi con i cibi verdi.

"Ciao! È stato un piacere conoscervi!" Li saluto, agitando le braccia, mentre si allontanano frettolosamente con le loro borse, e ricambiano il saluto, ovviamente sollevati che il volo si sia concluso e di essersi liberati della pazza rossa in lacrime per un uomo che le ha chiesto di trasferirsi.

Anch'io sono sollevata. Non perché non mi piacesse ascoltare le loro storie—sono riusciti a distrarmi dal mio dolore—ma perché sono ansiosa di rivedere i miei nonni e sentire l'aria calda della Florida sulla pelle.

L'umidità qui è una tortura per i miei capelli ricci, ma sarà fantastico dopo quella brutale tempesta di neve a New York.

Nonno mi sta aspettando all'interno del terminal, proprio accanto all'uscita della navetta, e accelero il passo fino a quando corro verso di lui, con la valigia che sobbalza dietro di me. Sebbene ci sentiamo spesso su Skype, non lo vedo di persona da un anno, e il mio petto sembra esplodere dalla gioia, quando lascio andare il manico della valigia e lo abbraccio, sorridendo come una pazza.

Pur avendo quasi ottant'anni, mio nonno è ancora robusto, con le spalle larghe e il torace muscoloso. Ha lo stesso profumo dei miei ricordi—biscotti della nonna e biancheria inamidata. Allontanandomi, lo studio, e mi fa piacere constatare che a parte alcune rughe più profonde, sembra più o meno lo stesso dell'anno scorso.

Mi sta studiando anche lui, e noto il momento esatto in cui si accorge dei miei occhi cerchiati di rosso.

"Che cos'è successo?" chiede, sollevando le folte sopracciglia. "Stavi piangendo?"

"No, certo che no. Mi è solo finito un po' di succo di limone negli occhi" mento, afferrando il manico della mia valigia. "Ne stavo spremendo uno spicchio nella mia acqua sull'aereo, e mi è schizzato dritto in faccia."

"Limone, eh?" Nonno mi prende la valigia, mentre iniziamo a camminare verso l'uscita. "Pensavo che potesse avere qualcosa a che fare con quel ragazzo di Wall Street."

"Che cosa, Marcus? Oh no, non è niente del genere. Inoltre, te l'ho detto, non è il mio ragazzo."

Non è più niente per me, ma non lo ammetterò ora. Forse più tardi, dopo aver avuto la possibilità di sistemarmi e aver sgranocchiato alcuni dei biscotti di nonna, troverò la forza per schiacciare le speranze dei miei nonni, ma in questo momento sono troppo svuotata per quello.

Inoltre, preferirei dare la brutta notizia a entrambi in una volta sola.

"Beh, qualunque cosa lui sia, siamo felici per voi" replica nonno. "A meno che, ovviamente, non sia il limone in questione." Mi guarda, mentre saliamo sulla scala mobile, e mi sforzo di ridacchiare.

"Molto divertente, nonno. Perché non mi dici come state tu e nonna?"

"Oh, come sempre, lo sai—siamo vecchi." Mi fa l'occhiolino, e questa volta la mia risata è sincera. "E tu, principessa? Com'è andato il volo? Sembrava che sarebbe stato puntuale, e poi, bam, ritardo."

"Oh, no. Eri già in viaggio per l'aeroporto, quando hai saputo del ritardo?"

"Sì, ma non preoccuparti. Ho fatto un giro, ascoltato alcuni audiolibri. Tua nonna era preoccupata, però, quindi potresti chiamarla non appena saliamo in macchina. Hanno detto quale fosse il motivo del ritardo? È stato a causa della tempesta di neve?"

Alzo le spalle. "Non l'hanno detto, ma probabilmente hanno dovuto sbrinare le ali o qualcosa del genere. Sono stata fortunata che l'aereo sia decollato."

"È vero. Tua nonna è incollata al Canale Meteorologico da lunedì, seguendo la dannata tempesta. Penseresti che fosse uno dei suoi film su Netflix." Sbuffa, scuotendo la testa, e io nascondo un sorriso. Nonno guarda Netflix proprio accanto a nonna, ma per qualche ragione, continua a insistere sul fatto che siano i *suoi* film e che non gli piacciano affatto.

Continuiamo a parlare, mentre raggiungiamo il parcheggio, e scopro che nonno ha una nuova canna da pesca e che nonna ha già preparato la maggior parte del cibo per domani. "Peccato che quel ragazzo non sia riuscito a farcela" commenta lui, quando saliamo in macchina, e il mio sorriso s'irrigidisce, mentre ripeto la scusa che ho dato loro su Skype—che Marcus è follemente impegnato con il lavoro questa settimana.

È vero, in realtà—un investimento andato male è

ciò che lo ha strappato dal mio fianco domenica—ma non lo sapevo sabato, quando Marcus ha conosciuto i miei nonni su Skype, e loro l'hanno invitato in Florida per il Ringraziamento. Sapevo solo che era folle portarlo con me in una fase così iniziale della relazione, così ho messo quella scusa—e grazie a Dio.

Se i miei nonni si fossero aspettati di vederlo con me, sarebbe stato infinitamente peggio.

Una volta usciti dal parcheggio, chiamo la mia padrona di casa, la Signora Metz, per controllare i gatti. "Va tutto alla grande" m'informa allegramente, e la ringrazio ancora una volta per essersi presa cura dei cuccioli pelosi durante la mia assenza.

Successivamente, telefono a nonna e la rassicuro che il mio volo è andato bene e che non vedo l'ora di rivederla presto. Descrive tutti i piatti che sta preparando per domani con dettagli che mi fanno venire l'acquolina in bocca, e quando riaggancio, sono pronta a mangiarmi un bue.

"Ha preparato qualcosa per te" rivela nonno, a quanto pare leggendomi nel pensiero. "È nella borsa termica sul sedile posteriore. Ha pensato che avresti avuto fame dopo il volo."

Non l'avevo, fino a quando nonna mi ha fatto venire fame con tutte quelle descrizioni degne di un libro di cucina, ma cosa dovrei fare? Girandomi, afferro il contenitore e inizio a sgranocchiare frutta tagliata e bastoncini di formaggio, mentre nonno si lancia in una storia su una nuova coppia con cui lui e nonna hanno stretto amicizia, insieme a eventi casuali nella loro comunità.

Flagler Beach, la loro cittadina sulla costa nord-orientale della Florida, si trova a circa novanta minuti di auto da Orlando, ma nonno odia la I-4, la strada più diretta che attraversa il centro della città, quindi finiamo per prendere quella più lunga. Secondo lui, ne vale la pena, poiché i venti minuti in più gli fanno guadagnare tranquillità.

"Non rimarremo bloccati nel traffico in questo modo" m'informa, e mi trattengo dal sottolineare che prendendo il percorso più lungo ogni volta—anche nelle ore tranquille, quando la probabilità di un ingorgo è bassa—passa più tempo sulla strada in generale che prendendo sempre la I-4 e rimanendo occasionalmente bloccato.

In ogni caso, è quasi mezzanotte, quando arriviamo a casa loro. Con mia sorpresa, nonna, che normalmente va a dormire intorno alle dieci, è completamente sveglia e ben vestita, mentre ci saluta nel vialetto, dove un'elegante Mercedes bianca è parcheggiata accanto al vecchio Maggiolino di nonna— probabilmente come favore per qualche vicino.

"Saresti dovuta andare a letto" la rimprovero, abbracciandola, e lei ride, con gli occhi grigi che luccicano per l'emozione a malapena repressa, mentre si allontana, lasciando dietro di sé una nuvola del suo profumo di gelsomino preferito.

"A letto? Quando la mia nipotina preferita sta tornando a casa? Non sono così vecchia da non poter rimanere in piedi un paio d'ore più del solito. Inoltre, non potevo andare a dormire con una sorpresa così grande che ti aspettava" dice raggiante, e mi rendo conto che oltre a indossare profumo e vestiti per uscire, ha ancora il trucco del giorno.

"Quale sorpresa?" Nonno, che è dietro di me con la valigia, sembra perplesso come lo sono io. "E di chi è quella macchina?" Dà un'occhiata alla Mercedes.

Nonna sorride. "Entrate e lo scoprirete." Si affretta davanti a noi, mentre io e nonno ci scambiamo occhiate confuse, prima di seguirla.

Entro per prima, con nonno che fa scorrere la valigia dietro di me, ma faccio solo due passi, prima che i miei piedi facciano crescere le radici e mi blocchi, rimanendo a bocca aperta alla vista davanti a me.

Nel bel mezzo del soggiorno dei miei nonni, accanto al loro divano leggermente consumato, c'è un uomo alto e potente, con lineamenti duri e sorprendentemente virili. Spesse sopracciglia scure, una mascella bruscamente quadrata, zigomi alti sopra le guance magre scurite da un po' di barba—tutto dei lineamenti audaci del suo viso riscalda il mio sangue e mi fa accelerare il battito. Invece del suo solito completo perfettamente su misura, indossa un paio di jeans firmati e una camicia bianca casual—lo stesso abbigliamento in cui l'ho visto all'aeroporto JFK di New York meno di cinque ore fa.

Quando mi ha baciata.

E mi ha chiesto di trasferirmi.

E mi ha guardata come se lo avessi pugnalato al cuore, quando mi sono rifiutata e sono salita sull'aereo.

Marcus Carelli, il miliardario di Wall Street di cui mi sono innamorata contro ogni buon senso, è qui, nella casa dei miei nonni, con i suoi occhi azzurri e freddi fissi su di me con l'intensità di un falco che insegue la sua preda preferita.

arcus

GLI OCCHI GRIGI DI EMMA SONO COSÌ GRANDI CHE potrei annegarci dentro, le lentiggini in netto rilievo, mentre tutto il colorito lascia il suo viso già pallido. I ricci sono più selvaggi del solito, e fluttuano intorno alla sua testa come un'aura di fuoco, con il piccolo corpo sinuoso rigido per lo shock, mentre mi fissa dall'altra parte della stanza, suo nonno altrettanto sbalordito dietro di lei.

"Ciao, gattina" dico con calma, anche se un'oscura attesa mi ribolle nel sangue, mescolandosi con furia persistente e dolore. "Indovina un po'? Ho finito presto il mio lavoro e ho deciso di sorprenderti."

"È volato all'aeroporto di Daytona Beach ed è arrivato qui mezz'ora fa, ci credi?" esclama Mary

Walsh, quasi scoppiando per l'entusiasmo. "Volevo chiamarti, ma Marcus pensava che sarebbe stato più divertente accoglierti al tuo arrivo. Abbiamo passato il tempo con tè e biscotti e—"

"Scusa" la interrompe Emma, seccata. Riprendendosi dalla sua paralisi, marcia verso di me, mi afferra per un braccio e affronta i nonni. "Io e Marcus dobbiamo parlare."

Mary resta a bocca aperta, mentre si rende conto che il suo entusiasmo non è condiviso. "Certo, sono sicura che voi due dovete..." Non sento il resto di quello che dice, perché Emma mi trascina fuori di casa. Non letteralmente, ovviamente—è minuscola rispetto a me —ma strattonandomi il braccio con una forza sufficiente da non poter resistere senza che i suoi nonni si accorgano che la mia presenza non è esattamente gradita.

Devono già sospettare che sia così.

Con delicate dita che scavano violentemente nel mio avambraccio, la ragazza mi trascina in strada, fino a quando non superiamo due isolati e siamo nascosti agli occhi dei nonni dai lussureggianti paesaggi dei vicini. Solo allora, mi libera il braccio e fa un passo indietro, fissandomi con tanta rabbia che ogni riccio sulla sua testa sembra ballare una giga.

"Che cazzo ci fai qui?" sibila, stringendo i pugni ai fianchi. "Ti ho detto che era finita—"

"E mi sono rifiutato di accettarlo" la informo cupamente, anche se quello che vorrei davvero è afferrarla e baciarla, fino a farle riacquisire un po' di razionalità. O meglio ancora, scoparla. Ma per rispetto del luogo pubblico, dico: "Mi devi almeno una spiegazione."

"Sei venuto fin qui per una spiegazione? Non hai sentito parlare di un'invenzione chiamata *telefono*? Puoi usarlo per chiamare e mandare messaggi. Accidenti, puoi persino inviarci e-mail." Il suo tono è sarcasmo puro, e questo rende molto più difficile tenere le mani lontane dal suo delizioso corpicino—che è vestito con un paio di jeans attillati e una maglietta infilata dentro, un abbigliamento essenziale che le mette in risalto il sedere sodo a forma di cuore e la vita stretta. La luce giallastra proiettata dal lampione, unita all'elevata umidità dell'aria, dona alla sua pelle di porcellana un bagliore leggero e candido, e vorrei spogliarla e assaggiarla dappertutto, concentrandomi sulle pieghe morbide e scivolose in mezzo alla—

Fanculo. Non è il momento per quello.

"Stai dicendo che avresti effettivamente risposto?" chiedo, distogliendo la mente dalla fantasia erotica. Non ho bisogno di ulteriore benzina per il mio desiderio; il mio fallo sta già scavando un buco nei jeans. "Perché ti ho chiamata quando ero in viaggio per l'aeroporto. Ripetutamente—solo per sentire la voce della tua segreteria."

Il suo mento sporge. "Forse l'avrei fatto. Ad ogni modo, non avresti dovuto presentarti a casa dei miei nonni. Come sei arrivato qui, a proposito? Tutti i voli per Daytona sono completi da anni."

Un sorriso privo di umorismo mi fa piegare le

labbra. "Ho un jet privato, gattina." E un pilota che è stato in grado di cambiare il nostro piano di volo da Orlando a Daytona Beach non appena ho realizzato che l'aeroporto di Daytona è più vicino alla destinazione prevista. "Per quanto riguarda il fatto di essermi presentato a casa dei tuoi nonni, mi hanno invitato per il Ringraziamento, ricordi?"

Sgrana gli occhi alla menzione del jet, ma poi le sue sopracciglia si uniscono. "Quello è stato *prima* che ci lasciassimo. Se sapessero—"

"Ma non lo sanno, vero? E non sembri avere una gran fretta di dirglielo." Piego la testa. "Perché? Potrebbe essere che non sei sicura della tua decisione come sembri?"

"Sono *sicurissima*." Stringe i pugni ancora più forte, anche se fa un passo involontario all'indietro. "Te l'ho detto, non voglio più vederti."

Eccolo lì, il linguaggio del corpo contraddittorio che stavo cercando. Avvicinandomi, le chiedo con un tono ingannevolmente dolce: "Perché?"

Sbatte le palpebre. "Che cosa intendi dire con perché?"

"È una domanda semplice." Sollevando la mano, le sistemo un riccio ribelle dietro l'orecchio. "Perché non vuoi più vedermi?"

"Beh, perché—perché non voglio, okay?" Si muove per uscire dalla mia portata, ma le afferro le mani tra le mie.

"Perché?" ripeto, sfregando i pollici sulle parti interne dei suoi polsi. Sono abbastanza certo che, sotto la pelle setosa, il suo polso stia battendo all'impazzata. Non è indifferente a me, tutt'altro—ed per questo che la sua decisione non ha senso.

Non avrei mai inseguito una donna che non mi vuole, ma Emma mi brama.

Ho assaporato il suo desiderio per me, l'ho sentito gocciolare sulle mie labbra e la lingua.

"Perché? Perché non siamo compatibili!" Strappando le mani dalla mia presa, fa un passo indietro, sollevando il petto con visibile agitazione. "Non andremo da nessuna parte, quindi non c'è motivo di—"

"Non andremo da nessuna parte?" Una rabbia, calda e potente, cresce dentro di me, mescolandosi con la lussuria che mi martella nelle vene. Riesco a vedere il profilo del reggiseno sotto il sottile tessuto della sua maglietta, e il membro mi pulsa nei pantaloni, chiedendo di essere sepolto nel suo corpo stretto e bello. "Di che diavolo stai parlando? Ti ho chiesto di *trasferirti*."

"Perché non vuoi avere a che fare con ponti e tunnel!" urla, alzandosi in punta di piedi per guardarmi in faccia. È un tentativo ridicolo—mi arriva a malapena al mento—ma il vento le agita i ricci facendomi il solletico al collo e, invece del divertimento, provo un forte desiderio, un bisogno così potente che annulla i resti del mio autocontrollo.

Senza pensare ai vicini, afferro il suo viso tra i palmi delle mani e mi chino per baciarla—o più precisamente per mangiarla viva. Le divoro la bocca come se fosse la sua figa, succhiando e leccando ogni centimetro delle morbide labbra rosa, facendo scivolare la mia lingua sui suoi denti, accarezzandole il palato, assaggiando ed esplorando ogni angolo. Sento solo un accenno di chewing gum nel suo respiro—deve averla masticata proprio prima che la baciassi in aeroporto—ma sotto c'è il suo profumo di miele, un gusto e un aroma così assuefacenti che so non ne avrò mai abbastanza.

E se la convincerò a trasferirsi, non sarà necessario smettere.

Sarà mia e potrò divorarla quando voglio.

All'inizio è rigida e passiva, non si oppone ma nemmeno partecipa, ma poi le sue mani scivolano sui miei capelli, con le unghie che mi scavano nel cranio, mentre la sua lingua spinge rabbiosamente contro la mia. Mi bacia con la stessa violenta bramosia che mi pulsa nelle vene, schiacciando l'intero corpo contro il mio e affondando i piccoli denti nel mio labbro inferiore. Il leggero dolore aumenta incredibilmente la mia eccitazione, e con un ringhio basso nella gola, le faccio scivolare una mano lungo la schiena per abbracciarla—

"E che cosa pensate di fare voi due?"

La voce risoluta è come un fucile che spara accanto a noi. Sorpresi, ci separiamo e affrontiamo l'intruso—una piccola donna sul prato di fronte a noi, che sembra abbastanza anziana da essere nata durante la Guerra Civile. Con un abito a fiori che copre il suo fragile corpo dal collo alla punta dei piedi, si appoggia su un deambulatore e ci fissa, con i pochi ciuffi rimasti dei suoi capelli che fluttuano nella brezza attorno al viso profondamente rugoso.

"Mi dispiace tanto, Signora Potts" dice Emma senza fiato, togliendosi i ricci dal volto con una mano instabile. È difficile dirlo con questa luce, ma sono abbastanza sicuro che stia arrossendo. "Non intendevamo disturbarla."

L'anziana donna socchiude gli occhi. "Emma? Sei tu, tesoro? E chi è questo?" Inclinando il deambulatore verso di me, mi scruta. "È il giovane di cui tua nonna ci ha parlato?"

"Oh, uhm... sì. Questo è Marcus. Marcus Carelli. È venuto... a trovarmi. Da New York, dove vive." La ragazza balbetta, chiaramente colta alla sprovvista, e nonostante la dolorosa pressione nelle palle, non posso fare a meno di godermi il suo disagio.

È il minimo che merita per avermi fatto passare tutti questi guai.

Alla fine, decido di provare compassione nei suoi confronti. Facendo un passo verso di lei, le avvolgo un braccio intorno alla vita con fare possessivo e sorrido alla donna più anziana. "Sono il ragazzo di Emma, qui per il Ringraziamento. Piacere di conoscerla, Signora Potts. Mi scuso, se l'abbiamo disturbata in qualche modo."

Lei sbuffa e agita una mano nodosa. "Oh, non è un problema. Pensavo che fossero gli adolescenti in fondo alla strada, intenti a fare nulla di buono come al solito.

Voi due continuate pure adesso, fate le vostre cose. Ma usate i preservativi, okay?"

Voltandosi, si trascina verso casa sua, e io soffoco una risata scioccata. Quando guardo Emma, tuttavia, mi sta fissando con ritrovata rabbia, senza alcuna traccia di divertimento sul viso.

"Ragazzo?" sibila, spingendomi via non appena la Signora Potts è fuori portata. "*Non* sei il mio ragazzo."

Il mio divertimento svanisce. "Non è quello che pensano i tuoi nonni. Anzi, tua nonna era entusiasta nell'apprendere che verrai a vivere con me. Si preoccupa per te che vivi in città da sola, lo sapevi? Quasi quanto si preoccupa per il fatto che non frequenti nessuno dai tempi del college. Prima di me, intendo. È *molto* felice che ci stiamo frequentando."

Per un momento, sono quasi certo che mi colpirà— o esploderà sul posto. "Hai detto a mia nonna che *andremo a vivere insieme?*"

"L'ho fatto." Sorrido cupamente. "Le dirai che le cose non stanno così? Le rovinerai le vacanze?"

Sono un bastardo manipolatore, lo so, ma sto combattendo per noi—e non ho intenzione di perdere.

Per un momento, Emma sembra senza parole. Poi, il suo temperamento diventa una supernova. "Tu... sei uno stronzo!" I suoi ricci stanno quasi vibrando per l'indignazione. "Chi diavolo credi di essere?"

Il mio sorriso si oscura ulteriormente. "Il tuo ragazzo, gattina. Presto il tuo convivente—almeno per quanto riguarda i tuoi nonni. A meno che, ovviamente, non ti dispiaccia dir loro—e a me—perché esattamente vuoi che finisca tutto."

"Te l'ho detto. Perché non siamo compatibili" afferma a denti stretti. "Tu vuoi la tua Emmeline perfetta, e io—"

"Emmeline?" Un pezzo del puzzle—uno che non avrei mai trovato da solo—va al suo posto. "È di questo che si tratta? *Emmeline?*"

Tutto il suo corpo s'irrigidisce, e a quel punto lo vedo—il dolore sotto lo sdegno e la rabbia. I suoi occhi sono troppo luminosi, luccicanti per le lacrime non versate, e il mento trema leggermente.

È ferita—in qualche modo, l'ho ferita—e tutto ciò è in risposta a quello.

Ma che cosa c'entra Emmeline? Ho cenato con quella donna solo una volta—la notte in cui Emma e io ci siamo incontrati durante il nostro incontro al buio con Emma-Emmeline/Mark-Marcus. L'elegante avvocatessa sarebbe anche andata bene sulla carta, ma non avevamo chimica, e per tutta la cena non ho fatto altro che pensare alla piccola rossa infuocata che avevo brevemente scambiato per Emmeline. Infatti, Emma la conosce solo perché al nostro primo vero appuntamento mi ha chiesto se avessi mai conosciuto la donna che avrei dovuto incontrare, e le ho detto la verità. Poi, abbiamo parlato dell'organizzatrice di incontri e delle qualità che desidero nella mia futura moglie...

Oh, cazzo.

Non riesco a credere di essere stato così cieco.

Io, che ho costruito una carriera nel collegare i punti e vedere ciò che sfugge a tutti gli altri, ho trascurato una risposta scritta a grandi lettere davanti ai miei occhi.

"Emma, gattina..." Muovendomi lentamente per non spaventarla, le stringo la mano tra i palmi. "Dimmi una cosa. Perché mi hai mandato via la prima volta? Quel venerdì sera, quando ho abbattuto la tua porta?"

Sbatte le palpebre. "Che cosa?"

"Perché mi hai mandato via quella sera?" ripeto. Dopo che mi aveva detto di andarmene, ero così concentrato sul convincermi che fosse per il meglio che non ho mai riflettuto sul perché lo avesse fatto. Suppongo di aver pensato che condividesse i dubbi che avevo anch'io sulla nostra relazione in quel momento, ma non ho mai approfondito. "Stava andando tutto benissimo e all'improvviso hai detto che non avrebbe funzionato e che sarei dovuto andarmene" continuo. "Perché?"

"Beh, perché... perché era la cosa giusta da fare." Con lo scudo della sua rabbia che si dissipa, sembra così giovane e vulnerabile che il mio petto si gonfia di tenerezza. "Non siamo assolutamente compatibili e—"

"Non compatibili come?" L'aveva già detto, e io l'ho ignorato come una vaga non-risposta—ma se lo intendesse davvero?

E se avesse preso alla lettera ciò che avevo detto al nostro primo appuntamento, e mentre i miei sentimenti sull'argomento si sono evoluti con la mia crescente ossessione, i suoi dubbi su di noi non fossero mai scomparsi?

La sua mano si contrae nella mia stretta, distogliendo lo sguardo da me. "Sai esattamente come. Vuoi una donna che sia 'una risorsa per le funzioni sociali.' Come Emmeline o... o Claire—sai, la moglie del politico di *House of Cards (Gli Intrighi del Potere)*?"

Ed eccolo qui, il nocciolo della questione.

Non ho mai visto la serie, ma so di cosa sta parlando, avendo letto un'intervista rilasciata dall'attrice una volta. Il personaggio che interpreta—la moglie perfettamente equilibrata di un politico spietato—è esattamente il modo in cui avevo sempre immaginato la mia futura partner romantica. Solo che quando provo a farlo ora, l'immagine si rifiuta di formarsi nella mia mente. Tutto quello che posso vedere è la mia piccola rossa, circondata dai suoi gatti bianchi e soffici.

Non so ancora che cosa significhi tutto questo, ma so che se non la convincerò a darci una possibilità, non lo scoprirò mai.

Faccio un respiro profondo. "Emma, gattina, ascoltami—"

"Perché lo stai facendo?" sbotta, con lo sguardo fisso sul mio viso. I suoi occhi sono più luminosi, con le lacrime sul punto di riversarsi all'esterno. "Perché sei qui? Ti piace giocare con me? Un fine settimana sei tutto preso, i tre giorni successivi sparisci—"

"Sì."

I suoi occhi si spalancano per la mia insensibile

risposta, e le afferro l'altra mano, prima che possa darmi un pugno.

"Sì" continuo, sostenendo il suo sguardo. "Mi piace giocare con te, gattina... Lo adoro, in realtà. Adoro anche fotterti. E adoro davvero stare con te. Adoro stringerti mentre dormi, e adoro guardarti mentre mangi. Cazzo, anche il modo in cui respiri mi eccita. Se potessi, giocherei con te giorno e notte, ti terrei sempre nel mio letto e al mio fianco. Perché *tu* sei quella di cui ho bisogno, Emma. Non Emmeline, Claire o qualche altra 'risorsa'."

Mi sta fissando come se non potesse credere alle sue orecchie, e in un certo senso, nemmeno io. Ma l'idea stessa di uscire con un'altra donna sembra sbagliata, addirittura repellente. Forse in futuro, se la mia ossessione per Emma si attenuerà, riprenderò la mia ricerca della moglie trofeo per eccellenza, ma in questo momento, tutto ciò che voglio è la donna davanti a me.

Una donna che devo convincere, poiché sta già scuotendo la testa incredula.

"Non... non puoi dire sul serio." Allontanandosi dalla mia presa, indietreggia. "È la chimica che parla, tutto qui. Siamo troppo diversi—"

"Lo siamo?" Spietatamente, avanzo verso di lei. "Perché non mi è sembrato così lo scorso fine settimana. Infatti—"

"Perché sei scomparso domenica, allora?" La sua voce trema, mentre le afferro le spalle, bloccando la sua ritirata. "Ti sei insinuato nella mia vita, mi hai fatta sentire come se ci fosse qualcosa di significativo tra noi, e poi te ne sei semplicemente... andato. Niente chiamate, niente messaggi, niente di niente."

"E questo è stato davvero stupido da parte mia. Mi dispiace." Non mi scuserò; ha ragione ad essere arrabbiata. Il modo in cui sono attratto da lei è così potente, così travolgente, che sembra una dipendenza —e quando domenica mi sono reso conto che avevo permesso ad essa di distrarmi dal mio lavoro, ho usato l'emergenza al fondo per imbarcarmi su una sorta di disintossicazione. Ma non ho riflettuto dal suo punto di vista, non ho considerato i suoi sentimenti, quando ho deciso di prendere le distanze da lei per alcuni giorni.

Mi ha dato una possibilità, e l'ho sprecata.

Ora ho bisogno che me ne dia un'altra.

"Mi dispiace" ripeto quando tace, i suoi occhi grigi come pozze scure nella penombra del lampione. "Non succederà più, te lo prometto." E abbassando la testa, la bacio ancora una volta—dolcemente. O il più dolcemente possibile con una furiosa erezione. È un bacio carico di scuse, un gesto del tipo per-favore-perdonami. È così che lo intendevo, almeno. Ma nel momento in cui le nostre labbra si toccano, dimentico tutte le mie buone intenzioni, così preso dal gusto e dalla sensazione di lei che la mia mente si svuota e la mia lussuria diventa oscura e selvaggia. Le mie mani si muovono da sole, una per scivolare tra i suoi capelli e l'altra per afferrarle il fianco, tirandola verso di me, mentre la sua testa cade sotto la pressione affamata delle mie labbra—

"Voi due, piccioncini, tornerete presto a casa? Mary sta andando a letto, e vuole essere sicura che abbiate tutto il necessario per la notte."

Fanculo. Sopprimendo un ringhio irritato, sollevo la testa e fisso il nonno di Emma, che è a circa dieci metri di distanza e ci sta guardando con quello che può essere descritto solo come un ghigno gioioso. Dev'essere venuto a cercarci e, naturalmente, ha dovuto sorprenderci proprio mentre stavo per ricordare alla ragazza che cosa si era persa.

Con riluttanza, la lascio andare, e lei si gira per affrontarlo, arrossendo così tanto che riesco a vederlo anche in questa luce.

"Nonno, ciao! Scusa. Stavamo solo... Stavamo per... Cioè, torneremo presto, okay? Dacci solo un altro minuto."

Ted Walsh sembra sul punto di scoppiare a ridere. "Certamente. Lo farò sapere a Mary."

Torna a casa, e io afferro la mano di Emma, girandola verso di me.

"Gattina, ascoltami—"

"No, ascoltami *tu*" sibila, spingendomi l'indice nel petto. "Non ti permetterò di giocare con i miei nonni. Questo—qualunque cosa sia—è una cosa tra noi, e loro non hanno nulla a che fare con esso, capito?"

"Capito" rispondo, reprimendo un sorriso. Quel feroce cipiglio sul suo viso è fottutamente adorabile, dico davvero. E se questo sta andando dove penso che stia andando...

"Va bene, allora." Espira, con un po' della sua ferocia che si attenua. "In tal caso, puoi rimanere per il Ringraziamento. Dal momento che sei qui e tutto. Ma"—solleva il dito tremante, come se fosse un'insegnante—"questo *non* significa che siamo di nuovo insieme. È puramente per la tranquillità dei miei nonni. E sicuramente non mi trasferirò da te. Stasera rimarrai qui, celebrerai il Ringraziamento con noi domani, e poi avrai un'altra emergenza al tuo fondo e te ne andrai. Nel frattempo, terrai la bocca chiusa e mi lascerai rispondere a tutte le domande che i miei nonni porranno su di noi. Capito?"

Vedremo. "Capito" confermo ad alta voce, e prima che lei possa cambiare idea, mi dirigo verso la casa dei nonni, con la sua mano saldamente nella mia presa e un'oscura soddisfazione che mi ronza nelle vene.

La mia gattina arrabbiata non lo sa ancora, ma ha appena perso la più grande battaglia della guerra—e non me ne andrò finché non avrò avuto la sua resa totale.

4

Emma

I SORRISI FELICI DEI MIEI NONNI CI ACCOLGONO, MENTRE entriamo in casa tenendoci per mano, e capisco di aver fatto la cosa giusta lasciando che Marcus restasse—anche se ciò significa ulteriore angoscia per me.

Perché intendevo quello che ho detto.

Non mi trasferirò da lui.

Non lo rivedrò nemmeno dopo il nostro ritorno dalla Florida.

Per il momento, però, non ho altra scelta che fingere che sia il mio ragazzo. O almeno un uomo con cui sto uscendo. Perché non voglio spiegare ai miei nonni a mezzanotte e mezzo perché sto mandando via un uomo che è volato da New York per stare con me—un uomo stupendo e di successo che è senza dubbio tutto ciò che vogliono come mio futuro partner.

Beh, il problema è che *io* non sono niente di simile a quello che *lui* vuole—e spiegarlo a nonna e nonno sarebbe stato troppo doloroso. Sarei scoppiata in lacrime, e sarebbero stati devastati per me. E molto, molto delusi.

Hanno chiaramente tenuto in vita le loro speranze, tanto da raccontare ai loro vicini di lui.

Certo, alla fine dovrò dir loro la verità, ma non dev'essere stanotte—o in qualsiasi altro momento durante questo viaggio. Perché Marcus aveva ragione: questo *rovinerebbe* il Ringraziamento dei miei nonni. È la loro festa preferita, motivo per cui cerco sempre di esserci per trascorrerla con loro. Sono entrambi indifferenti al Natale—troppo commerciale, secondo nonna—ma amano tutte le tradizioni del Ringraziamento.

No, è meglio se dico loro della rottura una volta tornata a New York. Saranno comunque sconvolti, ma sarà più facile fingere che sto bene su Skype. In questo momento, le mie emozioni sono troppo confuse, troppo intricate, specialmente con Marcus che si è presentato così. Non capisco perché sia qui, perché stia cercando di far sembrare che potremmo avere un futuro, quando è evidente che—

"Voi due, piccioncini, avete risolto tutto?" chiede nonno, alzandosi dal divano, mentre entriamo nel soggiorno, e prima che io possa rispondere, Marcus annuisce e sorride calorosamente.

"L'abbiamo fatto, grazie. Emma era solo arrabbiata per il fatto che avessi raccontato tutto a Mary. Voleva essere lei a dire a entrambi che ci trasferiremo insieme."

Vedo rosso. Lo faccio letteralmente.

All'inizio, temo che i vasi sanguigni nei miei occhi siano spuntati fuori per l'esplosione della furia che mi attraversa, ma poi mi rendo conto che alcuni capelli mi sono caduti sul viso. Togliendomeli dagli occhi, apro la bocca per addentare Marcus—la finzione che sono disposta a concedergli ha un limite—quando nonna emette un urletto da ragazzina e si precipita in avanti.

"Oh, è così eccitante" si lascia andare, avvolgendoci entrambi in un abbraccio profumato. Facendo un passo indietro, si gira per sorridere a nonno. "Non è la miglior notizia di sempre, Ted?"

"Assolutamente" concorda lui, mentre Marcus starnutisce per qualche motivo. "Siamo così contenti che Emma sarà finalmente fuori da quel monolocale nel seminterrato. Mary mi ha detto che si trasferirà a casa tua, giusto?"

"Esatto" conferma Marcus, mentre cerco di trovare le parole giuste per confutare questa follia. "Il mio appartamento ha molto spazio per Emma e i suoi gatti."

"Che mi dici del tuo lavoro?" mi chiede nonno. "La tua libreria è a Brooklyn, quindi come ci arriverai, se vivi a Manhattan?"

"Oh, l'ho già chiesto io" replica nonna, prima che io possa parlare. "L'autista privato di Marcus"—sorride —"la porterà in libreria e tornerà a prenderla ogni giorno. E dal momento che l'appartamento si trova a Tribeca, a pochi isolati dal tunnel, il tragitto in auto non richiederà molto più tempo del suo attuale tragitto giornaliero—sai, tra camminare fino alla metropolitana, aspettare il treno, e tutto il resto."

Hanno discusso della logistica del mio tragitto giornaliero?

Sono senza parole per la rabbia. Letteralmente senza parole.

"Certamente" ribatte Marcus, mentre lotto con le mie corde vocali paralizzate. "Sarà anche molto più sicuro per lei. Conosci le condizioni di quei treni in questi giorni. Inoltre, si prevede che quest'inverno sarà più freddo del solito, e starà più calda e comoda in macchina." Guardandomi con un'espressione tenera, mi preme su un fianco e mi dà un bacio sulla testa.

Nonna sembra sul punto di sciogliersi in una pozzanghera di gioia, e anche nonno tira su col naso, come se fosse sull'orlo di versare lacrime di felicità.

La feroce replica che stavo per scatenare muore sulle mie labbra. Perché che razza di stronza sarei, se rovinassi tutto questo? Dacché ricordo, i miei nonni sono stati in ansia per me, prima preoccupandosi che mia madre sociopatica—la loro figlia—mi stesse trascurando, poi che la mia infanzia con lei avesse lasciato cicatrici indelebili sulla mia psiche. Unito a quella preoccupazione, c'è un profondo senso di colpa per il fatto che la loro figlia si sia rivelata in quel modo, insieme al rimorso di non aver chiesto la mia custodia legale, quando ero piccola.

"Continuavo a pensare che sarebbe cambiata e avrebbe variato le sue abitudini, che si sarebbe resa conto di quanto fosse dannoso il suo comportamento per te, sua figlia" mi confidò nonna in lacrime dopo la morte di mia madre e io, essendo una stupida undicenne, dissi loro com'era stato vivere con lei. "Ma non è mai cambiata, vero? Avremmo dovuto portarti via da lei anni fa, e al diavolo le spese legali e i tribunali a favore della madre."

Nonno la pensa come lei—ed è per questo che, dopo essermi laureata, ho impiegato ogni tattica di persuasione nel mio arsenale per convincerli a ritirarsi definitivamente e a trasferirsi in Florida. Erano molto riluttanti a lasciarmi sola a Brooklyn, ma sapevo che il sole tutto l'anno e la vita sulla spiaggia erano il loro sogno di una vita, e sono stata risoluta, sostenendo che ero un'adulta e che avevo bisogno della mia indipendenza.

E così me l'hanno concessa—solo per continuare a preoccuparsi per me. Sebbene abbiano vissuto a New York per decenni, tutto ciò che riguarda la città li spaventa ora, dalle folle agli inverni al modo in cui siamo un bersaglio costante per i terroristi. E il fatto che io viva lì completamente sola lo rende infinitamente peggio, poiché continuano a immaginarmi malata o ferita e senza qualcuno che si curi di me.

Ecco perché è così allettante per loro ciò che Marcus sta promettendo in questo momento. Sicurezza, calore, amore e sostegno—proprio le cose che i miei nonni vogliono per me. E così facendo, mi ha messa all'angolo.

Non posso negar loro questa gioia, anche se durerà solo per un breve periodo.

Quindi, invece di scagliarmi contro il ragazzo con tutta la forza della mia indignazione, mi libero discretamente dal suo abbraccio e dico: "Si sta facendo tardi. Ne riparleremo domani." Dopo aver avuto la possibilità di urlare al coglione manipolatore in privato.

"Certo." Nonna sorride. "Venite, ho preparato la camera per voi."

Aspetta un secondo. Camera, cioè un'*unica* stanza? Essendo in Florida, i miei nonni hanno due camere da letto di riserva, una delle quali viene usata come sala/ufficio di nonno—e immaginavo che avrebbero messo Marcus in una di esse e me nell'altra, come sarebbe più appropriato. Ma non sembra questo il caso.

Con una sensazione di nausea che m'invade lo stomaco, seguo nonna fuori dal soggiorno, con Marcus alle calcagna.

"Eccoci qui" annuncia lei, aprendo una porta per rivelare un'accogliente stanza illuminata da luci soffuse con un letto matrimoniale ben fatto e un bagno annesso. "Tutto carino e pronto per voi due."

Oh, Dio. Fammi morire.

Non ho mai dormito con un ragazzo a casa dei miei nonni prima d'ora, dato che l'ultima volta in cui ho frequentato seriamente qualcuno—il mio ragazzo del college, Jim—vivevano ancora a Brooklyn, in un appartamento riconvertito con due camere da letto che condividevo con loro. Era appena più grande del mio attuale monolocale e le pareti erano super sottili, quindi Jim e io andavamo a casa dei suoi genitori a Long Island per passare un po' di tempo insieme.

Tutto questo per dire che non ho alcun precedente con cui confrontarlo. Tuttavia, la logica imporrebbe che la maggior parte dei nonni—anche quelli liberali, come i miei—non incoraggerebbe la loro nipote a fare sesso prematrimoniale sotto il proprio tetto.

Certo, i miei nonni non sono mai stati come la maggior parte degli altri, ma sarebbe troppo chiedere un po' di prudenza?

Non voglio proprio condividere un letto con Marcus.

O meglio, dopo quei baci che mi hanno sciolto il cervello in poltiglia, lo voglio troppo.

"Grazie, Mary. Sembra adorabile. Apprezziamo molto la tua ospitalità" afferma Marcus, assumendo nuovamente il comando, prima che io possa capire come affrontare questo sviluppo. E perché chiama mia nonna per nome?

Hanno fatto amicizia, mentre aspettavano che io e nonno arrivassimo?

Camminando intorno a me, entra nella stanza, con la mia valigia in una mano e una borsa da viaggio, che dev'essere il suo bagaglio, nell'altra. Probabilmente le ha afferrate dal soggiorno quando non stavo guardando—ma come fa ad avere anche i bagagli? Per essere arrivato così in fretta, dev'essere salito su un aereo subito dopo la mia partenza.

Tiene una borsa da notte sul suo jet privato nel caso in cui debba inseguire una donna senza alcun preavviso?

Aspetta, perché mi sto preoccupando per il suo bagaglio, quando stiamo per essere costretti a condividere un letto? Questa non è una sistemazione per dormire praticabile. Nient'affatto. Data la sua intensa carica sessuale e il fatto che io vada in fiamme se solo soffia su di me, è praticamente scontato che non appena quella porta si chiuderà, saremo orizzontali—e per il bene della mia sanità mentale, questo non può succedere. Devo assolutamente chiedere a nonna due stanze separate. Ma come posso farlo senza mandare all'aria tutto l'inganno? Lei e nonno mi hanno vista con una vestaglia a casa sua, quindi non posso esattamente fingere che la nostra relazione non sia andata così avanti.

Mentre sto lottando con questo dilemma, Marcus posa entrambe le borse e inizia a disfare la mia valigia, togliendo i miei vestiti e sistemandoli in pile ordinate sul letto con la calma sicurezza di un uomo che ha tutto il diritto di gestire le mie cose. In qualsiasi altro momento, la mia mascella sfiorerebbe il pavimento, ma dopo tutto quello che è successo stanotte, la sua temerarietà quasi non mi tocca.

Ciò che mi dà fastidio è che mia nonna sorride più intensamente davanti a questo comportamento arrogante. A lei, deve sembrare che siamo già

perfettamente a nostro agio l'uno con l'altra, un po'
come una vecchia coppia sposata. Probabilmente pensa
che Marcus mi stia aiutando disfacendo le valigie per
me, invece di vedere le sue azioni per quello che sono:
una spietata acquisizione della mia vita. Posso
immaginarla, mentre racconta a nonno quale
brav'uomo sia Marcus, così gentile, premuroso e
organizzato.

In questo preciso momento, sta appendendo le mie
magliette. In realtà, le sta appendendo nell'armadio
della camera. Oh, e le sta ordinando per colore,
disponendole da quelle chiare a quelle scure, proprio
come un serial killer.

Dev'essere lui quello con il disturbo ossessivo
compulsivo, non il suo maggiordomo.

"Buonanotte, tesoro. Buonanotte, Marcus" dice
nonna, prima che io possa trovare una soluzione al
problema del letto. "Dormite bene."

Con un rapido abbraccio, si affretta ad allontanarsi,
e poi non ho altra scelta.

Sentendomi come se stessi entrando nella tana di
un drago, stringo i pugni ed entro nella stanza degli
ospiti.

mma

MARCUS APPENDE LA MIA ULTIMA MAGLIETTA—NE HO portate solo quattro, una per ogni giorno del viaggio— e si gira per guardarmi in faccia. La sua espressione è impassibile, ma non nasconde il calore selvaggio nei suoi penetranti occhi azzurri, mentre mi scrutano dalla testa ai piedi. Deglutisco, mentre il mio corpo reagisce in un istante, con il battito del cuore che accelera e i capezzoli che si stringono nei confini del reggiseno. Le mie mutandine sono ancora umide a causa dei baci che ci siamo scambiati fuori, e quello sguardo è tutto ciò che serve per far sì che l'eccitazione m'inondi l'intimo.

Sarà ancora più dura di quanto pensassi. Letteralmente, perché vedo il rigonfiamento crescente nei suoi jeans. Un grosso, spesso rigonfiamento che—

Uh, smettila, Emma. Distogliendo la mente dalla porcheria a luci rosse, invoco ogni grammo della mia furia e avanzo nella stanza. "Hai infranto la tua promessa. Hai detto che avresti tenuto la bocca chiusa e—"

"Non l'ho mai detto." Socchiude gli occhi. "Ho detto di aver capito—come per dire che ho capito cosa volevi che io facessi. Non ho mai promesso di farlo, però."

I miei molari stringono così forte che domani avrò il mal di denti. "Smettila con questa pignoleria. Sapevi cosa intendevo, e mi hai ingannata. Ti ho detto cosa dovevi fare per restare, e hai fatto esattamente il contrario. Hai mentito ai miei nonni—"

"Davvero?" Incrocia le braccia sul petto, facendo sì che la camicia delinei i muscoli definiti in modo impressionante lì sotto. "Che cos'ho detto di falso?"

"Hai detto che mi trasferirò da te!" Quasi urlo le parole, ma all'ultimo momento, ricordo dove siamo e abbasso la voce in un sussurro. "Questa è una bugia colossale, e tu—"

"Oh, ma lo farai. Solo che non l'hai ancora ammesso a te stessa."

Lo guardo, sorpresa dalla certezza irremovibile nella sua voce. È delirante o è solo abituato a fare come vuole lui? Nessuna donna gli ha mai detto di no?

Aspetta un minuto.

È per questo che è qui?

Perché l'ho rifiutato e sono diventata di nuovo una sfida?

Me lo sono chiesta quand'è scomparso all'inizio di

questa settimana—se fosse per quello che mi trovava così affascinante. Dubito che molte donne lo abbiano mandato via negli ultimi anni, ma è esattamente quello che ho fatto la notte in cui ha buttato giù la porta del mio appartamento. Ovviamente, meno di due settimane dopo, ho ceduto e abbiamo trascorso insieme quel fantastico fine settimana.

Un fine settimana durante il quale ho smesso di essere una sfida.

È così? È di questo che si tratta?

Gli ho detto di no ancora una volta?

In tal caso, non ha mentito sul volere me al posto di Emmeline. Mi vuole, e lo farà fino a quando non mi arrenderò—a quel punto perderà interesse, come ha fatto questo fine settimana.

E questa volta, potrebbe scomparire per sempre.

La mia rabbia svanisce, rimpiazzata da un dolore che mi stringe il petto, e mi giro, con gli occhi che mi bruciano di nuovo.

Non posso farlo. Neanche per i miei nonni.

Devo porre fine a questa farsa.

Raddrizzandomi, mi avvicino alla porta—solo per fermarmi, quando mani grandi e calde mi si posano sulle spalle.

Delicatamente, mi tira verso di lui, modellando la mia schiena contro il suo corpo duro. "Vieni a letto, gattina" mi sussurra nell'orecchio, con la sua voce profonda e vellutata che mi accarezza come un tocco. "È tardi, ed entrambi abbiamo avuto una lunga giornata. Domani sistemeremo tutto, lo prometto."

Stringo gli occhi, cercando di trattenere le lacrime brucianti. Il mio cuore traditore batte troppo forte a causa della sua vicinanza, il corpo diventa floscio e languido. Il suo profumo maschile mi circonda, un familiare mix di pino e brezza fresca, e la sua erezione è spessa e dura contro la parte bassa della mia schiena.

Mi desidera.

Mi desidera ardentemente.

E, che Dio mi aiuti, anch'io lo desidero.

"Emma." La sua voce si abbassa di un'altra ottava. "Guardami."

Potrebbe girarmi facilmente, ma non lo fa. Le sue potenti mani poggiano sulle mie spalle, immobili, e so che mi sta lasciando una scelta.

Guardare o non guardare.

Restare o andare.

Potrei uscire da questa camera, dire la verità ai miei nonni, e porre fine a questa follia in questo momento.

Potrei salvare ciò che resta del mio cuore.

Solo che... è venuto fin qui. Un uomo lo farebbe solo perché una donna per cui stava perdendo interesse ha deciso di non vederlo? Aereo privato o meno, è un volo di più di due ore, e rappresenta del tempo prezioso strappato alla sua fitta agenda. Persino inseguirmi fino all'aeroporto mi sembra un grande sforzo, se non sono altro che una sfida divertente.

È possibile?

Intendeva davvero alcune delle cose che ha detto?

Vuole che mi trasferisca per qualcosa di più delle considerazioni logistiche?

I miei piedi sembrano prendere una decisione prima del cervello, e mi giro, inclinando la testa all'indietro per incontrare il suo sguardo.

Per un secondo, ci fissiamo, i nostri corpi così vicini che ci stiamo quasi toccando. Le sue mani sono ancora sulle mie spalle, con il calore dei palmi che s'insinua dentro di me, scaldandomi fino alle dita dei piedi. Scorgo il desiderio primordiale nei suoi occhi, ma sotto c'è qualcosa di più morbido, di più dolce.

Qualcosa che mi fa male al petto in un modo completamente diverso.

"Emma." Mi stringe teneramente la mascella. "Da' a questo—a noi—un'altra possibilità."

Prendo un respiro instabile, con il cuore che mi batte forte nella cassa toracica.

Una possibilità.

Mi sta chiedendo una possibilità.

Un'altra possibilità per farmi del male.

O forse, solo forse, per scoprire se questo potrebbe essere reale.

"Non sono ancora..." Mi lecco le labbra secche. "Questo non significa che mi trasferirò da te."

Qualcosa di caldo e oscuro brucia nelle fredde profondità dei suoi occhi, prima che nasconda l'espressione. "Capito" dice duramente, e prima che io possa chiarire cosa significhi, abbassa la testa e mi copre le labbra con le sue.

La mia bocca si apre in un sussulto sorpreso, e la sua lingua m'invade con accanita brutalità, mentre ci manovra verso il letto, strappando i nostri vestiti lungo il cammino. L'uomo tenero che mi avrebbe lasciata uscire dalla stanza è scomparso, e mi rendo conto che non c'era mai stato. È sempre stato questo spietato conquistatore, un selvaggio deciso a consumarmi.

Il vero Marcus Carelli.

Mentre i nostri vestiti toccano il pavimento, le sue mani scivolano sulle mie curve con avidità possessiva, i suoi palmi caldi e ruvidi sulla mia pelle nuda, e io rispondo con lo stesso fervore oscuro, con il mio dolore e la rabbia che si trasformano in lussuria accecante. Passano solo pochi secondi, prima che finiamo completamente nudi sul letto, con lui sopra di me e i miei polsi inchiodati al letto vicino alle mie spalle, mentre mi divora la bocca, ingoiando i miei respiri affannosi. Il suo corpo grosso e muscoloso è caldo e pesante su di me, il suo fallo liscio e duro contro la parte interna della mia coscia, mentre incunea le ginocchia tra le mie gambe, spalancandole. La sua bocca si sposta per mordicchiarmi il lobo dell'orecchio, poi mi scorre lungo il collo, succhiando e mordendo, e mi sento come se stessi bruciando, come se potessi ardere dal bisogno vertiginoso. Quando raggiunge il seno, tutto il mio corpo è ricoperto da deliziosa pelle d'oca, e sono così eccitata che sento la scivolosità sulle mie cosce.

"Per favore" gemo, mentre la sua bocca calda e umida stringe il mio capezzolo, succhiandolo con una forte strattonata. "Per favore, oh per favore, Marcus... Oh Dio, sì, proprio lì." I miei occhi si chiudono, i fianchi si sollevano dal letto, mentre mi libera i polsi e sposta una mano sul clitoride dolorante, manipolandolo con abilità infallibile. Liberate, le mie mani cadono ai fianchi, solo per stringere spasmodicamente a pugno la coperta, mentre la tensione dentro di me sale in modo insopportabile, con il piacere che si palesa in un oscuro crescendo.

Sono quasi lì, quasi al culmine, quando le sue dita si ritirano e le labbra tornano sulle mie, soffocando i gemiti. Baciandomi profondamente, guida il suo membro verso la mia entrata e lentamente, sempre lentamente, spinge dentro.

È grosso—accidenti, avevo quasi dimenticato quanto fosse grande—e nonostante l'abbondante scivolosità, provo quasi dolore, mentre sprofonda in me, penetrandomi con squisita delicatezza. Le mie mani volano su per afferrargli i fianchi, i muscoli s'irrigidiscono, mentre la distensione minaccia di trasformarsi in un'ustione. Sento ogni centimetro di lui, e il mio corpo trema per lo sforzo di accettarlo. Allo stesso tempo, i suoi baci mi stanno facendo impazzire, la sua lingua si intreccia alla mia con una sensuale ferocia che sottolinea solo la premura con cui sta entrando dentro di me così lentamente.

Finalmente, è completamente dentro, con le palle premute contro il mio sedere, e mentre spinge verso l'alto sui suoi gomiti per guardarmi, vedo che il suo viso è madido di sudore, la dura mascella tesa. "Va tutto bene?" mi chiede rozzamente, e io annuisco, incapace di parlare. È così in profondità dentro di me che mi sento come se fossimo una cosa sola, come se qualcosa di più del nostro corpo fosse unito. Con il suo viso a pochi centimetri di distanza e gli occhi azzurri fissi sui miei, l'intimità è quasi insopportabile.

Questo è molto più che un ottimo sesso, e la realizzazione mi terrorizza.

"Bene" respira, e sostenendo il mio sguardo, inizia a muoversi dentro di me.

All'inizio, le sue spinte sono attentamente controllate, ma mentre il mio corpo si adatta a lui, aumenta il ritmo, andando più in profondità e aumentando il ritmo ad ogni colpo. I suoi potenti addominali si flettono nella mia presa, e la tensione cresce di nuovo dentro di me, con l'eccitazione che sale ad ogni colpo. Con un grido, vengo, frantumandomi attorno a lui, ma non rallenta, non si ferma, e il secondo orgasmo mi colpisce prima che svaniscano le scosse di assestamento del primo. Ora sta martellando dentro di me, con lo sguardo intento e spietato sul mio viso, e mi sento come se potessi vedere direttamente nella sua anima, proprio nel suo nucleo inesorabile.

Il secondo orgasmo mi colpisce senza preavviso, con le sensazioni che provocano una marea. Ogni muscolo, dentro e fuori, si contrae e si flette, le dita dei piedi si incurvano in modo incontrollabile e le unghie scavano nei suoi fianchi, mentre grido. Il picco del piacere sembra continuare all'infinito, le contrazioni così prolungate che sembrano non finire mai. Mi stringo ritmicamente attorno a lui, ancora e ancora, e noto il momento esatto in cui lo spingo oltre il limite.

Con un gemito gutturale, getta indietro la testa, con

le corde nel suo collo muscoloso che s'irrigidiscono, mentre spinge fino in fondo e si ferma, chiudendo gli occhi, mentre il suo grosso fallo pulsa in profondità dentro di me, inondandomi di calore liquido. La sensazione è stranamente affascinante, e rabbrividisco, mentre i miei muscoli interni si stringono di nuovo, strizzando le rimanenti gocce di piacere.

Respirando pesantemente, Marcus apre gli occhi e mi guarda, con le pupille ancora dilatate per l'orgasmo. Per qualche istante, ci fissiamo, sbalorditi dalla potenza di ciò che abbiamo vissuto. Poi, i suoi occhi si spalancano e lui si allontana da me, tirandosi fuori con un movimento improvviso.

"Fanculo!" Si siede, fissando le mie cosce. "Accidenti."

Ferita e sconcertata, mi siedo e seguo il suo sguardo —solo per bloccarmi inorridita, mentre realizzo che cosa significasse quella sensazione calda e umida.

Marcus è venuto dentro di me.

Senza preservativo.

La prova è sulle mie cosce.

6

Marcus

"TI PREGO, DIMMI CHE PRENDI LA PILLOLA." LA MIA voce è bassa e tesa, mentre incontro lo sguardo inorridito di Emma. La foschia post-sesso si sta diradando dalla mia testa, in fretta. Che cazzo ho che non va? Non ho mai dimenticato un preservativo prima d'ora. Mai. Né da adolescente arrapato e sicuramente non da adulto. Come si fa a dimenticare una cosa del genere? Se sei un uomo single e sessualmente attivo con un briciolo di cervello, usare la protezione è un'abitudine, una così radicata da afferrarne una bustina, mentre tiri giù la lampo dei pantaloni. Ma oggi, quel pensiero non mi ha nemmeno sfiorato.

La necessità di entrare dentro di lei era così forte,

così travolgente che la cautela e il buon senso mi hanno abbandonato.

Sembrando sul punto di vomitare, la ragazza scuote la testa. "No, io... non ce n'era bisogno dopo che io e Jim—cioè, non ho... Ma c'è sempre la pillola del giorno dopo. Ora vado a prenderla." Si muove per scendere dal letto, e le afferro istintivamente il polso.

"Aspetta. È quasi l'una del mattino. Ci sono farmacie aperte nella zona?"

Sbatte le palpebre, sconcertata dalla domanda. I suoi ricci sono un'aura selvaggia e crespa attorno al viso arrossato, le labbra rosa e gonfie a causa dei miei baci. Con le curve nude in mostra e la pallida pelle abrasa in alcuni punti dalla mia barba, sembra essere stata appena fottuta, ed è così deliziosa che nonostante la complicata situazione il mio fallo inizia a irrigidirsi di nuovo.

Dannazione. Questo non può essere salutare.

"Fammi cercare, okay?" dico burbero, lasciandola andare e scendendo dal letto per concentrarmi. Vedendo i nostri vestiti sul pavimento, li raccolgo e li piego ordinatamente in un cassetto, quindi estraggo il telefono dalla tasca dei pantaloni. Mentre lo faccio, sorprendo la ragazza a guardarmi come se fossi un alieno.

"Che cosa c'è?" chiedo, e lei scuote la testa, cercando un fazzoletto per asciugarsi l'umidità sulla gamba.

"Niente. Stavo solo notando quando sei fissato con l'ordine."

Aggrotto le sopracciglia, mentre lei solleva il

fazzoletto di carta e lo lascia cadere con noncuranza sul comodino. "Non sono un maniaco dell'ordine." Anche se sento un forte bisogno di afferrare quel fazzoletto e gettarlo via. Abbassando lo sguardo, invece, digito "farmacia aperta 24 ore su 24" nella barra di ricerca del mio telefono, e almeno tre risultati si aprono subito, tutti a pochi chilometri di distanza.

Per qualche bizzarra ragione, la scoperta mi dà fastidio. Suppongo che mi aspettassi che questa cittadina balneare fosse molto meno civilizzata, senza lussi urbani come le farmacie aperte ventiquattr'ore. Ora, però, non ci sono scuse per non andare a prendere la pillola—non che ne stessi cercando una. Sono contento che riusciremo a risolvere il problema così rapidamente.

Lo sono davvero.

"Beh?" chiede Emma, quando alzo lo sguardo. "C'è qualche farmacia aperta?"

Annuisco. "Vado a prendere la pillola."

"Aspetta, vengo con te. Lasciami solo ripulire." Saltando giù dal letto, si dirige verso il bagno annesso, i suoi capelli come un lampo di fuoco, mentre striscia nuda nella stanza.

Il mio pene scatta alla massima allerta e, dopo un secondo di riflessione, la seguo in bagno. Il mio sangue sembra melassa riscaldata nelle vene, il cuore mi batte forte nel petto. Sta già allungando la mano nella piccola cabina per aprire la doccia, e le metto le mani sui fianchi sinuosi mentre la stringo, disponendoci entrambi sotto il getto che si scalda rapidamente.

"Aspetta, Marcus." Si gira per guardarmi in faccia, arrossendo di nuovo. "Non dovremmo—"

"Assolutamente" mormoro, e facendo scivolare le mani tra i suoi capelli, schiaccio le labbra sulle sue in un bacio sensuale e appassionato.

~

STA ANCORA ARROSSENDO MEZZ'ORA DOPO, MENTRE attraversiamo il soggiorno, cercando di non fare rumore. Non so perché ci preoccupiamo, però. Se i nonni di Emma avessero avuto il sonno leggero, non sarebbero riusciti ad andare a letto con tutto il frastuono sotto la doccia. La mia gattina ha fatto molto rumore, quando è venuta sul mio cazzo—e ancora di più quando le ho infilato un dito nel culetto stretto, usando il sapone come lubrificante.

Ci sta pensando anche lei, perché il suo viso rimane rosa acceso, mentre usciamo in punta di piedi dalla casa e chiude la porta dietro di noi con un set di chiavi che ha preso da un cassetto della cucina. È delizioso, quel suo rossore, e mi fa venire voglia di scoparla di nuovo. E poi di nuovo. E di nuovo ancora.

Sì. Sicuramente non salutare—e ancora un altro motivo per cui ho bisogno che si trasferisca. Quando la scoperò ogni notte, questo costante desiderio incandescente è destinato a diminuire a livelli gestibili.

Lo spero.

Posando la mano sulla sua schiena, la conduco

verso la mia auto a noleggio, e mentre le apro la portiera, la vedo sbadigliare ampiamente.

È contagioso, e devo immediatamente sopprimere un mio sbadiglio.

"Sai, potremmo andare domani mattina, se sei stanca" dico, mentre scivola sul sedile del passeggero. "Lo dice il nome stesso—*pillola del giorno dopo*. Se non sbaglio, può essere presa entro un paio di giorni dal sesso non protetto." Certo, sono entrato dentro di lei due volte—la seconda sotto la doccia. Mi chiedo se questo aumenti le probabilità che la pillola non funzioni. A pensarci bene, quant'è efficace la cosa?

È assolutamente sicuro che funzioni o ci sarà ancora la possibilità che Emma sia rimasta incinta?

Coprendo un altro sbadiglio con il dorso della mano, scuote la testa. "No, andiamo e basta. Siamo già qui. Tanto vale farlo."

"Giusto." Dannazione, che cosa c'è che non va in me? Perché ho addirittura suggerito di aspettare fino al mattino? Dovrei correre in farmacia come se la performance del mio fondo dipendesse da questo, non cercare ragioni per non andarci.

Mettendomi al volante, chiudo la portiera dietro di me e avvio la macchina. Mentre usciamo dal vialetto, la finestra del soggiorno s'illumina.

I nonni della ragazza sono svegli e indubbiamente si staranno chiedendo che cosa stia succedendo.

Un secondo dopo, il telefono di Emma vibra. "Accidenti. Nonna mi ha appena mandato un messaggio" m'informa, lanciando un'occhiata allo schermo. "Vuole sapere se va tutto bene."

"Quindi, che cosa le dirai?"

Fa un respiro frustrato. "Che cosa *posso* dirle? Devo escogitare qualche scusa, come un mal di testa per il quale avevo bisogno di un rimedio urgente, o un farmaco che ho dimenticato a New York. Certo, nonna si preoccuperebbe e—"

"Che ne dici di dirle che *io* ho dimenticato la mia medicina a New York?" suggerisco. "Diciamo, un antibiotico che sto finendo di prendere. Questo spiegherebbe tutto e lei non si preoccuperebbe." In alternativa, potremmo dire a Mary Walsh la verità—ho la sensazione che sarebbe più divertita che arrabbiata da questa situazione—ma non lo suggerisco.

Non credo che Emma vorrebbe che i nonni sapessero così tanto della nostra vita sessuale.

"È una buona idea" afferma e digita rapidamente una risposta. Pochi secondi dopo, il suo telefono vibra di nuovo, e lei annuncia trionfalmente: "Ha funzionato. Nonna è tranquilla e sta tornando a dormire."

"Fantastico. Siamo una buona squadra." Sorridendo, la guardo e vedo un accenno delle sue fossette, mentre mi sorride.

"Certo che lo siamo" concorda, e mentre riporto la mia attenzione sulla strada, sento una mano appoggiata sul mio ginocchio che mi copre il palmo, con le dita che stringono le mie in una leggera stretta.

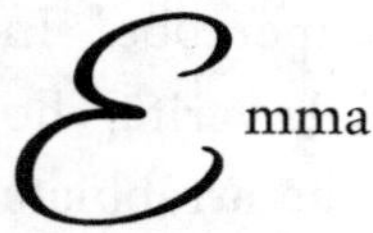

7

MI SVEGLIO DAL SONNO PROFONDO AL PROFUMO DEI deliziosi aromi di mele cotte e torta di zucca—e il mio stomaco ringhia forte. Sono tentata di ignorarlo e scavare più a fondo sotto la coperta, ma una rude voce maschile mormora: "Sei sveglia, gattina?" e delle labbra morbide e calde mordicchiano la delicata giunzione tra il mio collo e la spalla, mentre una mano grande e forte mi accarezza il fianco e mi stringe possessivamente il seno.

La foschia assonnata nel mio cervello si dissipa in un istante.

Dannazione.

Sono a letto con Marcus.

In Florida.

A casa dei miei nonni.

Con gli occhi aperti, mi siedo e mi giro per fissare il miliardario che mi ha inseguita così spietatamente fin qui. È disteso su un fianco, appoggiato su un gomito, con i folti capelli castani scompigliati dal sonno e le palpebre pesanti, mentre incontra il mio sguardo. Con la mascella dura coperta dalla barba del mattino e il torace muscoloso nudo, è così potente, deliziosamente virile che la mia pelle si scalda e le cosce si stringono nel tentativo istintivo di alleviare il dolore crescente tra di esse.

"Buongiorno" mormora, posando lo sguardo sui miei seni—che solo ora mi rendo conto che sono scoperti, con i capezzoli stretti ed eretti, come se fossi eccitata.

Lo sono, ma speravo che non lo venisse a sapere. È abbastanza brutto che abbiamo fatto *di nuovo* sesso, per la terza volta, dopo essere tornati dalla farmacia. Non è così che convinci un uomo che non ti piace poi tanto— che è la strategia per cui avevo optato ieri sera, mentre chiedevamo al farmacista stanco un Piano B.

Ho deciso di correre il rischio e vedere dove porta tutto questo, ma senza far conoscere a Marcus la profondità dei miei sentimenti. Mi ha già indotta a lasciarlo stare qui per il Ringraziamento. Se sapesse che sono innamorata di lui, non ci sarebbe modo di fermarlo.

Mi farebbe trasferire nel suo attico prima di cena.

"Uhm... giorno." Cercando di non arrossire, mi tiro su la coperta sul seno. "Che ore sono?"

Un sorriso pigro gli piega le labbra, mentre il suo sguardo ritorna sul mio viso. "Quasi le dieci."

"Oh, merda." Avrei aiutato nonna con la colazione e tutti i preparativi del Ringraziamento, ma a giudicare dai profumi deliziosi che mi hanno svegliata, è troppo tardi.

Conoscendola, sta cucinando dalle prime luci dell'alba.

"Siamo andati a dormire tardi" osserva Marcus. Sedendosi, getta la coperta da parte per rivelare un'erezione lunga, spessa e appetitosa. Spero sia soltanto dovuto al fatto che è mattina—altrimenti l'uomo è seriamente ossessionato dal sesso.

Assolutamente indifferente alla sua nudità, si alza e si distende, con ogni muscolo del suo corpo alto e duro che si flette con il movimento, quindi si dirige in bagno con un tono casuale: "Torno subito."

Ingoio la mia saliva e anch'io salto giù dal letto. Avvicinandomi all'armadio, afferro una maglietta e un paio di pantaloncini, insieme alla biancheria intima, e mi vesto in fretta.

Ho la sensazione che se sarò ancora nuda al suo ritorno, non usciremo da questa camera prima di mezzogiorno.

Mentre aspetto che Marcus esca, prendo il telefono per controllare la mia e-mail. Con sorpresa, trovo un messaggio vocale da parte della mia migliore amica, Kendall—e tutta una serie di messaggi inviati da lei.

Preoccupata, leggo prima i messaggi.

Il primo è un link a un articolo del *The New York*

Herald, seguito da: *Oh mio Dio, Ems, sei tu con Mr. Wall Street a Pagina Sette???*

Poi: *Sei proprio tu! Accidenti, sono amica di una celebrità!*

Ti stanno chiamando una "rossa misteriosa," l'hai visto? E cazzo, quel bacio sembra sexy. Ti sta stringendo come se volesse prenderti proprio lì su due piedi. Non mi stupisce che tu fossi senza parole sulla situazione dell'orgasmo. Te ne provoca tanti, vero? Posso dirlo.

Aspetta un attimo. Quello era il JFK? Perché eravate all'aeroporto insieme?

È in Florida con te ???

Piccola stronza subdola! Sta già conoscendo i tuoi nonni, vero? Perché non me l'hai detto???

I due messaggi successivi sono immagini di abiti da ballo, seguiti da: *Ho intenzione di indossare uno di questi come tua damigella d'onore. E assolutamente niente orecchie di Topolino. Mi rifiuto.*

Inorridita e confusa al contempo, clicco sul link dell'articolo nel primo messaggio. È una foto di ieri sera in cui Marcus mi bacia al gate. Il titolo recita: *Uno degli Scapoli Più Appetibili di New York viene Accalappiato a Disney World?*

Che diavolo sta succedendo?

Con il cuore che batte all'impazzata, sfoglio il testo citato:

Il miliardario dell'hedge fund Marcus Carelli è stato avvistato ieri sera al JFK, sorpreso a baciare una rossa misteriosa. Il noto capo del fondo privato da 92 miliardi di dollari della Carelli Capital Management non è noto per essere sorpreso in pubbliche effusioni, e questo ha portato i paparazzi a ipotizzare che la relazione possa essere seria. Secondo le nostre fonti, la giovane donna si trovava in attesa nella classe Economy per un volo diretto a Orlando, la casa di Topolino, quando Carelli l'ha presa da parte per una discussione apparentemente intensa, che è culminata in una sessione di baci appassionati (vedere foto sopra). La donna è poi salita sul suo volo, lasciando Carelli al gate. Ma la storia non finisce qui, poiché secondo un piano di volo presentato circa quindici minuti dopo, il jet privato di Carelli è volato a Orlando proprio quella sera.

Uno degli scapoli più ricchi di New York sta per essere accalappiato a Disney World da una fidanzata che vola in classe Economy?

Una storia da Cenerentola in carne e ossa potrebbe essere in corso.

Una storia da Cenerentola? Disney World? Accalappiato?

Che cosa stanno fumando?

Il mio sguardo ritorna sulla seconda frase, e la rileggo incredula.

Sì, non me lo immaginavo. Hanno detto "92 miliardi di dollari." Kendall mi aveva detto che il fondo di Marcus ha una quantità assurda di denaro gestito, ma questo equivale al PIL di un piccolo Paese. O forse di un Paese di medie dimensioni?

Cazzo, avrei dovuto prestare attenzione al mio unico corso di Economia del college.

Sto ancora iperventilando, quando lui emerge dal bagno. Il suo sguardo acuto si posa sul mio viso, e attraversa rapidamente la stanza per mettersi di fronte a me. "Che cosa c'è che non va?" chiede, stringendomi le spalle. "È successo qualcosa?"

È ancora nudo, il che è un male per il mio equilibrio già traballante, così gli passo il telefono senza dire una parola e mi precipito al bagno. Chiudendo la porta alle mie spalle, mi ci appoggio e cerco di convincere i miei polmoni che c'è molta aria in giro—e il mio cervello che quest'articolo non è niente di cui preoccuparsi.

Oh, chi sto prendendo in giro?

Hanno una foto di me che bacio Marcus.

Una foto e un articolo a Pagina Sette.

Come se fossi una Kardashian o qualcosa del genere.

Oh, e Marcus a quanto pare gestisce quasi un centinaio di miliardi di dollari ed è considerato uno degli scapoli più ambiti di New York.

Se questo non è un buon motivo per andare fuori di testa, non so cosa sia.

In qualche modo, riesco ad avvicinarmi al lavandino e ad affrontare la mia solita routine mattutina di lavarmi i denti, la faccia e così via. Questo mi calma abbastanza da non mandarmi sull'orlo di un attacco di panico. Come ultimo passo, mi spalmo uno spesso strato di crema solare—il sole della Florida è un tormento per la mia carnagione di rossa—e decido che sono pronta ad affrontare il mondo come non mai.

E con il termine "mondo" intendo Marcus—che, per fortuna, indossa un paio di jeans e una polo, quando esco. È seduto sul letto—che ora è completamente fatto, noto con la parte del mio cervello che ha iniziato a tenere traccia delle sue tendenze ordinate—e sta digitando sul suo telefono. Sentendomi, solleva la testa, s'infila il telefono in tasca e si alza in piedi.

"Mi dispiace" dice, prima che io possa parlare. "Il mio team di pubbliche relazioni avrebbe dovuto occuparsene. O meglio, io avrei dovuto farlo. Avrebbero potuto metterlo a tacere, se avessi fatto sapere loro che ieri ho visto un paio di telefoni puntati su di noi."

"Loro—davvero?" Tutta la mia calma esce dalla finestra. "È una cosa che succede spesso? Voglio dire, la foto e l'articolo, e—"

"No, perché il mio team se ne occupa. Generalmente."

"Uh-uh, okay. E hai bisogno di un team di pubbliche relazioni, perché...?"

Sospira. "Perché, purtroppo, i media non sono sempre contenti di concentrarsi esclusivamente sul mio fondo e sui nostri investimenti. Sono abbastanza importante nel mondo degli affari, e ogni tanto qualche giornalista disperato cerca di trasformarmi in una figura che potrebbe interessare al pubblico in generale."

"Come uno degli scapoli più ambiti di New York?"

"Sì, esattamente." Fa una smorfia. "Quell'articolo non è altro che speculazione, gossip puro, e loro lo sanno. Non si sono nemmeno preoccupati di menzionare che abbiamo modificato il piano di volo per volare a Daytona Beach invece di Orlando. Disney World del cazzo." Sembra così disgustato che, nonostante io sia fuori di testa, le mie labbra si contraggono per il divertimento.

"Quindi, niente orecchie di Topolino per le nostre nozze?" chiedo con la faccia più seria che io riesca a mostrare. "Perché Kendall sperava *davvero* di indossarle come mia damigella d'onore."

Non perde un colpo. "In tal caso, sarà fatto. Disney e Topolino, voglio dire. Le darai tu la buona notizia, o dovrei farlo io?"

"Penso che dovremmo lasciare che lo faccia *The New York Herald*. Hanno lo scoop interno" dico, e mentre ride, le sue guance magre s'increspano con quei solchi sexy che ha, e non posso fare a meno di unirmi, con il peggio del mio panico che si attenua.

E quale sarebbe il problema, se la mia foto fosse sul giornale e uscissi con "uno degli scapoli più ambiti di New York?"

Non è che non sapessi che Marcus è fuori dalla mia portata. Lo è, lo è sempre stato, e questo articolo spazzatura non cambia le cose.

Inoltre, solo Kendall sa chi sia la "rossa misteriosa."

$\mathcal{E}$mma

"ALLORA, COME STA LA NOSTRA ROSSA MISTERIOSA?" chiede nonno, entrando in cucina, e quasi sputo il caffè che stavo tenendo in bocca. All'ultimo secondo, invece, lo deglutisco—e immediatamente inizio a tossire, perché il liquido caldo è sceso nella via sbagliata.

"Nonno!" Mi strozzo, quando posso parlare. "Da quando leggi *The New York Herald*?"

Ero sicura, assolutamente certa, che i miei nonni non avrebbero letto quell'articolo perspicace. Perché avrebbero dovuto? *The Herald* è fondamentalmente uno straccio di gossip locale pieno di storie che fanno sembrare l'"essere accalappiati a Disney World" un fatto profondamente studiato.

"Da quando ho scoperto che l'uomo che la mia

nipotina preferita sta frequentando fa notizia, e ho impostato gli avvisi di Google per il suo nome" afferma nonno, più in forma che mai. "Che cosa c'è, pensi che Internet sia solo per i giovani?"

"Me l'ha letto come prima cosa stamattina" aggiunge nonna dall'isola della cucina, dove sta tagliando le verdure con la precisione di un robot. "Gli ho detto di non prenderti in giro per questo, ma non ha saputo resistere."

"Non ha saputo resistere a cosa?" chiede Marcus, entrando in cucina. Ha dovuto accettare una telefonata di lavoro pochi minuti fa, e quindi si è perso tutto il divertimento.

"A menzionare l'articolo" spiega nonna, mentre Marcus si avvicina a uno sgabello accanto a me. "Ho detto a Ted di tenere la bocca chiusa e di non prendere in giro Emma, ma non ha ascoltato."

Il ragazzo sorride. "Non posso biasimarlo. Guarda come sta arrossendo graziosamente. Chi potrebbe resistere?" Chinandosi, mi avvolge un braccio attorno alle spalle e mi bacia la tempia.

Il mio viso si scalda immediatamente. Ero rossa a causa della mia tosse, non per la presa in giro di nonno, ma ora che entrambi i miei nonni ci sorridono, arrossisco davvero.

Ucciderò Marcus prima che finisca questo viaggio. Lo farò davvero.

"Vuoi un caffè?" chiede nonna a Marcus, venendo gentilmente in mio soccorso. "Non abbiamo niente di speciale, ma—"

"Qualunque cosa tu abbia sarebbe fantastica, grazie" replica. "Ho un disperato bisogno di una dose di caffeina, e non sono schizzinoso."

Nonna si asciuga le mani su un canovaccio e si avvicina alla macchinetta del caffè per versare una tazza dello stesso java che sto bevendo—il che è in realtà piuttosto raffinato. È una miscela speciale che nonna ordina direttamente dalla Colombia. Di solito, ne è molto orgogliosa, raccontando a tutti come e dove vengono coltivati i semi, quindi perché ha provato a—

Oh, certo.

Dato che i miei nonni hanno letto l'articolo, sanno che Marcus è un miliardario. E non solo un miliardario qualunque, ma un titano di Wall Street, il cui fondo ha quasi un centinaio di miliardi gestiti.

In realtà, dovevano saperlo anche prima dell'articolo, dal momento che nonno ha impostato quegli avvisi di Google. Probabilmente ha fatto ricerche su di lui dopo la nostra sessione di Skype, e questo è il risultato.

I miei nonni potrebbero non darlo a vedere, ma sono almeno un po' intimiditi dalla ricchezza del loro ospite. Perché altrimenti nonna avrebbe minimizzato la straordinarietà del suo elisir colombiano?

"Ecco qua" dice, porgendo una tazza a Marcus, e lui la ringrazia prima di berne un sorso.

Immediatamente, sgrana gli occhi, e guarda la tazza, poi mia nonna. "Mary, questo è un caffè fantastico. Dove diavolo l'hai preso?"

Nonna s'illumina come un albero di Natale. "Ti piace? Lo ordino da questa piccola fattoria in Colombia, vicino alla foresta pluviale amazzonica..." Si lancia nel suo solito racconto sulle pratiche del commercio equo e solidale, e ne approfitto per studiare il mio nuovo ragazzo—o qualunque cosa Marcus sia per me adesso.

Inutile dire che il mio piano di fingere di stare insieme per il bene dei miei nonni mentre lo tenevo a distanza è fallito miseramente. Non ho ancora intenzione di trasferirmi da lui, ma non posso negare che, almeno, ci stiamo di nuovo frequentando.

O meglio, dormendo insieme e passando il Ringraziamento con la mia famiglia.

A proposito, Marcus sembra estremamente a suo agio con i miei nonni. Immagino che non dovrei essere sorpresa dopo il modo in cui ha colto l'occasione per conoscerli su Skype, ma è comunque abbastanza impressionante per me. Il mio ex universitario era sempre stato così rigido con loro, così spaventato di dire o fare la cosa sbagliata. Per Jim, i miei nonni erano dei dinosauri, così vecchi e strani che non cercava mai di conoscerli come individui—o di prestare loro molta attenzione. Marcus, tuttavia, non sta solo ascoltando mia nonna con totale concentrazione, ma sta anche facendo domande, interagendo con lei come farebbe con me.

Per lui, la mia famiglia non è un bagaglio indesiderato che si accompagna alla mia frequentazione; sono persone. E a giudicare dal suo comportamento, delle persone che gli piacciono e che rispetta.

Nonna e nonno hanno già fatto colazione—nonostante siano andati a letto tardi, si sono svegliati presto, come al solito—ma ci tengono compagnia, mentre divoriamo gli avanzi: frittelle di zucchine con yogurt fatto in casa e miele locale. Mentre mangiamo, nonna racconta a Marcus tutto sui pomodori che coltiva nel suo giardino, e nonno gli fa un milione di domande sul mercato e su quali titoli investire.

"Nonno, non può semplicemente dirtelo" lo rimprovero, quando affronta per la prima volta l'argomento. "È come l'insider trading, il frontrunning o qualcosa del genere."

"Solo se divulgo informazioni materiali non pubbliche o gli racconto di un'operazione che il mio fondo sta per fare" spiega Marcus, sorridendomi calorosamente. "Non c'è niente di sbagliato nel fatto che nonno mi chieda la mia opinione su vari investimenti."

"Oh, okay. Non ne ero sicura" mormoro, mettendo in bocca un pezzo di frittella. "In tal caso, continuate pure."

E lo fanno. Quando la colazione è terminata, mi sento come se avessi passato un'ora di CNBC, solo con teste parlanti molto più intelligenti. Mio nonno deve aver investito ancora di più nell'ultimo anno, perché sembra sapere tutte le cose giuste da chiedere. O forse mi sembra così, perché Marcus risponde a tutte le sue domande senza il minimo accenno di condiscendenza. Ad ogni modo, tutta la conversazione lascia nonno così esaltato che non appena ci alziamo e ringraziamo nonna per le deliziose frittelle, corre dritto verso il suo laptop—presumibilmente per acquistare alcuni degli investimenti di cui lui e Marcus hanno discusso.

"Grazie per quello" dico a Marcus, mentre torniamo nella nostra stanza. "L'hai reso molto felice."

"Davvero?" Mi scruta. "E tu, gattina?"

"Io?"

"Ti ho annoiata con tutte le chiacchiere sugli investimenti?"

"Oh, no. Nient'affatto." E con mia sorpresa, è vero. Anche se l'argomento non è qualcosa che m'interessi, osservare Marcus nel suo elemento naturale è stato affascinante. Non solo possiede una conoscenza senza fondo del mercato azionario e di molte società quotate in borsa, ma ha anche un modo di trasmetterla che rende vivo l'argomento normalmente noioso. In parte, è dovuto al modo in cui parla, con una specie di autorità silenziosa che attira l'attenzione. Principalmente, però, è dovuto al modo in cui intreccia l'elemento umano ai numeri, parlando della psicologia degli investitori e delle personalità CEO nello stesso momento dei margini di profitto e delle metriche di valutazione.

Ascoltandolo, capisco perché mio nonno e tanti altri scelgono gli investimenti azionari come hobby—e perché lo stesso Marcus è così appassionato di ciò che fa.

Sorride calorosamente. "Sono contento. Non sembravi annoiata, ma eri molto silenziosa."

"No, per niente annoiata." Entrando nella camera, mi fermo e mi giro per affrontarlo. "Allora, che programmi hai per oggi? Voglio dire, hai qualche idea su cosa vuoi fare prima della nostra cena del Ringraziamento?" Il suo sguardo si sposta immediatamente sul letto e chiarisco: "Oltre a ciò."

Mi sorride, con gli occhi azzurri luccicanti. "Beh, questa è la Florida, quindi stavo pensando che potremmo andare in spiaggia. A meno che tu non abbia altri suggerimenti. Sono aperto a tutto."

"Non hai altre telefonate di lavoro o qualcosa del genere?" Prima che lui si presentasse, avevo programmato di passare la maggior parte della mia vacanza nella veranda dei miei nonni con il mio laptop, portandomi avanti con le mie correzioni—e forse addirittura lavorando al primo capitolo della mia storia super segreta. Ora, tuttavia, tutto ciò è fuori discussione... a meno che anche Marcus non abbia intenzione di lavorare per una parte della giornata.

Solleva le sopracciglia. "Sembri delusa. Vuoi che lavori?"

"No, certo che no—a meno che tu non debba farlo. Capirò totalmente, se devi." E sì, forse una parte di me lo vuole occupato con qualcosa di diverso da me, in modo da poter riprendere fiato e cercare di mantenere un po' di equanimità. Ero stata l'unica destinataria della sua attenzione per gran parte dello scorso fine settimana, ed era stato oltre ogni aspettativa, tant'è che mi aveva quasi sconvolta, quando se n'è andato per poi scomparire successivamente per tre giorni. Se sarà qui fino a domenica —e sospetto che lo farà, visto che nonostante il mio ultimatum della scorsa notte, non ha detto ai miei nonni che sarebbe tornato a New York stasera—ho bisogno di trovare un modo per proteggermi, per proteggere almeno una parte del mio cuore nel caso in cui cambiasse nuovamente idea.

Le sue labbra si curvano ironicamente, mentre la comprensione brilla nel suo sguardo. "Che ne dici di portare alcune sedie pieghevoli e i nostri laptop in spiaggia? Possiamo nuotare se l'acqua è abbastanza calda e, in caso contrario, possiamo semplicemente goderci la brezza dell'oceano, mentre lavoriamo un po'. Immagino che tu abbia qualcosa da fare, in termini di editing?"

"Beh, in un certo senso" ammetto timidamente. "Non è niente di urgente, ma—"

"Non aggiungere altro. Se c'è qualcosa che capisco, è desiderare di avere una vacanza produttiva."

Gli sorrido. "Va bene, fantastico. Lasciami solo prendere le mie cose, e—"

"Aspetta." Mi prende per un braccio. "Prima di farlo, c'è qualcosa che ho desiderato per tutta la mattinata."

"Oh" dico senza fiato, inclinando la testa all'indietro, mentre mi afferra i fianchi e mi tira contro il suo corpo alto e duro. "Sarebbe?"

La sua voce diventa roca. "Questo." E abbassando la testa per baciarmi, mi dirige verso il letto.

arcus

È UFFICIALE.

Sono un animale, quando si tratta di Emma.

Abbiamo fatto sesso meno di mezz'ora fa; eppure, mentre la mia mano scivola sulla pelle liscia della sua schiena, coprendola con la crema solare prima di scendere dall'auto, tutto ciò a cui riesco a pensare è quanto desideri far scorrere la lingua sulla sua spina dorsale—e quanto adori vedere i segni rossi simili a lividi sulla giunzione tra il collo e la spalla, dove ho succhiato e mordicchiato un po' troppo duramente la sua tenera pelle la scorsa notte.

È sbagliato, ed è un comportamento da uomo di Neanderthal da parte mia, ma voglio che tutti coloro che la guardano oggi in spiaggia sappiano che è mia.

"Per favore, non dimenticare di spalmarla sotto le bretelline del bikini e nella cintura dei pantaloncini" mormora, guardandomi, mentre gira la testa. I suoi occhi grigi sono luminosi alla luce del sole che filtra dai finestrini della macchina, le guance lentigginose dolcemente arrossate sotto l'ampio cappello. "Mi ustiono sempre proprio ai bordi del mio costume da bagno."

"Non ti preoccupare." La mia voce esce più duramente di quanto intendessi. "Ci penso io."

Finisco di spalmarle la schiena e le spalle con uno spesso strato di crema solare, assicurandomi di passare sotto le bretelline del suo bikini giallo e nei pantaloncini di jeans che le coprono il sedere. Poi, le passo il tubetto. "Tutto fatto."

"E tu?" mi chiede, mentre allungo la mano verso la maniglia della portiera. "Vuoi che la applichi sulla tua schiena?"

"Forse più tardi." Vedendola senza maglietta e avendo spalmato la lozione sulla sua pelle deliziosamente morbida, sto già combattendo contro un'erezione inappropriata per la spiaggia. Se iniziasse a toccarmi, potremmo non lasciare la macchina—e potrei aver bisogno di dover spiegare un'accusa di violazione della pubblica decenza ai nonni, quando verranno a tirarci fuori dalla prigione.

Consiglio azionario o meno, potrei non piacere molto a Ted Walsh dopo questo.

Scendendo dal veicolo, inspiro profondamente, attirando l'aria calda e umida nei miei polmoni. Sa di sale, sole e sabbia. Secondo il cruscotto della mia auto, ci sono ventinove gradi fuori—una giornata insolitamente calda per essere fine novembre nel nord della Florida. Il che probabilmente spiega perché il lungomare e la spiaggia di fronte a noi pullulano di persone, sia turisti che gente del posto.

Per fortuna, nessuno sta guardando il rigonfiamento nei miei pantaloncini, mentre cammino verso il portabagagli per tirare fuori le sedie che abbiamo preso in prestito dai suoi nonni. Tenendole sotto un braccio, raggiungo il sedile posteriore e afferro la borsa del mio laptop, che contiene entrambi i nostri computer.

"Prendo io il resto" dice Emma, aprendo la portiera opposta per estrarre la borsa con i nostri asciugamani e l'acqua. Mentre si allunga per afferrarla dal centro del sedile posteriore, la parte superiore del bikini si apre, lasciandomi intravedere un capezzolo rosa.

Fanculo.

Questo non aiuta affatto la situazione del rigonfiamento. Inoltre, ora sono incazzato, perché se l'ho intravisto io, anche alcuni passanti potrebbero averlo fatto—e quei bei capezzoli sono solo per i miei occhi. Proprio come quel culetto succulento in quei pantaloncini troppo corti.

Stringendo i denti, mi raddrizzo e faccio un respiro profondo, mentre chiudo la macchina.

Forse la spiaggia non è stata una buona idea. Emma seminuda in pubblico non è qualcosa che gestisco bene, a quanto pare.

"Da questa parte" m'informa, dirigendosi verso i gradini che conducono alla spiaggia, e dopo un altro respiro calmante, la seguo, assicurandomi di tenere la borsa davanti a me, mentre cammino.

Si dirige verso la zona in ombra sotto il molo, e io sistemo le nostre sedie a circa quattro metri dal bagnasciuga, per tenere i nostri portatili al sicuro dalle onde che lambiscono in modo aggressivo la riva. Quaggiù vicino all'acqua, è molto più fresco di quanto non fosse sul lungomare, e la brezza è salata, rinvigorente come solo l'aria dell'oceano può essere.

"Mi scusi, signora" dice Emma rivolgendosi a una donna di mezza età distesa su un telo vicino a noi. "Le dispiacerebbe dare un'occhiata alle nostre cose, mentre facciamo una nuotatina?"

"Certo, nessun problema" risponde lei con un leggero accento del sud. "Andate pure."

"Grazie" replica la ragazza, e togliendosi il cappello, lega i capelli in uno chignon disordinato sopra la testa. Successivamente, tira giù la cerniera dei pantaloncini e li spinge giù lungo le gambe, rivelando il bikini giallo che copre ancora meno il suo sedere rispetto a quei piccoli pantaloncini. *Il suo sedere rotondo, morbido e perfettamente afferrabile.* Se fossimo soli, ci metterei le mani sopra. Lo stringerei, leccherei, morderei—

Accidenti, ho davvero bisogno di aiuto. Forse dovrei farmi visitare da uno strizzacervelli, quando torneremo a New York, preferibilmente da uno specializzato nella dipendenza dal sesso con le piccole rosse formose. Deve esistere una cosa del genere, no?

Nel frattempo, vedo solo un modo per affrontare questa tortura.

"Vieni qui" ringhio, facendo un passo verso la ragazza, e ignorando i suoi gridolini, la faccio oscillare tra le mie braccia e la porto in acqua, senza fermarmi, finché non abbiamo il torace sommerso.

Beh, *io* ho il torace sommerso, e lei è aggrappata al mio collo per impedire alle onde di colpirla in faccia.

"Mostro" grida, arrampicandosi sul mio corpo come una scimmia, quando un'ondata particolarmente alta cerca di coprirla comunque. "Quest'acqua è terribilmente fredda!"

Sorrido al suo viso indignato. "Lo so. Rinfrescante, no?" E, soprattutto, perfetta per attenuare l'erezione.

"No!" Si strofina il sale dagli occhi. "Sei disgustoso!"

"Avevi programmato tu di andare a nuotare, no?"

"Non così! Avevo intenzione di immergermi lentamente, adattandomi a questo... a questo bagno di ghiaccio." Sembra così disturbata dall'acqua a ventitré gradi che non posso fare a meno di ridere.

"Non è *così* fredda, gattina. Inoltre, a volte è meglio semplicemente saltarci dentro. Fai un tuffo e poi ti preoccupati di adattarti."

Si lecca le labbra rosa. "E se... e se non ti adattassi mai?" Il suo sguardo grigio diventa cupo. "E se semplicemente non ci riuscissi?"

"E se ci riuscissi?" ribatto, sapendo che non stiamo più parlando della temperatura dell'acqua. Tenendola contro di me con un braccio, incornicio il suo bel viso con il palmo della mano. "E se fosse l'unico modo?"

Sbatte le palpebre, muovendo le ciglia ramate su e giù. "Lo pensi davvero?"

"Sì" rispondo fermamente. "Davvero." E mentre un'altra ondata mi s'infrange sulla schiena, premo le mie labbra sulle sue, assaporando il sale dello spruzzo dell'oceano e la dolcezza della ragazza che mi crea dipendenza.

10

LA NOSTRA COLAZIONE È STATA PRATICAMENTE UN brunch, e a nonna piace cenare presto, così saltiamo il pranzo e trascorriamo tutto il pomeriggio sulla spiaggia, alternandoci sulle sedie e nuotando. Fedele alla sua parola, Marcus mi lascia lavorare al mio laptop, tra una nuotata e l'altra, e riesco a editare buona parte di un romanzo d'amore la cui consegna è prevista entro venerdì prossimo. Poi, telefono alla padrona di casa per sapere come stanno i miei gatti, e scopro che mentre Cottonball e Queen Elizabeth si stanno comportando bene come sempre, Mr. Puffs ha deciso che il mio cuscino preferito è ottimo per affinare gli artigli.

Ovviamente il memory foam è a brandelli su tutto il letto e il pavimento.

"Stavo per ripulire, ma ha iniziato a soffiarmi" spiega la Signora Metz agitata. "Dovrai occupartene tu. Giuro che quel gatto è parzialmente indemoniato."

Parzialmente? È generosa. Direi più un novanta percento.

"Mi dispiace tanto. Probabilmente gli manco" mento. Non c'è bisogno di spaventare la donna, ammettendo che Mr. Puffs è sempre così. "E non preoccuparti di ripulire. Me ne occuperò io domenica, quando tornerò. Grazie ancora per esserti presa cura di loro."

"Oh, non è un problema, cara. Mi fa piacere aiutarti in qualsiasi momento. Oh, e ho quasi dimenticato di chiederti... Il tuo ragazzo si è messo in contatto con te? È venuto qui subito dopo che sei partita per l'aeroporto, ti stava cercando."

"Oh." Non mi ero resa conto che Marcus si fosse recato a casa mia, prima di andare in aeroporto per raggiungermi. È per quello che sapeva a che ora avevo il volo? Perché ora che ci penso, non gli ho mai comunicato il mio numero di volo o a che ora sarei decollata. Tutto quello che ho detto è che sarei andata in Florida mercoledì.

Prendendo nota mentalmente di chiederglielo, dico alla Signora Metz: "Sì, mi ha raggiunta. Va tutto bene, grazie."

"Oh, okay, perfetto." Si schiarisce la gola. "Aspetta, hai detto 'raggiunta'? "È lì con te adesso?"

"Uhm... sì. È qui." In realtà, proprio in questo momento, mi sta fissando, mentre passeggio con il telefono sul bordo dell'acqua, con lo sguardo caldo come il sole che mi brucia le spalle. Mi sono allontanata per fare questa telefonata in modo da non disturbarlo, ma mi sembra di distrarlo comunque dal lavoro.

Il che è giusto, dato che avere quei pettorali e addominali scolpiti accanto a me mentre cercavo di correggere il romanzo era una distrazione piuttosto fastidiosa. Al punto che continuavo a immaginare *lui* al posto dell'eroe lupo mannaro del romanzo durante ogni scena erotica.

Spero che l'eroina non sia rimasta con tre braccia o un paio di scarpe in più a causa di ciò.

"E così, voi due fate sul serio?" insiste la Signora Metz. "Non sapevo nemmeno che frequentassi qualcuno."

"Beh, è..." Perdo il filo del discorso, mentre Marcus si alza e sposta le sedie più in ombra, con i muscoli del suo potente corpo che si flettono con il movimento. Distogliendo lo sguardo dalla vista appetitosa, riesco a dire: "Non ne sono ancora sicura."

"D'accordo, beh, se decidete di andare a vivere insieme, fammelo sapere. Sto pensando di mettere la casa di città sul mercato, quindi se vuoi disdire in anticipo il contratto di locazione..." S'interrompe, ma ho colto il suggerimento e il mio stomaco si stringe dal terrore.

Vuole che lasci il monolocale nel seminterrato, ma è

troppo gentile per buttarmi fuori prima che il mio contratto di locazione attuale sia scaduto.

Cioè tra otto mesi.

Contavo sul fatto che me lo rinnovasse con un piccolo aumento dell'affitto, come negli anni precedenti, ma chiaramente non succederà. Inoltre, ora che so che vuole vendere, sarei una sciocca se rimanessi per tutti gli otto mesi.

La Signora Metz è sempre stata accomodante, al punto da permettermi di pagare in ritardo, quando ho avuto bollette veterinarie impreviste o altre emergenze.

"Inizierò a cercare un nuovo posto non appena torneremo a New York" prometto, anche se la mia mente sta vorticando in preda a un panico crescente. Dove troverò un altro appartamento nella mia fascia di prezzo? I valori degli immobili e gli affitti a Brooklyn sono saliti alle stelle negli ultimi due anni, e l'unica ragione per cui ho pagato così poco è perché il mio appartamento non viene ristrutturato da secoli. E le spese di trasloco? I miei mobili economici sopravvivranno?

"È fantastico. Grazie, cara." La Signora Metz sembra sollevata; deve volere davvero che vada via. "Ti darò buone referenze, e sono sicura che il tuo nuovo ragazzo possa aiutarti. Sembra essere una persona di successo."

"Oh, sì—sì. Sì, lo è." Sa che Marcus è un miliardario o è rimasta solo colpita dai suoi vestiti e dalla sua macchina? Ad ogni modo, credere che io abbia un ragazzo ricco su cui contare sembra essere un balsamo per la sua coscienza, così mi trattengo dal dirle che non ho intenzione di accettare l'aiuto di Marcus con il trasferimento—specialmente di tipo monetario.

Se vuole portare alcune scatole per me, potrei accettarlo... se non altro perché voglio vedere quei bicipiti in azione.

"Va bene. Sono così felice per te, cara. Adesso devo andare. Ci sentiamo presto." La Signora Metz riattacca, e io abbasso il telefono per fissare lo schermo. Lo sto ancora fissando, quando due braccia forti mi avvolgono intorno alla vita e un grande corpo riscaldato dal sole mi preme contro la schiena.

"Qualcosa non va?" mormora Marcus, abbassando la testa per mordicchiarmi l'orecchio. "Sei qui da un po'."

"Oh, no, va tutto bene." Anche se mi sto ancora riprendendo dalla conversazione con la Signora Metz, il mio corpo reagisce alla sua vicinanza come sempre, con il cuore che batte più forte e la pelle arrossata dal calore che non ha nulla a che fare con il sole. Liberandomi dal suo abbraccio, mi giro e mi stampo un bel sorriso sul viso. "Mi mancano i miei cuccioli pelosi, tutto qui."

Non ho intenzione di confessargli che sto per diventare una senzatetto.

Conoscendolo, mi sveglierei lunedì con tutte le mie cose già nel suo attico.

Un sorriso gli piega le labbra. "Capisco. Beh, tornerai presto. Il tuo volo è domenica pomeriggio, vero?"

"Sì. A proposito..." Stringo gli occhi a causa del bagliore del sole. "Come hai saputo l'orario del mio volo di ieri? Te l'ha detto la mia padrona di casa?"

Una strana espressione gli attraversa il volto. Tuttavia, svanisce così in fretta che potrei averla solo immaginata. "Sì" risponde senza perdere un colpo. "Ero venuto nel tuo appartamento per parlare con te, e lei mi ha detto che eri partita per l'aeroporto."

"Oh, ok. Ha senso." Gli sorrido. "Pronto per un'altra nuotata?"

arcus

Do a Emma diverse possibilità di dirmi la verità per il resto del nostro tempo sulla spiaggia e durante il tragitto per tornare a casa dei nonni, ma non dice mezza parola sulle notizie che ha ricevuto. O almeno, spero che le abbia ricevute; è possibile che Clara Metz non abbia abboccato, anche se l'agente immobiliare che ho mandato per parlarle questa mattina ha detto che la padrona di casa sembrava decisamente incuriosita.

Ma no.

La mia piccola rossa sembrava sconvolta quando ha riattaccato—una reazione molto poco giustificabile dalla breve separazione dai suoi gatti.

Mi sento male per averle causato problemi, ma non vedo alternative. Devo convincerla a trasferirsi da me, e quale modo migliore che farla sfrattare? Inoltre, anche se non avessi inviato l'agente immobiliare per illuminare la padrona di casa di Emma in merito ai crescenti valori degli immobili nel suo quartiere, Metz alla fine avrebbe comunque detto alla ragazza di andarsene, in modo che potesse abbellire il posto e approfittare del mercato in rialzo.

Sto semplicemente accelerando l'inevitabile.

L'idea mi è venuta in mente questa mattina, mentre la ragazza dormiva, e non ho perso tempo a metterla in pratica. Quando le ho chiesto di trasferirsi da me al JFK, le ho detto che avrebbe potuto tenere il suo monolocale se voleva, ma da allora ho cambiato idea. Non solo la mia gattina ha bisogno di una grossa spinta per superare le sue esitazioni su di noi, ma una volta averla avuta finalmente in casa mia, non voglio che pensi di potersene andare per un capriccio. Quindi, questa è la strategia su cui ho puntato: convincere un'agente immobiliare a parlare con Clara Metz e incoraggiarla a mettere in vendita la casa, in modo che Emma non abbia altra scelta che trasferirsi. Se necessario, posso andare oltre e acquistare effettivamente la casa, ma questo è meglio... più subdolo. Non voglio che la ragazza scopra il mio coinvolgimento in questo—proprio come non voglio che sappia dell'investigatore privato che ho assunto per procurarmi tutte le informazioni su di lei, incluso il suo numero di volo.

È meglio che rimanga all'oscuro su questo.

La spaventerebbe realizzare fino a che punto sarei disposto a spingermi per farla mia.

QUANDO TORNIAMO A CASA, FACCIAMO LA DOCCIA E CI cambiamo. Dato che abbiamo ancora mezz'ora prima di cena, sono tentato di prenderla per una sveltina, ma lei scivola fuori dalla stanza per aiutare sua nonna, prima che io ne abbia l'occasione.

Decido di sfruttare il tempo per inviare qualche altra e-mail di lavoro—durante la doccia, ho avuto qualche idea su come possiamo trarre vantaggio dai prezzi dei titoli provocati dalla volatilità del mercato azionario—e quando ho finito, sono le cinque e il tavolo nella sala da pranzo è apparecchiato. Noto un tacchino grassoccio dalla pelle dorata disteso su un piatto d'argento, e circa un milione di contorni lo circondano, ognuno più delizioso dell'altro.

Inspirando con gratitudine, dico a Mary quanto sono entusiasta di provare tutto, ed Emma mi sorride, mentre sua nonna arrossisce di piacere e suo nonno si gonfia di orgoglio, probabilmente perché aveva avuto il buon senso di scegliere una moglie così straordinaria anni fa.

Ci sediamo per mangiare e, man mano che il pasto procede, mi rendo conto che questa cena del Ringraziamento è il tipo che ho visto in TV, ma che non ho mai sperimentato. Tutto ciò che la riguarda, dal cibo fatto in casa al genuino calore tra Emma e i suoi nonni, mi fa sentire come se fossi in un film di Hallmark. Ogni ricetta sembra avere una storia alle spalle, molte delle quali sono state trasmesse alla nonna di Emma da sua nonna, e la conversazione al tavolo ruota attorno a ciò, così come gli ultimi avvenimenti nella vita della ragazza e dei suoi nonni.

Non assomiglia affatto ai pasti festivi tesi e imbarazzanti durante la mia infanzia—le rare occasioni in cui mia madre era abbastanza sobria da ricordare quale periodo dell'anno fosse e aveva abbastanza soldi da acquistare cibo da asporto cinese, voglio dire.

Come se notasse che sono immerso nei miei amari ricordi, Mary poggia la forchetta e rivolge l'attenzione a me. "Marcus, hai detto che i tuoi genitori sono morti quando eri piccolo" dice, con sguardo caloroso e comprensivo sul mio viso. "Quanti anni avevi quando è successo?"

"Mio padre è morto quando avevo due anni, e mia madre è morta quando ne avevo diciotto" rispondo con disinvoltura, anche se il mio petto si stringe in modo spiacevole. "Problemi di fegato."

Ted fa una pausa con un cucchiaio di salsa di mirtilli a metà verso il suo piatto. "Entrambi?"

"No, solo mia madre. Mio padre è stato ucciso in uno scontro." Uno scontro in prigione, per l'esattezza, ma non c'è bisogno che lo sappiano. Questo è già più di quanto io abbia rivelato a chiunque in anni—beh, a chiunque tranne Emma. Mi sono sentito obbligato a condividere tutta la brutta verità con lei, e ora sembra che lo stesso impulso stia venendo a galla con i suoi nonni.

Una parte irrazionale e illogica di me vuole che queste persone gentili e sincere conoscano tutte le parti oscure e incasinate di me... che le conoscano e mi apprezzino lo stesso. Che mi accolgano nella loro famiglia calorosa e affiatata, nonostante il pozzo nero da cui provengo.

Disgustato dal patetico impulso, apro la bocca per cambiare argomento, ma Mary non ha finito. "Allora, come ci sei riuscito?" mi chiede dolcemente. "Come hai affrontato il college da solo?"

Facendo spallucce, infilzo un pezzo di tacchino con la forchetta. "Come la maggior parte degli studenti: con borse di studio, prestiti e lavori part-time." Molti lavori part-time—al punto tale che il mio totale delle ore lavorative superava due lavori a tempo pieno in alcune settimane. Non lo dico, però, poiché i nonni di Emma sembrano già preoccupati per il vecchio me che frequentava il college.

"La maggior parte degli studenti ha una famiglia su cui fare affidamento per spese accessorie e cose simili" replica Ted, accigliato. "Dev'essere stata incredibilmente dura non disporre di quella rete di sicurezza. Ti sei laureato con molti debiti, come nostra nipote? Nemmeno lei ha accettato un penny dopo il liceo."

La osservo, e lei distoglie lo sguardo, con il viso arrossato per l'imbarazzo. Questo fa parte della sua fissazione sui soldi?

Non vuole che la gente sappia dei suoi prestiti studenteschi?

"Avevo dei debiti, sì" confesso a Ted. Pochissimi e niente che non sia riuscito a pagare entro un mese dalla laurea, grazie al successo dei miei primi investimenti, ma taccio anche su quello.

Non voglio che la mia gattina senta che le sue finanze limitate siano qualcosa che deve nascondere.

Mary deve avvertire il disagio di sua nipote, perché sorride e dice: "Beh, chiaramente hai fatto molti passi avanti da quei giorni, quindi tutto è bene quel che finisce bene." Allungandosi sul tavolo, prende uno dei piatti e si guarda intorno. "Altro ripieno?"

Accetto volentieri, e la conversazione torna su argomenti più leggeri. Ted inizia a raccontarmi tutto di Emma da bambina, il che la fa ridere e arrossire furiosamente, e Mary continua a sollecitare tutti a provare questo piatto e quello, ad assaggiare un altro boccone qua e là.

I miei pantaloni non si abbottoneranno domani, ma vale assolutamente la pena vedere il sorriso sul viso dell'anziana donna ogni volta che accetto l'offerta e la sommergo di elogi.

Abbiamo quasi finito il dessert—una torta di zucca fatta da zero—quando Ted tocca innocentemente un tasto dolente.

Chiede quando esattamente abbiamo in programma di far trasferire Emma da me.

Lei s'irrigidisce subito e mi lancia un'occhiataccia letale, stringendomi il ginocchio in un silenzioso avvertimento. So cosa vuole—che io rimanga zitto, mentre lei spara qualche stronzata su come non siamo ancora sicuri, bla, bla, bla—ma non ho intenzione di lasciarmi sfuggire quest'opportunità.

"Entro la fine della prossima settimana" dico, prima che lei possa parlare. "Inizieremo a fare le valigie di Emma non appena torneremo a New York."

"Oh, è meraviglioso!" Il sorriso di Mary è più luminoso di un bagliore solare. "Prima sarà, meglio è, vero?"

"Esatto." Sorrido, ignorando le dita della ragazza che mi affondano nella gamba sotto il tavolo. "Non vedo l'ora di averla sempre con me."

I suoi nonni sembrano gatti con l'acquolina in bocca davanti a un piattino di crema, mentre la mano di Emma sulla mia gamba si trasforma in un artiglio crudele, e i suoi occhi socchiusi mi dicono che le piacerebbe uccidermi. Lentamente. Dopo avermi prima arrostito su un falò, in stile marshmallow.

"C'è ancora un po' di logistica che dobbiamo sistemare" afferma a denti stretti. "Quindi, non credo che la prossima settimana funzionerebbe."

Le rivolgo la mia occhiata più innocente. "Stai parlando del trasloco? Perché te l'ho detto, me ne occuperò io. Inoltre, non è necessario portare i mobili; la mia casa ha tutto ciò di cui abbiamo bisogno."

"Emma, tesoro..." Mary poggia delicatamente una mano sull'avambraccio di sua nipote. "Non devi aver paura di questo. So che il cambiamento ti mette a disagio, ma questa è una cosa positiva. Tuo nonno e io pensavamo di volerci bene, quando uscivamo insieme, ma non era niente in confronto a come ci siamo sentiti una volta sposati e dopo aver iniziato a vivere insieme. Questo è un rischio per te, lo so, ma non lo puoi evitare. Non se volete costruire una vita insieme."

Mentre parla, il viso della ragazza passa dal rosa al bianco a una tonalità nel mezzo. "Nonna, per favore. Non—"

"Mary, lascia in pace la povera ragazza" interrompe Ted. "La stai mettendo in imbarazzo di fronte a Marcus, non vedi? Sono adulti; sono sicuro che risolveranno tutto da soli."

"Lo faremo" dico sorridendo alla coppia di anziani. Raccogliendo la mano rigida di Emma nel mio palmo, sposto le nostre mani unite dalla mia gamba al punto vuoto tra i nostri piatti. "Ve lo prometto, risolveremo tutto."

Ignorando la tensione nel braccio della ragazza, sollevo le nostre mani strette e bacio le sue nocche serrate.

12

Emma

"QUESTO È RIDICOLO!" LE PAROLE SONO URLATE NON appena Marcus e io siamo soli nella nostra camera. "Non puoi continuare a farlo!"

Solleva un sopracciglio scuro. "Posso e lo farò—fino a quando non accetterai l'inevitabile."

"L'inevitabile sarebbe che vivremo insieme?"

Il suo sorriso è pura arroganza. "Esattamente."

Ah! Vorrei schiaffeggiarlo così tanto che mi prude il palmo. Avevamo trascorso una giornata così bella insieme, ed era stato così gentile con mia nonna durante la cena che mi ero quasi dimenticata come fosse davvero.

Un bastardo spietato e manipolatore che non si ferma davanti a nulla per ottenere ciò che vuole.

Che, per qualche bizzarra ragione, sono proprio io.

Sono rovinata—in tutti i sensi.

Stringendo i denti, mi concentro sul problema in questione. "Non mi trasferirò da te." Pronuncio ogni parola come se stessi parlando con un bambino. "Ficcatelo in quel grosso cranio. Non succederà."

"Oh, succederà eccome." Un pericoloso luccichio appare nel suo sguardo, mentre avanza verso di me. "Vuoi scommettere?"

Con cautela, mi ritraggo. "Non puoi convincermi con il sesso. Anche se—"

"Anche se cosa?" Mi afferra vicino al letto, con le sue grandi mani che si posano sulle mie spalle, mentre la parte posteriore delle mie ginocchia tocca il materasso. Scorgo un ghigno malvagio sulle sue labbra, come se mi avesse esattamente dove mi vuole.

Ed è così.

Perché mi sono ritirata nella direzione del letto?

Voglio inconsciamente che mi faccia arrendere con il sesso?

"Anche se cosa?" ripete con voce dura, mentre il suo sguardo si posa sulle mie labbra. Delicatamente, mi spinge sulle spalle e mi ritrovo ad affondare sul letto, mentre le gambe mi si piegano sotto. Dopo un battito di ciglia sbalordito, mi distendo sulla schiena, con lui chino su di me, la sua mano che lavora sulla cerniera dei miei pantaloncini di jeans, mentre i suoi occhi azzurri mi trafiggono. "Anche se cosa, gattina?"

Deglutendo, provo a ricordare di cosa stavamo parlando. "Anche se..." Le parole si dissolvono nella mia gola, mentre abbassa la testa per baciarmi il collo, con il suo respiro caldo sulla mia pelle, mentre la sua mano scava nei miei pantaloncini, invadendo le mutandine che s'inumidiscono rapidamente. Le sue labbra sono morbide come la seta, la lingua bagnata e calda, mentre mi lecca il punto sotto l'orecchio, facendomi rabbrividire in modo sensuale. Combattendo la foschia, ci riprovo. "Anche se..." Il suo pollice mi sfiora il clitoride, e mi morde una corda sensibile nel collo, frastornandomi la testa. Con uno sforzo eroico, trovo un frammento di lucidità mentale, ansimando: "Anche se il sesso è davvero ottimo—" e poi, la mia mente si spegne completamente, mentre mi penetra con due grandi dita, distendendomi con una deliziosa ruvidezza.

"È vero?" mormora, mordicchiandomi il lobo dell'orecchio, mentre le sue dita si curvano dentro di me. Solo che non riesco più a elaborare ciò che sta dicendo, con il mio intero essere concentrato sulla tensione pulsante nell'intimo, mentre inizia a scoparmi con un ritmo duro e veloce. Indosso ancora i pantaloncini e le mutande, che limitano il suo raggio di movimento, ma il suo dito medio colpisce il mio punto G con ogni spinta e il suo palmo si schiaccia contro il mio clitoride, facendomi fremere impotente attorno alle sue dita.

Ansimando, afferro le sue spalle, chiudendo gli occhi e affondando le dita nei suoi forti muscoli, mentre il battito del mio cuore sale alle stelle. Mi sta mordendo di nuovo il collo, e io sono vicina, così vicina—e poi, con una sensazione simile a una raffica di calore incandescente, lo raggiungo, con l'orgasmo che esplode attraverso le mie terminazioni nervose come fuochi d'artificio cosparsi di benzina. Gridando, m'inarco tra le sue dita, con i muscoli interni che si contraggono e si flettono, mentre le dita dei piedi si piegano e punti di luce costellano la mia vista. Vengo per quelli che sembrano minuti, con un'estasi così acuta che è quasi dolorosa, e quando alla fine svanisce, mi sento come se non volessi più muovermi.

Con sforzo, apro le palpebre pesanti—e lo trovo a guardarmi con feroce intento, i suoi occhi azzurri oscurati dall'eccitazione. Sostenendo il mio sguardo, tira fuori le dita con un movimento lento e volontario, e io rabbrividisco per i residui del climax, mentre trascina il palmo sul mio clitoride gonfio.

Muovendosi con la stessa lenta intenzionalità, porta le dita—quelle che erano appena state dentro di me— alla bocca e le succhia.

Il respiro si blocca nei miei polmoni e il corpo si stringe con la rinascita di un doloroso bisogno. Non dice che si sta godendo il mio sapore, ma non è necessario. È stampato sul suo viso, nel modo in cui le sue palpebre si appesantiscono, e un pizzico di colore oscura i suoi zigomi alti.

Con un'ultima suzione, tira fuori dalla bocca le dita ormai pulite e curva il suo palmo sulla mia mascella. Il suo tocco è tenero, ma la selvaggia possessività nel suo sguardo mentre si avvicina è inconfondibile, con il pollice che mi accarezza il labbro inferiore.

"Sei mia, Emma." La sua voce è bassa e ruvida, carica di irremovibile certezza. "E questo—io e te— sta succedendo. Puoi combatterlo quanto vuoi, ma alla fine ti arrenderai. Perché la senti anche tu, quest'attrazione tra noi... questa compulsione. Non importa quanto pensi che siamo diversi o quanto ti spaventa. Il fatto rimane, e resistere lo renderà solo più forte." Le sue labbra si contorcono. "Credimi, lo so."

Deglutisco, con il cuore che mi batte forte. "E se mi arrendessi? Che cosa succederebbe poi?"

Mi spezzeresti di nuovo il cuore... te ne andresti lasciandomi a pezzi?

Le parole danzano sulla punta della mia lingua, ma le trattengo. Non posso far sapere a Marcus quanto mi abbia già fatto del male—perché allora scoprirebbe la verità.

Si accorgerebbe che sono impotente, innamorata pazza di lui.

I suoi occhi azzurri si rabbuiano, e mi chiedo se non mi sia tradita comunque, se non abbia interpretato il mio patetico "che cosa succederebbe poi?" come la supplica disperata e amorosa che era.

Non ferirmi. Non mi abbandonare. Amami.

Lentamente, con squisita premura, preme le sue labbra sulle mie, in un bacio così tenero che mi fa venire voglia di piangere. "A quel punto, gattina" mormora, tirandosi indietro per guardarmi: "Ti darei il mondo... tutto ciò che hai sempre sognato."

E mentre il mio cuore si stringe con angosciante speranza, mi bacia di nuovo e inizia a spogliarmi.

mma

"Sarà meglio che il tuo miliardario sia un alieno che ti ha portata sulla sua astronave" dice Kendall al posto di un saluto, mentre accetta la mia videochiamata la mattina successiva. "Seriamente, Ems, che cazzo sta succedendo? Ti ho chiamata cinquanta volte da domenica."

"Tre volte" la correggo, facendo una smorfia internamente. "E mi dispiace davvero tanto. Stavo per richiamarti, ma è stato... Beh, sono successe molte cose."

Si passa le dita tra i capelli—evitando magicamente di arricciare le lucenti ciocche scure. "Sì, beh, certo, Capitan Ovvio. Tu e Mr. Miliardi che vi baciate a Pagina Sette? Voglio sentire tutti i succosi dettagli."

"Giusto, quindi..." Appoggio il telefono contro un vaso di fiori sul tavolo della veranda dei miei nonni e mi guardo intorno, assicurandomi di essere ancora sola nel portico con le vetrate. La costa sembra essere chiara. I miei nonni sono alla lezione di salsa mattutina, e Marcus dev'essere ancora a letto. Per una volta, mi sono svegliata prima di lui e sono sgattaiolata fuori per fare questa telefonata. Respirando, torno a guardare la fotocamera del telefono. "È una lunga storia."

Kendall alza gli occhi al cielo. "Sì, sì. Inizia a parlare. Non ho tutta la mattina. Beh, in realtà sì, visto che sono libera questo venerdì, ma sai cosa intendo."

"Giusto." Senza ulteriori indugi, mi lancio nella mia storia, raccontandole tutto ciò che è accaduto da quando le ho parlato l'ultima volta—dal fantastico weekend che io e Marcus abbiamo condiviso, alla sua scomparsa domenica, al modo in cui mi ha inseguita all'aeroporto con la sua proposta di trasferirmi.

"Aspetta, *che cosa*?" Kendall sembra sbalordita come mi sono sentita io in quel momento. "Ti ha chiesto di *trasferirti*? Così presto? E dopo averti ignorata da domenica?"

"Lo so!" La mia pressione sanguigna aumenta di nuovo. "È del tutto folle, vero? E quando mi sono rifiutata e gli ho detto che era finita, è venuto da me in Florida."

La mascella di Kendall è così spalancata che temo le possa cadere. "Ed è lì con te adesso?"

"Sì." Mi guardo di nuovo intorno, ma la veranda è

ancora vuota, così le racconto il resto: come Marcus mi ha praticamente costretta a fingere che lui fosse il mio ragazzo, la camera degli ospiti in comune, la nostra uscita in spiaggia ieri, la sua affermazione oltraggiosa sui tempi del mio trasferimento, e così via.

L'unica cosa su cui taccio è la promessa che mi ha fatto la scorsa notte... e la fragile fiamma della speranza che si è accesa nel mio cuore bisognoso.

Nonostante ciò, quando finisco, gli occhi nocciola della mia amica sono abbastanza larghi che potrebbe passarci un camion. "Santo cielo, Emma" respira. "Accidenti. Prima stavo solo scherzando sul matrimonio, ma sta succedendo realmente, vero? Ti stai trasferendo da lui, e presto diventerai la Signora Wall Street."

"Che cosa? No! Sei pazza? Non mi trasferirò da lui. E sicuramente non—"

"Sì, giusto." Il suo naso dalla forma perfetta cresce, mentre si appoggia alla telecamera. "Ricapitoliamo. Primo: Gli hai detto di togliersi di torno, ma quando ti ha seguita in Florida, hai ceduto. Subito."

"Solo perché non volevo deludere i miei nonni" protesto, ma Kendall non sta ascoltando.

"Secondo: L'hai lasciato stare con te a condizione che se ne andasse dopo la cena del Ringraziamento, ma è ancora lì, no?"

"Beh, sì, ma—"

"Terzo: L'uomo ha costruito un fottuto impero da zero, quindi sa chiaramente come ottenere ciò che vuole. E vuole *te*. Moltissimo."

"Oh, per favore—"

"No, ascoltami, Ems. Che cosa ottieni quando prendi un determinato miliardario e una ragazza che è creta nelle sue mani?" Al mio sguardo intenzionalmente vuoto, fa schioccare la lingua con finta delusione. "Non sarai un genio della finanza, ma anche tu dovresti riuscire a fare due più due. Una coppia che vive insieme e si sposa, ecco cosa!"

È il mio turno di alzare gli occhi al cielo. "Sì, ok, continua pure. Non mi trasferirò da Marcus. E sicuramente non lo sposerò—non che lo chiederebbe. Ti ho parlato di Emmeline, dell'organizzatrice di incontri e di tutti i suoi requisiti, no?"

"E allora? È lì con *te*, non con lei, no? Il giorno del Ringraziamento. A casa dei tuoi nonni. Se questa non è una dichiarazione di intenti, non so cosa sia."

"Forse vuole solo fottermi" mormoro—solo per arrossire, quando Kendall alza le sopracciglia, incuriosita.

"Dimmi. È—"

"Non voglio parlarne" ribatto fermamente. "E non mi trasferirò da lui. È troppo presto. Inoltre, ci sono troppi problemi con quest'idea."

Si acciglia. "Ad esempio?"

Sospiro. "Ad esempio il fatto che nemmeno tra un milione di anni sarei mai in grado di coprire qualcosa di simile alla mia giusta quota di spese di soggiorno a casa sua. Anche se possiede il suo attico, le sole tasse di proprietà devono essere astronomiche. E ci sono anche il suo chef e il personale, e—" Mi fermo, perché Kendall mi sta guardando come se fossi stata *davvero* rapita dagli alieni—e fossi tornata con squame e tentacoli verdi.

"Ems" inizia a dire, solo per tacere, spalancando gli occhi, mentre fissa qualcosa dietro di me.

Con il cuore che mi batte all'impazzata, mi giro e vedo Marcus.

Un Marcus scalzo, senza camicia, che si avvicina a me con il passo fluido di una pantera.

Non deve ancora essersi fatto la doccia o rasato, dato che i suoi folti capelli castani sono arruffati e la mascella è scura per la barba del mattino. I suoi jeans sono bassi sui fianchi stretti, esponendo quell'appetitosa V che i ragazzi con gli addominali scolpiti tendono ad avere, e il suo petto peloso e muscolosamente potente sembra appartenere alla copertina di una rivista di fitness maschile.

L'edizione il-Re-di-Wall-Street-è-Diventato-un-Pirata-Sexy.

"Buongiorno, gattina" dice con una voce profonda e assonnata, con gli occhi azzurri socchiusi, mentre mi esamina con possessivo calore.

La mia gola si secca nonostante la bocca s'inondi di saliva.

Se con il completo è sexy da morire, questa versione di lui—tutta virilità primordiale e potente—è l'essenza delle fantasie di ogni donna. Quelle oscure, politicamente scorrette che non dovremmo ammettere di avere.

Deglutendo fortemente, balbetto: "B-buongiorno"—

solo per ricordare che non siamo soli. Distogliendo gli occhi da tutti quei muscoli pericolosamente caldi, torno allo schermo del telefono, dove Kendall sembra che stia per soffocare sulla sua stessa saliva.

"Questo è Marcus" dico inutilmente, e lei sbatte le palpebre, sembrando così abbagliata che vorrei raggiungere la telecamera e scuoterla. Forse dopo averle tirato alcune ciocche dei suoi capelli lisci e lucenti.

Migliore amica o meno, è meglio che tenga le mani —e gli occhi a cuoricino—giù dal mio uomo.

"Ciao, Marcus" dice senza fiato, ricomponendosi con difficoltà. "Sono Kendall, l'amica di Emma. Tu, uhm... mi hai parlato al telefono l'altro giorno."

Lui sorride, sfoggiando denti bianchi e quei solchi sexy sulle guance. Totalmente indifferente al fatto che stia proiettando i pettorali perfettamente scolpiti verso la fotocamera, si siede accanto a me, poggiando un braccio muscoloso sullo schienale della mia sedia. "Sì, certo, mi ricordo. Come stai, Kendall?"

"Sto benissimo, grazie" cinguetta, indossando la sua maschera allegra e civettuola—quella che inganna tutti i ragazzi, spingendoli a credere che sia l'equivalente bruna di una bionda sfacciata invece dello squalo intelligente e pragmatico che è. "E tu? Vi state divertendo in Florida?"

"*Io* sicuramente." Marcus mi guarda, con le palpebre abbassate che la dicono lunga, e maledico la mia carnagione che arrossisce facilmente, mentre le guance avvampano in risposta.

Kendall sembra sul punto di svenire. "Oh, che romantico. Emma mi ha raccontato come vi siete conosciuti, l'intero fraintendimento—ed eccovi qui oggi. Quante erano le probabilità, eh?"

"Davvero" replica Marcus con voce roca, senza distogliere lo sguardo da me. "Un evento più unico che raro."

Le mie guance sono in fiamme. Ormai devo essere *tutta* rossa. Cercando di fingere che Marcus non mi stia divorando con lo sguardo, mi stampo un sorriso luminoso in faccia e dico con una voce che è solo un tono troppo alto: "Allora, come vanno le cose nella Grande Mela? La neve della tempesta si è sciolta?" È un cliché totale, ma il clima sembra l'argomento più sicuro.

La mia amica fa una smorfia. "In parte. È perlopiù fanghiglia in questo momento. Sono così invidiosa di voi, ragazzi. Quel sole sembra fantastico."

"Sì. Oggi ci saranno ventisette gradi" mi vanto, senza nemmeno cercare di minimizzare la meraviglia di indossare pantaloncini a fine novembre. "Probabilmente andremo di nuovo in spiaggia dopo colazione. Giusto?" Guardo Marcus—e arrossisco di nuovo, quando vedo che mi sta ancora guardando come farebbe un bambino davanti a un cono gelato... il tipo al caramello che assapori ad ogni leccata.

L'uomo non conosce la vergogna? Kendall penserà che scopiamo come conigli che assumono Viagra—il che, a pensarci bene, non è lontano dalla verità.

"In realtà, stavo pensando che potremmo visitare St.

Augustine" risponde Marcus, sbattendo le palpebre lentamente. "Ma se preferisci la spiaggia—"

"No, no, St. Augustine va benissimo. La città più antica degli Stati Uniti e tutto il resto. È molto carina, davvero, tutta storica e roba del genere. Ci sono un forte, una fattoria di alligatori e musei—" Mi fermo, realizzando che sto blaterando e ignorando totalmente Kendall. Tornando alla fotocamera, rivolgo alla mia amica un sorriso carico di scuse. "Scusa. Decideremo dopo. Dimmi com'è andato il tuo Ringraziamento. Sei andata a trovare i tuoi genitori?"

Kendall sorride e si lancia nella storia sempre divertente delle bravate durante la cena con la sua famiglia. Marcus ascolta attentamente, ridendo in tutti i momenti appropriati, ma appena lei ha finito, lui si scusa per andare a fare la doccia e radersi. "Non volevo intromettermi nella vostra conversazione—sono venuto qui solo per assicurarmi che Emma non fosse scomparsa" spiega alla mia amica con un sorriso triste. "È stato bello chiacchierare con te. Spero di vederti presto di persona."

Con un saluto alla fotocamera, mi dà un bacio sulle labbra che mi fa arrossire e torna dentro.

Kendall aspetta esattamente cinque secondi dopo che la porta scorrevole si sia chiusa dietro la muscolosa schiena di Marcus, prima di sibilare: "Oh. Mio. Dio. Emma, oh santo cielo."

Sbatto le palpebre. "Che cosa?"

"Quell'uomo è pazzo di te, ecco cosa!"

"Che cosa? No, è solo—"

"Nuh-uh. Non iniziare nemmeno. Ho gli occhi anch'io, lo sai."

"Lo so, ma..." Mi guardo intorno per assicurarmi che i miei nonni non siano tornati e Marcus non sia a portata di udito. Non c'è nessuno in giro, ma mi avvicino ulteriormente alla fotocamera, mentre dico a bassa voce: "È solo sessuale, okay? L'attrazione c'è sicuramente, ma ciò non cambia nulla. Non sono quella di cui ha bisogno, e non è nemmeno il mio tipo."

"Stronzate."

Mi tiro indietro, irrazionalmente offesa. "No, non lo sono. L'uomo è un miliardario—un *miliardario*, Kendall —e io riesco a malapena a pagare l'affitto. E anche se non fosse così, è il Tipo A: ambizioso, atletico, orientato alla carriera—tutto ciò che io non sono. Voglio dire, avresti dovuto sentirlo parlare con mio nonno di azioni. Conosce personalmente tutti i 500 CEO di Fortune."

"E allora?" ribatte Kendall. "Li conoscerai anche tu, se continuerai a uscire con lui. Sono solo persone, lo sai. Ricche e potenti, certo, ma comunque persone. Per quanto riguarda l'ambizione e l'ossessione per la carriera, quand'è stata l'ultima volta che hai saltato un giorno di lavoro? O che non hai rispettato una scadenza di editing?"

"Beh, mai, ovviamente" rispondo con un cipiglio. "Ma questo non significa—"

"No? Allora, che mi dici del fatto che hai praticamente due carriere in parallelo—il tuo lavoro di editing e quello in libreria a tempo pieno?"

"Dove lavoro come *cassiera*" dico acutamente, ma lei è imperterrita.

"Sulla carta, forse. Da quello che mi hai detto, il tuo capo si affida a te per gestire il posto. Non hai deciso tu quali libri ordinare di recente? Non hai accettato tu le consegne? Non apri e chiudi tu il negozio, quando il Signor Smithson è in vacanza?"

Sospiro. "Kendall, per favore. Marcus gestisce un hedge fund da cento miliardi di dollari. Non c'è paragone, okay?"

Lascia andare un respiro. "Okay, d'accordo. Quindi, è più ambizioso di te. Ciò non significa che non possiate stare insieme. Chi dice che ha bisogno di un'altra persona di Tipo A? Forse il suo essere un Tipo A è più che sufficiente per lui. In realtà, forse—"

"Emma? Emma, tesoro?"

La voce di nonna mi raggiunge debolmente, e mi guardo dietro per vederla avvicinarsi alle porte scorrevoli della cucina. Lei e nonno devono essere tornati dalla lezione di salsa, il che significa che è ora di colazione.

"Scusa, devo scappare" dico a Kendall, e lei annuisce, raccogliendo i suoi capelli lisci in una coda alla moda.

"Va bene, ma non sparire di nuovo, okay? A meno che Marcus non ti porti su un'isola privata, voglio un rapporto giornaliero su cosa sta succedendo tra te e Mr. Tipo A. Chiaro?"

"Chiaro" prometto con un sorriso, e riattaccando, mi giro per andare incontro a mia nonna.

14

FACCIAMO COLAZIONE CON I NONNI DI EMMA, POI usciamo per esplorare le parti storiche di St. Augustine. Come promesso da Emma, il posto è molto carino, con l'architettura coloniale spagnola e un vecchio forte che fa da sfondo a centinaia di graziosi negozi di souvenir e ristoranti. Passeggiamo per le strade di ciottoli per un po', poi acquistiamo un paio di fette di pizza e le mangiamo in piedi accanto a un tugurio che si ritiene essere "La Prigione più Antica degli Stati Uniti." Naturalmente, la ragazza insiste per pagare la sua parte, e glielo lascio fare, anche se questo va contro ogni mio istinto.

Se si facesse come dico io, non pagherebbe mai più nulla. Mi prenderei cura di lei, le procurerei tutto ciò di cui ha bisogno. Ma è ancora fissata con il fatto di non voler essere un'approfittatrice che usa le persone come sua madre, quindi mi trattengo e le lascio valutare attentamente il costo per la sua porzione.

Successivamente, camminiamo sul lungomare e scattiamo alcune foto accanto al forte e al Ponte dei Leoni. Il tempo è perfetto—ventuno gradi e soleggiato, con una leggera brezza—e suggerisco di noleggiare una barca da un porto vicino, come vedo fare da alcuni turisti.

"Oh, uhm... puoi noleggiarla per te se vuoi. Ho paura del mal di mare" dice Emma, distogliendo lo sguardo. "Ti aspetterò qui. Non c'è problema."

Mal di mare? Sotto costa? Sto per sottolineare quanto sia calma l'acqua, quando mi viene in mente che potrebbe trattarsi di qualcosa di diverso dalla paura di uno stomaco instabile.

"Che ne dici di noleggiare una moto d'acqua invece?" chiedo, testando la mia teoria. "Non ti verrà il mal di mare."

Sembra ancora più a disagio. "No, grazie. Sto bene qui. Ma dovresti andare; ho sentito dire che è molto divertente. E posso aspettarti. Non è un problema, davvero."

Va bene, allora. O ha paura dell'acqua—improbabile, date le nostre avventure di nuoto di ieri—o si tratta di nuovo del denaro. Probabilmente pensa che se partecipiamo a un'attività insieme, dobbiamo dividerne il costo, come con la pizza—e sia il noleggio della barca che quello della moto sono costosi.

È ridicolo, ma sono disposto a chiudere un occhio, proprio come ho fatto con la pizza—non è che non sia mai stato su una barca o non abbia mai guidato una moto d'acqua prima d'ora—solo che penso che questo possa diventare un problema ricorrente. Sono stato povero, e ora che non lo sono, mi piace godermi tutte le cose e fare le esperienze che i miei soldi possono comprare: come volare in privato, soggiornare in hotel di lusso e noleggiare barche per capriccio. E voglio Emma al mio fianco, mentre lo faccio.

"Sei sicura che non ti dispiaccia aspettare qui?" chiedo. "Perché è davvero una bella giornata, e mi piacerebbe passare del tempo in acqua."

Sbatte le palpebre. Immagino che non si aspettasse che fossi abbastanza stronzo da accettare la sua offerta. Si riprende rapidamente, però, e annuisce. "Sì, certo, vai pure. Rimarrò qui, a godermi il panorama." E per illustrare come intende farlo, si siede su una panchina davanti all'acqua.

"Va bene, allora."

Lasciandola lì, mi dirigo verso il porto turistico e noleggio la barca più bella che hanno. Col cavolo che salirò senza la ragazza, ma ho bisogno che lei creda che lo farò—che questa barca sia solo per me. È una scommessa, ma non vedo altre soluzioni.

Devo farle cambiare questa idea sbagliata secondo cui dobbiamo dividere tutto cinquanta e cinquanta, e oggi inizierò quel progetto.

È ancora seduta sulla panchina, quando esco dal

porto turistico, con la chiave della barca che penzola nella mia mano.

"Sei sicura di non voler venire?" chiedo, avvicinandomi a lei. Mantengo un tono indifferente, come se non m'importasse in entrambi i casi. "Non credo che avrai il mal di mare, e senza di te non sarà altrettanto divertente."

Esita, con lo sguardo che salta da me all'acqua blu che brilla al sole. "Beh—"

"Dai. Provalo per me, per favore. Se ti senti un po' nauseata, ti riporterò subito qui."

Si mordicchia il labbro inferiore, l'immagine stessa dell'incertezza, e mi preparo a colpire. "Ti prego. Ho davvero bisogno della tua compagnia. Mi faresti un grande favore."

E come speravo, cede.

Con un sospiro, si alza, e camminiamo insieme verso la barca.

15

Emma

Mi dispiace che stia facendo un giro gratuito, ma non abbastanza da farmi rovinare il godimento dell'esperienza. Tutto ciò che la riguarda—dal modo in cui il sole luccica sulla superficie dell'acqua alla brezza salata sul mio viso e all'uomo pericolosamente bello al timone della nostra barca a motore—è la mia idea di paradiso. Ho mentito prima—non soffro di mal di mare—e sono segretamente felicissima che Marcus mi abbia trascinata, noleggiando la barca per se stesso.

Sistemandomi il cappello, lo guardo di soppiatto. Con una polo bianca e pantaloncini color kaki, e occhiali firmati che coprono i suoi intensi occhi azzurri, è il ritratto di un'eleganza disinvolta—ed è così stupendo da farmi agitare le viscere. La sua carnagione dai toni olivastri brilla al sole, con i folti capelli castani che ondeggiano nella brezza, mentre guida abilmente la barca attorno a una boa. Catturando il mio sguardo, sorride ampiamente, e il mio petto si espande con un'esplosione di felicità per il calore che s'irradia dai suoi lineamenti duri.

"Vuoi guidare tu?" chiede. "Ti mostrerò come si fa, se non l'hai mai fatto prima."

Sorridendo, scuoto la testa. "No, grazie. Sto bene qui." Mi sto godendo troppo la visuale per muovermi e, inoltre, non voglio rischiare di danneggiare la barca in alcun modo. È già abbastanza brutto che non abbia contribuito al noleggio; se rovinassi anche la barca, mi sentirei malissimo.

Accetterebbe i miei soldi, se mi offrissi di pagare una parte del noleggio della barca adesso? Tecnicamente, ha noleggiato la barca per *sé*—dopotutto, l'avrebbe fatto da solo, che mi fossi unita o meno—ma *io* ne sto beneficiando. In tutta sincerità, dovrei offrirglielo, se non pagare la metà intera.

Ma dovrò traslocare a breve, il che significa che ho bisogno di ogni centesimo dei miei magri risparmi. Altrimenti, dovrò indebitare le mie carte di credito, e poi sarei davvero nei guai. Dall'esperienza di mia madre, so quanto velocemente il debito della carta di credito possa aumentare a dismisura, con gli interessi e le commissioni di ritardo che raddoppiano e triplicano facilmente il saldo negativo. Lei, ovviamente, l'ha affrontato nello stesso modo in cui affrontava tutto: ingannando lo sfortunato ragazzo e spingendolo a ripagare la maggior parte del suo debito. Purtroppo per lei—e per me, dal momento che vivevo con lei in quel momento—il ragazzo l'ha vista per l'arrampicatrice sociale priva di rimorso quale era e l'ha presa a calci nel sedere senza pagarle il resto del debito. E quel residuo ha gravato sulla nostra testa per mesi, con le agenzie di recupero che ci perseguitavano quotidianamente, fino a quando mia madre ha trovato un'altra vittima su cui scaricare il suo fardello finanziario—un altro sfortunato "fidanzato."

"Stai bene?" chiede Marcus, e mi rendo conto di essere rimasta in silenzio, a fissare l'acqua senza espressione.

"Sì, certo." Gli sorrido, forse troppo brillantemente. "Tutto bene, mi sto solo godendo il sole."

"Sei sicura?" Il suo sguardo è enigmatico dietro gli occhiali. "Niente mal di mare?"

"No" rispondo e mi concentro sul piacere di questa giornata perfetta. Ma la pura gioia che ho provato prima è sparita, contaminata dai vecchi ricordi—e dalla consapevolezza che se non starò attenta, potrei seguire le orme di mia madre.

Potrei finire per usare Marcus come lei usava i suoi uomini.

RITORNIAMO A CASA DEI MIEI NONNI NEL TARDO pomeriggio, e Marcus si scusa per mettersi al lavoro prima di cena. Il che va perfettamente bene per me, dato che devo finire di editare il romanzo e chiamare la Signora Metz per controllare i miei gatti.

Con mio sollievo, va tutto bene con i miei cuccioli pelosi—Queen Elizabeth e Cottonball si stanno comportando bene, mentre Mr. Puffs ha spostato la sua attenzione distruttiva dal mio cuscino alla coperta. Tuttavia, parlare con la mia padrona di casa mi ricorda che devo prendere sul serio la ricerca di un nuovo posto in cui vivere, quindi invece di lavorare sul romanzo, controllo Craigslist, quando mia nonna esce per unirsi a me sulla veranda.

"Che cos'è questo?" mi chiede, venendo dietro di me, e io sobbalzo, sorpresa, prima di chiudere il portatile.

"Niente, nonna." La mia voce è un'ottava troppo alta, mentre l'affronto, quindi riprovo, questa volta con un grande sorriso. "Sto solo cercando una nuova lampada da comodino. La mia sia è rotta un po' di tempo fa." È vero. Mr. Puffs l'ha fatta cadere più di un mese fa e avevo intenzione di cercare una sostituta da anni. Non è quello che stavo facendo in quel preciso momento, ma per quanto riguarda le bugie, è solo parziale.

"Una lampada?" Nonna sembra confusa, ma poi scuote la testa. "Non importa, allora. La mia vista dev'essere peggiorata, perché pensavo di averti sorpresa a guardare gli elenchi degli appartamenti."

"Oh, uhm... no. No, non è quello. Io... Io e Marcus andremo a vivere insieme, ricordi?"

Il suo viso s'illumina, e mi prendo a calci

mentalmente. Perché ho appena detto questo? È già abbastanza grave che Marcus stia dicendo tutte quelle cose nel tentativo di manipolarmi, ma ora mi sto unendo a lui, come se fossi un burattino.

Il suo fantoccio obbediente e malato di sesso.

"Certo che ricordo, tesoro." Nonna prende una sedia per sedersi accanto a me. "Allora, dimmi... Sei emozionata? Questo è un passo importante per entrambi."

Uh. Perché l'ho menzionato? Davvero, perché? Tutto quello che dovevo fare era dire che stavo cercando una lampada e fermarmi lì. Ma no. Dovevo blaterare, ed eccoci qui.

Abbassando lo sguardo sulle mie mani, borbotto: "Sì, certo." Le mie cuticole non sono nella forma migliore, noto, e ho una pellicina tirata sul pollice. Che schifo. Scommetto che a Emmeline non succede mai; le sue unghie perfette non oserebbero penzolare in alcun modo.

"Che cosa significa?" chiede nonna, e alzo lo sguardo dalle mie cuticole rovinate per vederla guardarmi con gentile curiosità e più che un pizzico di preoccupazione. "Non sei sicura di questo?" continua. "Ti senti a disagio in qualche modo?"

"Sta solo... succedendo molto in fretta." Ecco. Questa non è una bugia. Sta succedendo *tutto* troppo in fretta. Anche se Marcus fosse il tipo di ragazzo con cui normalmente uscirei—un po' nerd e dolce—impazzirei all'idea di trasferirmi da lui nel prossimo futuro. Ma lui è lontano dai ragazzi con cui sono uscita più o meno come un uragano di Categoria 5 da una leggera brezza, e sono assolutamente pietrificata dalla possibilità che possa spingermi in questa direzione.

Non lo farà. Non glielo permetterò.

Non importa che cosa ne pensa Kendall o chiunque altro.

"Sì, quel ragazzo sa esattamente cosa vuole e lo ottiene, non è vero?" dice nonna, sorridendo con fare comprensivo, e io annuisco, sollevata di poter condividere almeno parte del mio tumulto con lei.

"Sì. E a volte è sconvolgente." Come praticamente *tutte* le volte. "Marcus è... difficile da gestire." Soprattutto quando una parte di me si sta ancora chiedendo se non sia tutto un gioco per lui, se si annoierà con me e passerà a qualcuna che si adatta meglio alle sue esigenze.

L'espressione di nonna diventa seria. "Sai che non devi fare nulla che non vuoi, vero, tesoro? Mi dispiace se tuo nonno e io siamo sembrati insistenti prima. Ovviamente, ti vogliamo felice con un brav'uomo—e Marcus sembra tale—ma se non sei pronta, non sei pronta. Vivere insieme è un passo importante e dovresti prenderti tutto il tempo necessario per decidere. Il suo appartamento non scapperà."

"Lo so, ma non è solo quello." Prendo fiato. "Hai letto l'articolo; sai quant'è ricco. Tutto nella sua vita è costoso. Solo gli occhiali da sole che indossava oggi probabilmente costano più del mio affitto mensile. Ha un jet privato e un maggiordomo che cucina, un servizio di pulizie e una ditta che si prende cura delle sue piante. Come posso tenere il passo? Come posso—" La mia voce s'incrina. "Come posso uscire con lui senza trasformarmi in *lei*?"

Nonna inclina la testa. "Ah. Ecco di cosa si tratta." Sospira. "Suppongo che avrei dovuto immaginarlo. Tesoro"—mi copre la mano con il suo palmo caldo—"non potresti essere come Brianne nemmeno se ci provassi. Tua madre... aveva qualcosa di guasto dentro di lei. Mancava qualcosa. Non è stata colpa nostra; è semplicemente nata in quel modo. Ho impiegato molto tempo per accettarlo, e ci sono notti in cui mi sveglio ancora in preda ai sudori freddi, a pensarci, chiedendomi se dopotutto non sia stata colpa mia. Ma era *sempre* così. Anche da bambina, rubava i giocattoli di altri bambini senza rimorsi." Il vecchio dolore brilla negli occhi di mia nonna. "Non sapevamo cosa fare. Per quanto cercassimo di infondere empatia in lei, le importava solo di ciò che *voleva*, solo di ciò che la faceva *star bene*."

Il mio petto si stringe dolorosamente. "Mi dispiace, nonna. Dev'essere stato terribile per te e nonno." Posso solo immaginare il tormento che i miei gentili e generosi nonni devono aver attraversato, osservando la loro unica figlia ferire incurantemente le persone per tutta la propria vita.

Un sorriso agrodolce le curva le labbra. "Terribile per noi? Oh, Emma, tesoro... sei tu quella che è stata cresciuta da lei. E ti dispiace per noi? Cara, se avevi bisogno di ulteriori prove del fatto che non sei affatto come tua madre, eccola qui. Hai più empatia in un solo pelo del naso che Brianne in tutta la sua anima."

Soffoco una risatina spaventata. "Un pelo del naso?"

"Un pelo del naso" conferma fermamente. "E se ti prendi tutto il naso—beh, non c'è proprio storia. Per quanto riguarda la disparità finanziaria tra te e Marcus, lascia che ti chieda questo... Gli vuoi bene?"

Sbatto le palpebre, con tutto il desiderio di ridere che scompare. "Sì." In realtà, sono innamorata di lui, ma non sono pronta a rivelarlo a mia nonna.

Lei sorride, stringendomi la mano. "Come pensavo. Voi due mi ricordate tuo nonno e me da giovani. Il modo in cui lo guardi e il modo in cui lui guarda te..." Per un attimo, sembra persa in affettuosi ricordi, ma poi si concentra su di me, col suo sguardo grigio che si affina, mentre il sorriso svanisce dalle labbra. "Tesoro, ascoltami" dice piano. "Non assomigli affatto a Brianne. Non le sei mai assomigliata e non le assomiglierai mai. Il problema di tua madre non era che rubava i soldi degli uomini con cui usciva—era che non le importava di loro come persone. Per lei, non erano altro che portafogli con le gambe. Fintanto che non vedrai Marcus in quel modo—fintanto che quello che avete insieme rimarrà autentico—non c'è vergogna nel lasciare che ti vizi... che si prenda cura di te nel modo che desidera. Il denaro è un ostacolo solo se lasci che lo sia—quindi non permetterlo. Non lasciare che Brianne avveleni la tua vita dalla sua tomba."

16

Emma

Ripenso alle parole di nonna per il resto del tempo che passiamo in Florida. È strano, ma non avevo mai pensato che combattendo così duramente per non essere come mia madre, sto mantenendo la sua influenza tossica nella mia vita. Eppure, nonna ha affrontato questo problema con me in un modo o nell'altro per anni. In primo luogo, lei e nonno volevano contrarre prestiti per aiutarmi ad affrontare il college—un'idea a cui mi sono opposta con forza trovando i prestiti da sola. Più di recente, hanno voluto sottoscrivere una seconda ipoteca per aiutarmi con tali prestiti. È sia commovente che esasperante, perché l'ultima cosa che voglio è rovinare la loro pensione con lo stress delle finanze.

Ecco a cosa servono i vent'anni.

Per fortuna, non devo soffermarmici troppo, dato che io e Marcus trascorriamo quasi ogni minuto della nostra vacanza insieme, sia con i miei nonni che da soli. Venerdì sera andiamo al cinema dopo cena; la mattina seguente, torniamo in spiaggia e restiamo lì fino a pranzo, alternando nuoto, passeggiate lungo l'acqua e lavorando sui nostri portatili. Nel frattempo, finisco di correggere il mio romanzo e inizio ad abbozzare le righe di apertura del mio progetto super segreto, mentre Marcus ingrandisce i fogli di calcolo di Excel con quello che sembra un centinaio di schede—modelli finanziari dei suoi analisti, spiega.

È bello lavorare fianco a fianco con lui, essere produttivi e allo stesso tempo godere della reciproca compagnia. In un certo senso, Kendall aveva ragione. Per quanto differenti siano le nostre ambizioni, condividiamo il rispetto delle scadenze e degli obblighi, vedendo il lavoro come una parte importante della nostra vita piuttosto che qualcosa di spiacevole da evitare.

Dopo la spiaggia, Marcus invita i miei nonni a pranzo in un ristorante italiano locale—per ringraziarli della loro ospitalità, spiega—e per quanto mi faccia male lasciarlo pagare per tutti noi, tengo il portafogli nella mia borsa per evitare un'altra ramanzina da parte di nonna. Mi consolo con la promessa che lo ripagherò, e mi alleggerisco ulteriormente la coscienza, ordinando il piatto più economico del menu.

Quando il pasto è finito, tutti e quattro andiamo a

fare una passeggiata in uno dei parchi locali, e mi stupisco di nuovo di come Marcus vada d'accordo con la mia famiglia. Mentre passeggiamo sul lungomare, chiacchiera con i miei nonni come se li conoscesse da sempre, mentre mi tiene la mano in un'inconfondibile presa possessiva.

Mia, proclama il suo gesto per tutti quelli che mi guardano. *Questa donna è mia.* E nel caso in cui non abbiano recepito il messaggio, rivolge un'occhiataccia a qualsiasi jogger o ciclista mi sorrida—cosa che molti fanno, dato che le persone in questa zona sono abbastanza socievoli. Stava facendo la stessa cosa quando eravamo in spiaggia, ma era più comprensibile lì, dato che indossavo solo un bikini. Qui, però, indosso una maglietta e dei pantaloncini di jeans, e la sua gelosia nascosta è sia lusinghiera che ridicola. Si sta comportando come se fossi così bella che deve scacciare gli altri uomini con un bastone, quando in realtà è *lui* quello che attira tutti gli sguardi femminili.

Con il suo corpo alto e muscoloso, i lineamenti audacemente mascolini e l'aria di potere che si aggrappa a lui come una costosa acqua di colonia, è il tipo di uomo che le donne di tutte le età sognano—e su cui si masturbano segretamente.

Anche mia nonna se ne accorge, sia della sua possessività che del modo in cui le altre donne lo guardano come se fosse una caramella. "Devo dire che il tuo ragazzo è completamente ossessionato da te" dice, mentre l'aiuto a preparare la tavola per cena quella sera. "Anche mentre parlava con noi, continuava a guardarti come se avesse paura che qualcuno potesse portarti via. E *tutta* la sua attenzione era rivolta a te. Zero attenzione verso quella bionda quasi nuda sulla panchina del parco di fronte a noi. Il jogger che ti ha salutata, però..." Emette un debole fischio. "Il poveretto è fortunato che Marcus non gli abbia dato un pugno in faccia."

"Nonna, per favore." Sento di nuovo un rossore insinuarsi nel mio viso. "Stai esagerando." Sono ragionevolmente certa che Marcus non darebbe un pugno a un ragazzo solo per avermi salutata. Non è *così* territoriale.

O sì?

"No, ti sto solo avvertendo, tesoro. Com'è che dicono i giovani? È cotto di te? No, è più di questo—anche se chiaramente questo è vero." Posando il sale, mi fa l'occhiolino e quasi mi sento mortificata, perché c'è solo una cosa a cui potrebbe riferirsi: i suoni che provengono dalla nostra camera da letto di notte.

Faccio del mio meglio per non emettere versi, ma Marcus lo rende impossibile. Entro il quarto o quinto orgasmo, perdo completamente il senso del tempo e del luogo—e i miei nonni devono averlo notato.

Nonna scoppia a ridere. "Oh, dovresti vedere l'espressione sul tuo viso in questo momento. Pensi che tuo nonno e io non ci siamo divertiti? Sono felice per te, tesoro, per entrambi. Ma soprattutto per te, dato che è sempre più difficile per una donna."

Oh, mio Dio. Uccidimi. Subito. Non voglio immaginare il "divertimento" sperimentato dai miei nonni—e sicuramente non voglio discutere della mia vita sessuale con Marcus con mia nonna. Un conto è stato quando mi parlava di uccelli-api-e-contraccettivi, quando mi è venuto il ciclo all'età di dodici anni, ma questo? La mia capacità orgasmica non è un argomento di conversazione pre-cena—anche se tale capacità è cresciuta enormemente da quando ho conosciuto Marcus.

"Va bene, va bene, chiuderò il becco" replica nonna, quando nascondo la mia faccia rosso pomodoro, strofinandola diligentemente in un punto con un tovagliolo di carta bagnato. "Puoi—"

"Chiuderai il becco su cosa?" chiede nonno, entrando con Marcus al suo fianco. Il ragazzo gli ha mostrato una specie di software di trading negli ultimi venti minuti, e sembrano affiatati come ladri.

"Niente" risponde nonna con un sorriso furtivo rivolto a me. Agli uomini, dice in fretta: "Sediamoci e mangiamo."

arcus

NON AVREI MAI PENSATO DI DIRLO, MA SONO innamorato dei nonni di Emma. Forse è perché non ho mai avuto nonni miei—o genitori normali—ma questo lungo weekend con lei e la sua famiglia è stato uno dei migliori periodi della mia vita. Forse addirittura il *migliore*, perché non ricordo l'ultima volta in cui ho provato una sensazione di benessere così prolungata.

Principalmente, ovviamente, è dovuto a Emma stessa. Ogni sera dal mio arrivo qui, ho banchettato sul suo corpo dolce e sinuoso, beandomene senza ritegno. L'ho avuta nel nostro letto, dentro la doccia, contro una parete e persino sul pavimento, quando una sera non siamo riusciti a raggiungere il letto. Ma per quanto sia stato meraviglioso, mi sono goduto altrettanto il semplice piacere di addormentarmi con lei tra le braccia—e di svegliarmi stringendola ancora, respirando il suo profumo caldo e delizioso. La contentezza profonda fino alle ossa che ho provato quella prima notte con lei non è stato un caso; è così ogni volta che l'abbraccio.

E la sua famiglia ha aggiunto un altro strato a quel sentimento, un senso di appartenenza che non mi ero reso conto mi mancasse. Fin da bambino sapevo che era meglio fare affidamento solo su me stesso, e sebbene non avessi mai avuto problemi a fare amicizia, la maggior parte di quelle amicizie era stata leggera e casuale, a malapena profonda. Lo stesso valeva per i miei rapporti con gli adulti. Persino il Signor Bond, l'insegnante di seconda elementare che era diventato il mio mentore, non aveva mai visto oltre il comportamento sicuro e il mantello delle ambizioni che avevo indossato come scudo.

Ma in qualche modo, i nonni di Emma l'hanno fatto. Mary non rievoca il mio passato, ma ogni volta che il suo sguardo cade su di me, è dolce e affettuoso, con una ricchezza di delicata comprensione. Mi vizia come fa con suo marito e sua nipote, mi nutre costantemente, preoccupandosi se sento troppo caldo o freddo, o se il caffè che ho bevuto a cena mi terrà sveglio la notte. E Ted, a modo suo burbero, è altrettanto gentile, facendomi chiedere come sarebbe stato avere un uomo più grande nella mia vita che non fosse solo un mentore ma un amico, qualcuno con cui parlare sia di cose leggere che importanti.

Qualcuno come un padre... o un nonno.

"Vorrei che voi due non doveste già andarvene" mi dice Ted a colazione domenica mattina, e sorrido con rammarico, desiderando la stessa cosa. Questo fine settimana di vacanza è stato un interludio fuori dal tempo, una pausa bagnata dal sole, dalla realtà della mia vita stressante e senza sosta. I parchi, la spiaggia, l'aria calda e umida—mi sento ringiovanito da tutto ciò, rinfrescato come non mi sentivo da anni. E non è perché non ho lavorato questo fine settimana. L'ho fatto. Nonostante tutte le gite e il tempo passato in famiglia, negli ultimi due giorni ho fatto quasi quanto faccio di solito durante i fine settimana. La differenza è che c'era Emma al mio fianco. Era lì quando sono andato a letto e mi sono svegliato, accogliendomi col suo sorriso, avvolgendomi con le sue braccia morbide ogni volta che la raggiungevo.

Con i suoi nonni come cuscinetto, la tensione residua tra noi si è sciolta, la sua resistenza nei miei confronti è svanita come se il mio stupido errore di starle lontano non fosse mai accaduto. Non ha nemmeno obiettato, quando ho pagato per il pranzo di tutti al ristorante italiano, anche se ho trovato una banconota da venti dollari nel mio portafogli più tardi quella sera.

Una volta tornati a New York, sarà diverso, posso dirlo. La prossima grande battaglia—convincere Emma a trasferirsi—è già in atto. Stamattina, quando sono uscito dal bagno, ho intravisto gli elenchi degli appartamenti sullo schermo del suo laptop prima che chiudesse il computer, il che significa che il mio stratagemma con la padrona di casa non sta funzionando troppo.

La mia gattina ha intenzione di andare a vivere da sola. Nonostante la nostra crescente vicinanza negli ultimi quattro giorni, ha ancora paura di fidarsi di me, di farmi entrare pienamente nella sua vita.

"Marcus, a che ora hai il volo?" chiede Mary, riempiendo la mia tazza con un altro po' della sua tipica marca colombiana—un caffè così buono che il mio maggiordomo l'ha già ordinato per me. "Suppongo che sia di nuovo da Daytona."

"Esatto." Le sorrido. "Ho detto al mio pilota di farmi trovare l'aereo pronto entro le tre del pomeriggio, in modo che io e Emma saremmo potuti rimanere a pranzo."

"Aspetta, che cosa?" La ragazza alza lo sguardo dalla sua frittata. "Intendi dire che *tu* potrai restare a pranzo. Il mio volo è alle 12:45, quindi io e nonno dobbiamo partire per Orlando tra un'ora."

La fisso. "Orlando? Gattina, ho un intero aereo solo per noi due. Perché dovresti farti accompagnare da tuo nonno fino a Orlando, quando Daytona è a mezz'ora di distanza e possiamo volare a casa insieme?"

"È quello che ho detto a Emma ieri" dice Ted, guardando noi due. "Ma ha risposto che era stato deciso così."

La mascella della ragazza si serra, e mi rendo conto di aver sbagliato. La prossima grande battaglia non è farla trasferire; è questa. Per qualche ragione, pensavo che sarebbe volata a casa con me, che sarebbe stato come la barca, dove avrebbe visto l'utilità di unirsi a me dal momento che userò il jet a prescindere.

"Posso prendere un Uber fino a Orlando" replica rigidamente. "Se portarmi lì è un problema."

Ted sospira. "Non essere sciocca. Sono felice di portarti, ovviamente. È solo che—"

"È solo che ho un aereo in ottimo stato nelle vicinanze e un'auto parcheggiata fuori che possiamo portare lì, liberando così tuo nonno da qualsiasi guida inutile" dico, con la mia determinazione che si rafforza.

Non è come i venti dollari che ha messo sul mio portafogli—e che ho tranquillamente infilato nella sua borsa, quando non stava guardando. È più grande, più importante. Degno di una lotta. Domani torneremo alla nostra vita normale, torneremo al lavoro e agli appartamenti separati (per ora). Questa è la nostra occasione per passare qualche ora in più insieme, e non ho intenzione di lasciarmela sfuggire a causa della sua testardaggine.

Gli occhi grigi di Emma diventano burrascosi. "Ho un volo, tutto prenotato e pagato. Ho persino effettuato il check-in online ieri sera."

"E allora? Te lo farò rimborsare."

Lei sorride trionfante. "Non puoi. È troppo tardi e, inoltre, è un biglietto non rimborsabile."

Povera gattina. Non ha idea di cosa posso o non posso fare. Il mio sorriso di risposta renderebbe orgoglioso uno squalo. "E se potessi? E se ti procurassi un rimborso in questo momento? Voleresti a casa con me allora?"

Mary e Ted la guardano in attesa, e lei si acciglia, realizzando che l'ho messa all'angolo. Il biglietto non rimborsabile è una buona scusa; senza di esso, tutto ciò che rimane è la sua irrazionale testardaggine, messa a nudo di fronte ai nonni.

"Ascolta, Marcus—" inizia a dire, ma alzo il palmo della mano.

"Lasciami provare a procurarti quel rimborso, okay? Forse non funzionerà, dopotutto." Funzionerà, ovviamente, ma voglio che pensi che ci sia ancora una possibilità che possa vincere.

"Sì, lascialo provare, tesoro" sollecita Mary dolcemente. "Non sarebbe bello volare insieme anziché separati?"

Emma esita per due lunghi secondi, ma poi annuisce con riluttanza. "Va bene. Puoi provare. Ma vedrai che il meglio che potranno fare è spostare il mio volo a un altro giorno dopo aver aumentato la tariffa enormemente."

"Vedremo. Dammi qualche minuto." Poggiando la mia tazza di caffè, mi alzo ed esco sulla veranda, dove contatto direttamente il CEO della United Airlines. Ho il suo numero di cellulare dopo la nostra conversazione di mercoledì, quando gli ho fatto ritardare il volo della ragazza di un'ora.

Dieci minuti dopo, torno al tavolo e trovo Emma a fissare incredula il suo telefono. "Come hai fatto?" chiede, girando lo schermo verso di me per mostrare un'e-mail con una conferma di rimborso. "E così in fretta? L'ultima volta che ho dovuto chiamare questa compagnia aerea per qualcosa, sono rimasta in attesa per più di due ore. E non hanno nemmeno fatto pagare una commissione!"

Alzo le spalle innocentemente. "Forse il loro servizio clienti è migliorato."

"Sì, giusto" mormora, guardandomi minacciosamente. "Suppongo che il denaro sia la chiave per aprire qualsiasi porta."

Oh, non ne ha idea—ma l'avrà.

I miei soldi apriranno qualsiasi porta necessaria per conquistarla.

DOVREI ESSERE ARRABBIATA, FURIOSA PER ESSERE STATA manovrata così abilmente, ma mentre saliamo a bordo del jet privato di Marcus, non posso fare a meno di essere grata per aver passato quelle ore extra con i miei nonni—e che non devo ancora separarmi da lui. Nonostante l'entusiasmo di rivedere i miei cuccioli pelosi stasera, tremo all'idea di dover dormire da sola nel mio freddo, scomodo letto.

E poi, ovviamente, c'è il fatto che sto volando su un dannato *jet privato*. Per quanto vorrei fingere che questi lussi esagerati mi interessino poco, non posso mentire a me stessa.

Gli aerei privati sono fantastici.

Prima di tutto, saliamo direttamente sull'aereo.

Niente controlli di sicurezza, nulla—scendiamo dall'auto e saliamo subito a bordo. Immagino che il processo di pensiero qui sia che è improbabile che il proprietario del jet faccia esplodere il suo aereo.

Quindi, non appena saliamo sull'aereo, decolliamo, con un ritardo di soli cinque minuti per ottenere l'autorizzazione del controllo aereo. Non c'è attesa affinché gli altri passeggeri si sistemino, né l'ansia nel riporre le valigie in un piccolo vano. Saliamo e voliamo, come se entrassimo in macchina e guidassimo.

Infine, c'è l'aereo stesso. Ho visto jet privati nei film, ma non mi ero soffermata a riflettere molto sul lusso sfrenato di questo mezzo di trasporto, fino a quando non l'ho visto nella vita reale.

L'aereo di Marcus è enorme. Più piccolo di un aereo di linea commerciale, ovviamente, ma abbastanza grande da contenere una dozzina di lussuosi sedili in pelle, un divano con un lungo tavolino davanti e una camera da letto sul retro. *Sì, una dannata camera da letto su un aereo.* Tutto è decorato nei toni del marrone e della crema, con accenti di legno naturale, e sembra così invitante e comodo che mi butto sul divano non appena termina il decollo, solo per provarlo.

"Ti piace?" Il ragazzo solleva lo sguardo dal suo posto, dove sta lavorando sul suo laptop, e tolgo le mie infradito per allungarmi sulla morbida pelle. Presto dovrò indossare i miei abiti invernali, ma per ora sono ancora in modalità Florida.

"Non è male" ammetto, girandomi su un fianco per

affrontarlo. "Voglio dire, non è bello come un posto centrale in classe Economy, ma ha il suo fascino."

Sorride. "Mi fa piacere sentirtelo dire. Stavo iniziando a sentirmi male per averti privata di quella meravigliosa esperienza nel posto centrale."

Sospiro e mi giro sulla schiena per fissare il soffitto, mentre parte della mia euforia svanisce. "Dovresti sentirti male. Non posso pagarti per questo, lo sai." Tutti i miei risparmi combinati non saranno sufficienti per coprire questo volo privato.

"Pagami per cosa? Il fatto di averti qui non mi costa un centesimo in più. Sarei volato a casa in questo modo a prescindere; semmai, mi stai facendo un favore tenendomi compagnia."

È la stessa logica che ha usato per portarmi sulla barca, e anche se ora lo vedo per lo stratagemma manipolatore che era, non posso fare a meno di volerci credere, di abboccare alla straordinaria ragionevolezza delle sue parole. Kendall aveva ragione, quando mi ha accusata di essere creta nelle sue mani. Lo sono— perché nel profondo voglio le stesse cose che vuole lui.

Sto perdendo queste battaglie, perché quando lo combatto, combatto anche me stessa.

"Emma, gattina." Lo sento alzarsi, e un attimo dopo, il divano accanto a me si abbassa mentre si siede, appoggiando una mano sul retro del divano per ingabbiarmi sotto il suo braccio potente. Nonostante la postura dominante, la sua espressione è affettuosa e tenera, mentre mi guarda. "Ascoltami" dice piano. "Sono ricco, okay? Ricco sfondato. Il genere di ricco di cui parlano nei notiziari. Ci sono arrivato attraverso notti insonni e settimane lavorative di cento ore, correndo rischi enormi e affrontandone le conseguenze, buone o cattive che fossero. Sì, era coinvolta la fortuna—c'è sempre stata—ma soprattutto un lavoro senza sosta. E ora voglio godermi la ricchezza che ho guadagnato, raccogliere i frutti del mio duro lavoro. Ma non posso, se la donna con cui sto rifiuta di prenderne parte con me." Delicatamente, mi toglie un riccio vagante dal viso. "So che è difficile per te, gattina. Capisco il tuo punto di vista, credimi. Ma per favore, puoi provare? Per me? Lascia che mi occupi io dei costi delle cose quando stiamo insieme. Lasciami pagare per i lussi che mi piacciono."

Mi mordo il labbro. "Marcus, io—"

"Ti prego, Emma." Mi posa una mano sul braccio. "Concedimi questa piccola cosa. Non ti sto chiedendo di dimenticare i tuoi principi. Se desideri pagare per te stessa quando andiamo in un ristorante di tua scelta, fallo. Ma lascia che ti porti nei ristoranti che non sceglieresti, quelli in cui lo chef ti offre un solo frutto di bosco per dessert."

Un sorriso involontario mi fa piegare le labbra. "Un solo frutto di bosco?"

"Oh, sì. È ridicolo ciò che quegli chef di fascia alta ritengono all'altezza dell'arte culinaria." Nonostante le parole spensierate, la sua espressione rimane seria, i suoi occhi concentrati sui miei, e capisco che non lascerà correre. Sento la sua volontà di ferro incombere su di me, come un uragano che si abbatte sulla costa, e mi sento piegare sotto la sua forza. Questo è importante per lui, e per quanto mi piacerebbe fingere di poter continuare come abbiamo fatto, so di dover cedere.

Che mi piaccia o meno, sto uscendo con un miliardario, e non posso aspettarmi che viva secondo il mio budget.

Scivolando verso la testa del divano, mi siedo, in modo da non sentirmi così svantaggiata stando sdraiata. Non che io sia più avvantaggiata stando in posizione verticale rispetto a Marcus, ma è la sensazione che conta.

"Hai ragione" dico, raddrizzando le spalle. "Non è giusto da parte mia chiederti di mangiare sempre da Papa Mario o aspettarmi che tu vada in vacanza in un Holiday Inn, perché è tutto ciò che posso permettermi. Hai guadagnato i tuoi soldi e dovresti essere in grado di goderteli, che tu sia da solo o con me. Ma se vogliamo farlo, dobbiamo stabilire alcune regole di base."

I suoi occhi brillano più intensamente. "Continua."

"Innanzitutto, non puoi comprarmi le cose. Niente vestiti, niente scarpe, niente borse, niente gioielli, niente elettronica, niente libri della prima edizione, niente regali costosi di alcun tipo. I piccoli regali vanno bene, ovviamente, ma nulla che una persona normale—per esempio un cassiere di una libreria—non sarebbe in grado di permettersi."

Le sue labbra si stringono, ma annuisce. "Bene. Potrebbe bastare."

"In secondo luogo, se ti invito in un luogo di mia scelta, pago per entrambi." Alzo una mano, prevenendo le sue obiezioni. "Non succederà spesso, poiché il mio budget per uscire è limitato, ma se hai intenzione di pagare per me nei tuoi ristoranti con un solo frutto di bosco, pagherò per te da Papa Mario e simili."

Sospira. "D'accordo. Qualche altra cosa?"

Rifletto. "Penso che sia tutto."

"Vediamo se ho capito bene." Si china in avanti, con gli occhi socchiusi. "Se ti lascio pagare quando andiamo dove vuoi tu, posso portarti fuori dove voglio, giusto? E se non ti faccio regali costosi, volerai sul mio aereo con me, e rimarrai con me in qualsiasi hotel prenoterò, e farai qualsiasi attività mi piaccia senza parlare del pagamento della tua parte, giusto?"

Annuisco, anche se il mio stomaco è stretto. Per quanto sia necessario questo compromesso, sembra andare contro tutto ciò per cui ho combattuto, tutto ciò che non voglio essere. Quattro giorni fa, non avrei mai potuto immaginare di fare questo passo, ma ora non riesco a immaginare di allontanarmi da Marcus—che è l'unica vera alternativa. Un'alternativa impensabile, perché se prima ero innamorata di lui, passare questo lungo weekend insieme e vederlo con la mia famiglia mi ha lasciata irrimediabilmente dipendente.

Non posso sopportare il pensiero di tornare a casa da sola stasera, tantomeno rompere con lui.

"Bene." L'intensità nel suo sguardo non diminuisce.

"Siamo d'accordo, allora. Rispetteremo le tue regole di base."

"Giusto" dico cautamente. Perché mi sento come se volesse arrivare da qualche parte con questo, e che non mi piacerà qualunque cosa sia?

"In tal caso, manderò i traslocatori nel tuo monolocale stasera." Un sorriso malvagio incurva le sue labbra. "Immagina la mia casa come un hotel che ho prenotato a lungo termine."

arcus

"QUESTO NON SIGNIFICA CHE MI TRASFERIRÒ DA TE" sottolinea Emma per la quinta volta, mentre ci avviciniamo alla sua porta. "Dormirò a casa tua solo *stanotte*."

"Giusto. Con i tuoi gatti." Mantengo la mia voce uniforme e rassicurante. Non c'è bisogno di spaventarla gongolando per questa vittoria. "Proprio come una prova."

"*Non* è una prova. Solo una notte—e solo perché hai quella riunione mattutina e non puoi restare da me stasera."

"Certamente." Le rivolgo il sorriso più innocente che riesca a raccogliere. "Non dimenticare le loro lettiere, il cibo e tutto ciò di cui hanno bisogno."

Mi lancia un'occhiataccia. "Certo. Preparati, però: distruggeranno tutto. Soprattutto Mr. Puffs."

"Non importa." Questa è una bugia—non sono entusiasta all'idea di avere animali che corrono nel mio appartamento meticolosamente ordinato—ma Emma si aggrapperebbe a qualsiasi segno di esitazione da parte mia, e non ho intenzione di lasciare che usi i suoi animali domestici per rovinare tutto.

Se la voglio a casa mia, dovrò sopportare le bestie pelose. Io ho i soldi, lei ha i gatti—questo è l'accordo.

Entrambi dobbiamo scendere a compromessi.

"Okay, va bene. Ma è il tuo funerale" mormora, aprendo la porta. "O meglio, il funerale delle tue bellissime cose."

Non ho la possibilità di rispondere, perché nel momento in cui la porta si apre, la ragazza viene assalita dai suoi gatti. Miagolando rumorosamente, tre soffici persiani bianchi l'aggrediscono come se fosse il loro pasto preferito. Uno si arrampica sui suoi jeans, in stile Ninja, mentre gli altri due s'infilano tra le sue gambe nel tentativo sincronizzato di farla inciampare.

Al suo posto, sarei furioso, ma lei sembra incredibilmente felice. Sorridendo ampiamente, usa un braccio per avvolgere il gatto che sta usando il suo corpo come il tronco di un albero—è quello di medie dimensioni, Cottonball—e contemporaneamente si piega per accarezzare gli altri due. Quella piccola e delicata—Queen Elizabeth—inizia subito a fare le fusa, mentre quello gigante—il famoso Mr. Puffs—le soffia, con gli occhi verdi a fessura, e le allontana la mano con una zampa pelosa.

"Oh, non essere arrabbiato, Puffs" gli dice, raggiungendolo di nuovo con coraggio. "Mi dispiace averti lasciato da solo tutto questo tempo, dico davvero, ma adesso va tutto bene. La mamma è tornata."

La creatura malvagia le soffia di nuovo, ma questa volta tiene gli artigli retratti, permettendole magnanimamente di grattargli la testa e sotto il mento.

Alla fine, tutti e tre i gatti sono tranquilli e di nuovo sul pavimento, ed Emma è in grado di avanzare nel suo piccolo appartamento, nonostante il pericolo di inciampare rappresentato dai suoi animali domestici. La raggiungo, spingendo la sua valigia e osservando il luogo fatiscente.

È proprio come lo ricordavo. Praticamente tutto qui è spazzatura, con la possibile eccezione del labirinto per gatti che va dal pavimento al soffitto e che decora una parete. Dovrò fare spazio per esso, o qualcosa del genere, nel mio attico, una volta che Emma darà il via libera ai traslocatori.

Spero che i gatti stiano bene senza il labirinto per tutto il tempo in cui durerà questa prova—ed è una prova, qualunque cosa lei dica.

Altrimenti, i gatti non verrebbero con lei.

È stato sorprendentemente facile convincerla a stare con me stanotte—dopo averle suggerito di farsi accompagnare dalle bestie pelose, cioè. Prima di allora, è stata una vera e propria battaglia, con il suo completo rifiuto di ragionare. Per me, è molto più semplice: se è d'accordo con un soggiorno in un hotel che ho prenotato, allora dovrebbe stare bene a casa mia. Permanentemente. A partire da stanotte. Ma la ragazza non la vede così.

Per lei, trasferirsi è un passo importante, e rifiuta di farlo così presto.

È frustrante, ma mi accontenterò delle vittorie che riesco a ottenere, iniziando a convincerla a passare la notte a casa mia. Inizialmente i gatti erano un ostacolo —non voleva lasciarli soli dopo essere stata via per così tanto tempo—ma un uomo intelligente sa come superare gli ostacoli e sfruttarli per ottenere quello che vuole. Da qui, la mia idea di dirle di portare con sé i gatti.

Per avere Emma, avrei sopportato un'orda di demoni accampati in casa mia—che, per quanto ne so, potrebbero essere i gatti.

Certo, riunione mattutina o meno, sarei potuto rimanere con lei a casa sua, ma questo non mi avrebbe avvicinato minimamente al mio obiettivo di farla trasferire da me. E francamente, non ho molta voglia di passare un'altra notte sul suo letto stretto e scomodo.

Chiamatemi viziato, ma preferisco di gran lunga il mio comodo materasso matrimoniale.

"E va bene, ragazzi, vi darò da mangiare, prima di andare" dice Emma, entrando nella sua minuscola cucina, e io la guardo, mentre apre le lattine di cibo per gatti e ne versa il contenuto in ciotole separate. Prendo nota di quale gatto ottenga quella specifica marca/cibo, nel caso dovessi mai farlo, e poi mi concentro su ciò per cui sono venuto qui.

Prepararla per tornare a casa con me stasera.

Comincio aprendo la cerniera della valigia e tirando fuori tutti i vestiti che ha portato in Florida. Li ha indossati tutti, quindi vanno in un cesto della biancheria. Poi, rovisto in quello che rimane nella valigia: articoli da toeletta, infradito, laptop e un vecchio Kindle malconcio. Avrà bisogno di tutto questo a casa mia, così rimetto tutto dentro ordinatamente e mi avvicino al suo armadio per vedere cos'altro prendere.

"Che cosa stai facendo?" chiede, raggiungendomi, mentre tiro fuori tre maglioni sfilacciati, due paia di jeans e alcuni dei suoi top più belli. Darei il pollice sinistro per poterle acquistare vestiti più belli, ma questo non fa parte dell'accordo che abbiamo stretto.

Non ancora, almeno.

"Ti sto aiutando a fare le valigie" rispondo. Mettendomi in ginocchio, dispongo gli indumenti nella parte superiore della valigia e comincio a piegarli. "Forse dovresti preparare un po' di biancheria intima, calze, pigiami e qualsiasi altra cosa del genere."

Mi accoglie un silenzio morto in risposta, e quando sollevo la testa, la trovo a guardarmi con occhi socchiusi. "Tutti quei vestiti per una sola notte?" Il suo tono è pericolosamente piatto. "E non ho bisogno di istruzioni su cosa portare."

Percependo una nuova battaglia, mi alzo in piedi. "Non ho detto che avevi bisogno di istruzioni. Per quanto riguarda la quantità di vestiti, perché non portare più del necessario? Solo per evenienza."

"Perché?" Incrocia le braccia sul petto, con il suo bel viso solcato da linee ostinate.

Sollevo le sopracciglia, aspettando che elabori, ma nessuno mi viene incontro. L'unico che lo fa è il suo gatto. Nello specifico, quello grosso, Mr. Puffs.

Con gli occhi verdi socchiusi in perfetta imitazione dell'espressione della sua proprietaria, cammina verso di me, con la soffice coda sollevata in alto.

"Puffs!" Emma lo afferra, ma lui la evita abilmente, deciso a raggiungere il suo obiettivo, che non sono io, ma la valigia.

Saltando dentro, si distende sopra gli abiti parzialmente piegati e mi guarda compiaciuto. "Benissimo" mi dice il suo muso peloso. "La scoperai pure, ma ho appena segnato il mio territorio con peli di gatto bianco—e ne ho molti. Molti più di te."

"Uh, Puffs, che cos'hai fatto? Ora i tuoi peli sono dappertutto" si lamenta Emma, allungando la mano nella valigia per far uscire il gatto. "Ecco, ti metto nel tuo trasportino, prima che causi ulteriori problemi."

Porta via la bestia, e io piego rapidamente il resto dei vestiti, spazzolando quanti più peli di gatto possibile—il che è molto poco. I fili bianchi devono avere delle ventose attaccate, o una supercolla, perché si aggrappano ai vestiti della ragazza come se vi fossero stati dipinti sopra.

Quando ho finito, Mr. Puffs è al sicuro in una borsa rigida, quadrata con i lati a rete, che sembra appena abbastanza grande da accogliere il suo corpo paffuto. Guardandomi storto attraverso la parte frontale, tenta di muovere la coda, ma non c'è spazio e miagola minacciosamente.

"Va tutto bene, piccolo" lo tranquillizza Emma, accarezzando il lato della borsa, mentre la porta verso la porta. "Stiamo solo partendo per una piccola avventura notturna. Non ti sto portando dal veterinario, lo prometto."

"Ecco, lascia fare a me." Prendo il trasportino da lei, poiché sembra pesante. Ma è più leggero di quanto mi aspettassi. Immagino che parte della taglia del gatto sia dovuta a tutta quella pelliccia soffice. Ignorando la sua indignazione per il trasferimento, chiedo: "Vuoi che lo porti fuori in macchina?"

"Non ancora. Si preoccuperà, se è tutto solo lì. Mettilo qui e basta." Indica un punto vicino alla porta. "Se vuoi aiutarmi, forse puoi raccogliere le lettiere e portarle in macchina?"

La guardo con diffidenza. "Raccogliere le lettiere?" Intende dire portarle o...?

"Sai, se ci sono degli agglomerati o altro..." Al mio sguardo inorridito, alza gli occhi al cielo e dice: "Non importa. Puoi finire di mettere in valigia le mie cose, dato che sembri sapere di cos'ho bisogno. Io preparerò i gatti e le loro cose."

Tirando un sospiro di sollievo, metto giù Mr. Puffs e mi avvicino al comò per afferrare le mutande e le calze di Emma. Per quanto la voglia a casa mia, non sono sicuro di riuscire a raccogliere la cacca di gatto o qualunque cosa comporti la "raccolta." Non sono un maniaco dell'ordine—almeno non mi considero tale—ma sicuramente mi piacciono le cose pulite e igieniche.

A causa della relazione amorosa di mia madre con l'alcol, ho raccolto vomito e piscio a sufficienza nei miei primi anni che mi sono bastati per tutta la vita.

Emma scompare nel bagno, e afferro rapidamente tutto ciò che penso possa esserle utile per la settimana prossima. Possiamo combattere in seguito la battaglia una-sola-notte-o-di-più. Poi, chiamo Wilson, il mio autista, per farlo entrare a prendere la valigia.

È già alla porta, quando la ragazza esce dal bagno, portando con sé una lettiera di plastica piena di sabbia rocciosa—che per fortuna è priva di agglomerati.

"Ecco, dalla a me." Le prendo la lettiera—è sorprendentemente pesante—e la porgo a Wilson, quindi afferro la valigia e seguo il mio autista verso la macchina, che è parcheggiata accanto al marciapiede. Carichiamo tutto nel bagagliaio e torno a raccogliere tutto ciò che è rimasto. Scopro che ci sono altre due lettiere (a quanto pare, ogni gatto ha bisogno della sua) e due trasportini, uno con Mr. Puffs e l'altro—uno più grande, di plastica—con i due gatti più piccoli insieme.

"Non porto fuori tutti e tre da quando erano dei gattini" spiega Emma, mentre prendo entrambi i trasportini, dopo essermi occupato delle lettiere. "Di solito, ne porto solo uno o due dal veterinario contemporaneamente. Per fortuna, Queen Elizabeth e Cottonball entrano ancora lì." Fa un cenno col capo verso il trasportino di plastica. "Normalmente, uso l'altro per trasportare Mr. Puffs, dato che è così grande."

"Giusto." Porto i gatti in macchina, mentre lei chiude a chiave, e Wilson li posiziona sul sedile posteriore.

"Grazie" gli dico quando si raddrizza, e il suo viso normalmente inespressivo si lascia andare a un bel sorriso.

"È un piacere, signore. Bellissimi gatti, se posso permettermi. Ho un persiano anch'io, ma è grigio, non bianco."

Sbatto le palpebre. Non sapevo che il mio autista riservato, apparentemente privo di emozioni, avesse animali domestici di qualche tipo. "Carino. Da quanto tempo ce l'hai?"

"Oh, quasi quindici anni. Sta invecchiando, il mio gatto. Dorme quasi tutto il giorno, sai."

Non lo so, non avendo mai avuto dei gatti, ma annuisco come se potessi comprenderlo.

Dopotutto, sto per diventare anch'io un proprietario di animali domestici.

"Tutto fatto" annuncia Emma, avvicinandosi alla macchina. Nelle sue mani vedo un sacchetto di plastica trasparente con alcune lattine di cibo per gatti e giocattoli. "Possiamo andare."

"Bene. Andiamo, allora." E con un'ultima occhiata a Wilson, che ci sorride con un calore insolito, faccio salire la ragazza in macchina.

Emma

NON HO IDEA DI COSA STIA FACENDO. NESSUNA. DOVREI essere a casa, tornare alla vita normale e riprendermi dal mio intenso fine settimana del Ringraziamento con Marcus. Invece, ho lasciato che mi convincesse a passare la notte nel suo attico ridicolmente elegante, e ora sto impazzendo, perché sto per far uscire i miei gatti dai loro trasportini.

I miei gatti, che non sono mai stati in un posto diverso dal mio appartamento e dall'ufficio del veterinario.

Cosa diavolo stavo pensando?

Questo sarà un disastro.

"Non possono avvicinarsi alla piscina" confermo per la seconda volta, osservando la spessa parete di vetro dietro le alte piante che proteggono la piscina rettangolare lunga quattordici metri dal resto dell'appartamento. "Perché non penso che sappiano nuotare e—"

"Geoffrey si è assicurato che la porta della piscina fosse chiusa" mi tranquillizza Marcus, con gli occhi che luccicano divertiti, mentre si ferma davanti a me. "L'ho chiamato durante il tragitto, ricordi?"

"Giusto, certo." Faccio un respiro profondo. "E che mi dici delle cose fragili e costose? Perché le *rovesceranno* e—"

"Pazienza. Le sostituirò con altre meno fragili."

"Ma—"

Mi bacia. Proprio così, senza alcun preavviso, mi fa scivolare una grossa mano tra i capelli, mi solleva il mento e abbassa la testa per inclinare la bocca sulla mia.

Le sue labbra sono morbide e calde, il respiro al profumo di menta per la caramella che entrambi abbiamo masticato durante il nostro atterraggio al JFK. Il bacio è dolce e piacevole all'inizio, senza fretta. Mettendomi delicatamente una mano sulla parte bassa della schiena, mi passa la lingua sulle labbra chiuse, stuzzicandomi e accarezzandomi, fino a quando non gli avvolgo le braccia attorno al collo, e le mie labbra si aprono per farlo entrare. Immediatamente, approfondisce il bacio, spostando la mano verso il basso, facendola scivolare lungo i miei jeans, mentre mi preme contro il suo corpo potente. Poco prima dell'atterraggio, abbiamo avuto una sveltina sull'aereo

—nella *camera da letto*—ma è già duro come se l'interludio non fosse mai avvenuto. Il grosso rigonfiamento della sua erezione mi preme sul ventre, innescando un familiare calore sotto la mia pelle, e mi ritrovo ad alzarmi in punta di piedi, con la dolcezza pigra che si affievolisce, mentre la mia lingua s'intreccia con la sua e il mio corpo si stringe in un impeto di bisogno.

Lo desidero. Ardentemente. Voglio che il suo sedere muscoloso si fletta, mentre spinge dentro di me, con le mani che mi afferrano i polsi e gli occhi carichi di quell'oscurità, di quell'intensa—

Un forte miagolio attraversa la nebbia sessuale nel mio cervello e mi blocco, rendendomi conto che ci stiamo baciando dove qualcuno—in questo caso, il maggiordomo di Marcus—potrebbe entrare e sorprenderci in qualsiasi momento. Ansimando, lo spingo via, e me lo lascia fare, anche se il suo petto si alza e si abbassa con lo stesso ritmo rapido del mio, e il suo viso leggermente abbronzato è oscurato da una vampata di eccitazione.

"I gatti. Devo..." Respiro e mi sforzo di fare un passo indietro, allontanandomi dalla tentazione. "Devo farli uscire."

Il suo sguardo mi segue con intensità predatoria, con le dita che si contraggono ai fianchi, come se stesse combattendo l'impulso di afferrarmi. "Certo. Fai pure." La sua voce è rauca, mentre faccio prudentemente un altro passo indietro. "Geoffrey ha già sistemato le loro lettiere."

Giusto. Lettiere. Non è affatto sexy. Allora, perché sto ancora pensando alla sensazione delle sue labbra sulle mie, e a quanto duro e spesso—

Smettila, Emma. Gatti, lettiere. Pensa ai tuoi cuccioli pelosi e concentrati.

Con sforzo, distolgo lo sguardo dal calore ardente negli occhi del ragazzo e mi inginocchio davanti ai due trasportini. All'interno di quello più grande, Queen Elizabeth e Cottonball sono seduti con calma, guardandomi con espressioni leggermente incuriosite. Tuttavia, Mr. Puffs è tutto agitato nella sua custodia più piccola, alternando miagolio e soffio, con la sua bella pelliccia tutta increspata dallo sfregamento contro la rete ai lati.

Non sa dove si trova, e non gli piace—il che non promette alcunché di buono per il luogo elegante di Marcus.

"Ti prego, comportati bene" imploro il gatto, mentre apro il trasportino per farlo uscire. "Per favore."

Salta fuori con un guaito sibilante, prima che la cerniera sia tirata giù per metà. Non appena le sue zampe toccano il pavimento liscio di legno duro, salta in aria di un metro e atterra con la schiena arcuata e la pelliccia arruffata. Quindi, soffiando, si lancia sotto il divano ultramoderno in pelle grigia.

Guardo tristemente la pelle liscia. Una volta che Mr. Puffs avrà posato i suoi artigli lì sopra, quel divano sarà finito.

Sospirando, rivolgo la mia attenzione ai suoi fratelli.

Il loro trasportino di plastica si apre nella parte anteriore, e non appena sblocco la porta, Cottonball finisce il lavoro con una zampa e si allontana, agitando i baffi per la curiosità, mentre studia l'ambiente circostante. Invece, Queen Elizabeth rimane nel trasportino, sentendosi insicura in un posto sconosciuto.

"Visto? Finora tutto bene" osserva Marcus accovacciandosi accanto a me. Cottonball lo fissa, poi decide di segnare il suo territorio sfregando il corpo peloso contro la sua gamba.

Con mia sorpresa, il ragazzo allunga la mano con cautela e gratta Cottonball dietro l'orecchio. "Va tutto bene, vero?" mi chiede, e io annuisco, con le viscere che si sciolgono davanti all'espressione meravigliata sui suoi lineamenti duri, mentre il mio gatto più amichevole inizia a fargli udibili fusa al suo tocco.

Forse mi sbagliavo.

Forse questo non sarà un disastro totale.

Allungandomi nel trasportino, tiro fuori Queen Elizabeth e la coccolo sul mio petto, accarezzandole il morbido manto per rassicurarla. Marcus guarda me, poi il gatto che fa le fusa, e io osservo, stupita, mentre raccoglie con cura Cottonball e lo culla sul petto, proprio come faccio io con Queen Elizabeth.

Il gatto sembra minuscolo tra le potenti braccia di Marcus, e incredibilmente contento di essere lì. Con gli occhi chiusi dalla beatitudine, inizia a fare le fusa così forte che tutto il suo corpo vibra. E soprattutto, Marcus ha un grande sorriso sul volto, con le guance magre increspate da quei solchi sexy, mentre si alza in piedi.

"Gli piaccio, vero?" dice, guardando il gatto che tiene in braccio, e io rido per il malcelato orgoglio nella sua voce.

"Certo. Cottonball è coccolone di natura, ma voi due sembrate avere un legame speciale. Non credo di averlo mai visto così felice."

Ed è vero. Il mio gatto sta *davvero* godendo nell'essere accarezzato da quelle mani grandi e forti. Ma chi non lo farebbe? So che ogni volta che tocca *me*, mi trasformo in gelatina. Come quella mattina l'altro fine settimana, quando mi ha massaggiata dappertutto prima di usare la lingua per—

"Scusate, Signor Carelli, Signora Walsh? La cena è pronta."

La voce dall'accento britannico mi distoglie dallo sporco sogno ad occhi aperti, e mentre mi alzo per guardare il maggiordomo di Marcus, con Queen Elizabeth stretta sul petto, maledico la mia eredità irlandese per avermi dato una carnagione così facilmente arrossabile.

Le mie guance sono così calde che devono essere rosso fragola.

"Grazie, Geoffrey" dice Marcus senza posare Cottonball. "Arriviamo subito."

Se il maggiordomo è sorpreso di vedere il suo datore di lavoro con un soffice gatto bianco tra le braccia e una rossa imbarazzata al suo fianco, non lo dà a vedere, con la sua espressione più neutra che mai.

Tuttavia, mi porto Queen Elizabeth sopra la spalla per nascondere un po' del colorito rivelatore sul collo, mentre gli sorrido e dico: "Sì, grazie, Geoffrey. E grazie mille per aver sistemato le cose dei miei gatti."

L'espressione del maggiordomo si scalda leggermente. "È un piacere, Signora Walsh. Per favore, fammi sapere se tu o i tuoi animali domestici"—guarda i gatti che teniamo in braccio"—avete bisogno di qualcosa durante il vostro soggiorno con noi."

"Oh, va tutto bene, grazie. È solo per una notte" preciso, con il sorriso che si allarga. Nonostante la sua postura rigida e le maniere formali, il magro uomo britannico sembra sinceramente gentile.

"O più a lungo" replica Marcus, alzandosi per raggiungermi al mio fianco. "Geoffrey, se ne hai la possibilità, disfa la valigia di Emma, mentre mangiamo. L'ho lasciata all'ingresso. Inoltre, assicurati che i gatti possano trovare le loro lettiere, il cibo e i giocattoli."

"Sì, Signor Carelli" ribatte Geoffrey e si affretta, prima che io possa protestare che *non* rimarrò più a lungo e non ho bisogno che la valigia venga disfatta.

Voltandomi, lancio un'occhiataccia a Marcus, ma lui non mi sta guardando. Sta fissando le fusa di Cottonball, che si è messo a proprio agio nell'incavo del suo braccio, e la serenità del suo volto dai forti lineamenti mi fa inghiottire le parole di sdegno.

Non so cosa significhi vedere quest'uomo indomito così distrutto da una palla di pelo, ma ho la sensazione che il mio cuore si stia sciogliendo.

"Che ne dici se *io* mostro loro la posizione delle

lettiere?" suggerisco piano. "Nel caso in cui ne abbiano bisogno mentre mangiamo."

Marcus incontra il mio sguardo con un sorriso. "Certo. Verrò con te."

E con Cottonball tra le sue braccia e Queen Elizabeth tra le mie, camminiamo fianco a fianco verso il bagno che ha assegnato ai miei gatti.

mma

"SAI, NON HAI MAI MENZIONATO TUO PADRE" DICE Marcus, mentre ci sediamo a mangiare, finalmente senza gatti. Cottonball si è abituato subito a una casa nuova, ma ho impiegato quasi venti minuti a convincere Queen Elizabeth a scendere dalla mia spalla, così come a far uscire Mr. Puffs da sotto il divano e a farlo andare nella sua lettiera. Ora, tuttavia, tutti e tre i gatti sono relativamente calmi e vagano per l'attico, con Geoffrey che fa del suo meglio per impedire loro di mettersi nei guai.

Gli ho detto che era inutile, ma è determinato a provare.

Mangiando un pezzo di asparago, rifletto sulle

parole di Marcus. "Sì, suppongo che sia vero. Non so chi sia mio padre, quindi non penso mai a lui."

"Tua madre non te l'ha mai detto?"

"Non lo conosceva nemmeno lei. Sono stata concepita durante uno dei periodi meno discriminanti della sua storia di appuntamenti." Questo per minimizzare. I miei nonni non l'hanno mai detto apertamente, ma da quello che ho raccolto, mia madre potrebbe essere stata una escort o una prostituta a quel tempo.

La comprensione scalda i freddi occhi azzurri di Marcus. "Capisco."

Gli sorrido. "Va tutto bene. Non importa. Dubito che fosse un cittadino per bene, quindi è stata la cosa migliore."

"Forse hai ragione." Taglia in due una capasanta perfettamente condita e ne mette una metà in bocca. "Potrebbe essere meglio immaginarlo come vuoi" dice dopo aver masticato e deglutito.

"Sì, esattamente. Quando ero piccola, fantasticavo sul fatto che fosse un principe o un diplomatico proveniente da una terra lontana. Più tardi, quando sono cresciuta, ho deciso che sarebbe bastato se fosse stato un ragazzo normale, niente di speciale, ma gentile. Ho iniziato a immaginare un camionista con un ventre piatto che è capitato per caso in città la notte in cui ha incontrato mia madre. Un tizio del Midwest a cui piace bere un paio di birre nei fine settimana e possiede un grosso cane. E forse un gatto o due. Perché sai, dev'essere genetico."

Marcus sorride. "Giusto. Allora, perché non un veterinario? O un guardiano dello zoo?"

"Oh, sarebbe fantastico." Sospiro con esagerata nostalgia e immergo la mia capasanta nel delizioso sugo presentato con gusto sopra un purè di patate dolci. La cucina di Geoffrey è come quella di un buon ristorante di fascia alta—non che io sia stata in molti ristoranti del genere. Per il minuto successivo, la mia bocca è troppo piena per poter parlare, ma alla fine riesco a chiedere: "E tu? Hai mai immaginato qualcosa del genere?"

Non appena le parole mi escono dalla bocca, vorrei rimangiarmele. Marcus fa una smorfia, con il sorriso che scompare senza lasciare traccia. "No" risponde in modo uniforme. "Ho sempre saputo da dove provenissi, quindi non c'era motivo di fantasticare."

Dannazione. Che sciocca che sono. Mi ha raccontato di suo padre, di com'è stato ucciso in prigione, dove stava scontando degli anni per rapina a mano armata e aggressione. Lo ricordavo, ovviamente, ma in qualche modo non l'avevo fissato completamente nella mia testa. Nella mia mente, l'educazione di Marcus è stata praticamente una copia carbone della mia, con una madre di merda e un padre inesistente. Ma suo padre è stato più che inesistente; è stato un criminale.

O, almeno, un ragazzo condannato per rapina a mano armata e aggressione.

"Pensi che tuo padre potesse essere innocente?"

chiedo con cautela. "Perché succede spesso, vero? Detenzioni sbagliate?"

Contorce la bocca. "Oh, era decisamente colpevole. Se non di quel crimine specifico, di una dozzina di altri. Era già stato in carcere, più di una volta. Furti di auto, violazioni di domicilio, incendi dolosi—era stato condannato per tutto tranne che per rapimento, stupro e omicidio. E non sarei sorpreso, se avesse commesso anche quei reati, senza essere scoperto."

Lo fisso, con il petto che mi fa male. "Mi dispiace. Dev'essere stata davvero dura per te. Hai sempre saputo quale genere di uomo fosse o l'hai scoperto solo in seguito, da adulto?"

"L'ho sempre saputo. Mia madre adorava raccontarmi dettagliatamente le sue gesta, quindi sono cresciuto con le storie delle sue rapine, proprio come fanno gli altri bambini con le favole." Un amaro divertimento luccica nel suo sguardo. "La sua attività preferita era dirmi quanto fossi *simile* a mio padre, come fossi destinato a diventare proprio come lui."

"Beh, ovviamente si sbagliava" dico con fervore. Riesco a percepire il dolore che si cela sotto le sue parole pronunciate con leggerezza, e mi sento il cuore a pezzi. "Non sei affatto come lui, e se potesse vederti ora, lo capirebbe."

"È davvero così?" Un'ombra oscura il suo viso. "Perché a volte, me lo chiedo."

"Non lo sei" ribatto fermamente. "Neanche per un secondo. Il sangue non significa niente, ricordi? Sono le scelte che facciamo che determinano chi siamo."

L'uomo seduto davanti a me sarà anche estremamente ambizioso e, a volte, assolutamente spietato, ma non farebbe mai del male a persone innocenti. Lo so, lo sento. L'intensa determinazione che brucia dentro di lui *avrebbe* potuto condurlo lungo un sentiero più oscuro, ma non l'ha fatto—perché all'inizio ha scelto di non essere come l'uomo che l'ha generato, proprio come io ho scelto di non essere come la donna che mi ha data alla luce.

Il suo sguardo si addolcisce, con un sorriso che gli tira un angolo della bocca. "Scelte, eh? Sembra uno di quegli slogan anti-droga per adolescenti."

Sorrido. "È così, vero? Probabilmente dovrei trovare qualcosa di più creativo."

"Sono sicuro che lo troveresti, se ci pensassi. Sei una grande scrittrice" dice, e sbatto le palpebre per la serietà nel suo tono.

Quando avrebbe visto i miei scritti?

"Una grande editor, intendo" si corregge, e tiro un sospiro di sollievo. Per un secondo, ho temuto che in qualche modo avesse intravisto la storia su cui ho iniziato a lavorare questo fine settimana.

In questa fase, non sono pronta a riconoscere a me stessa che ci sto provando, figuriamoci a parlarne con qualcuno. Essendomi laureata in inglese, ho conosciuto troppe persone che hanno iniziato un romanzo e non l'hanno mai finito, ed essendo un'editor freelance, ho visto quanto sia difficile creare una storia avvincente. Potrei conoscere la grammatica corretta ed essere in grado di mettere insieme le frasi, ma le probabilità che superi i primi capitoli, e addirittura che completi un intero libro, sono scarse. Essendo stata un'adolescente ossessionata dai libri, ho provato e fallito miseramente, rimanendo ferma a meno di duemila parole. Più tardi, al college, sono riuscita a scrivere alcuni racconti per il mio corso di Scrittura Creativa, ma un romanzo integrale è tutta un'altra cosa. Richiede dedizione e perseveranza, e quel certo qualcosa che non sono sicura di possedere—motivo per cui ho deciso di sfruttare il mio amore per i libri in una carriera nel settore editoriale, piuttosto che cercare di diventare una scrittrice.

Correggere le storie può essere divertente quanto scriverle, specialmente se è un genere che mi piace.

Sto per scherzare con Marcus sul fatto che è difficile cogliere i propri cliché—quindi gli editor sono una necessità—quando un forte schianto proveniente dal soggiorno mi fa saltare in piedi.

"Puffs!" grido, correndo verso il boato— e il disastro che mi aspettavo è proprio qui.

Una delle sculture di arte moderna accanto al divano giace a pezzi sul pavimento.

arcus

"SMETTILA DI SCUSARTI" DICO A EMMA, MENTRE LA conduco in camera da letto, con la mano appoggiata sulla sua schiena. "Sono io quello che ha insistito affinché tu li portassi con te."

"Sì, ma sapevo che non avrei dovuto ascoltare. Non hai mai vissuto con Mr. Puffs; non sai quanto possa essere distruttivo. Quel gatto è una minaccia assoluta." Sembra così disgustata che non posso fare a meno di ridere—anche se non c'è davvero nulla di divertente nel perdere un'opera d'arte che costa due milioni e mezzo di dollari.

"Va tutto bene" dico, e con mia sorpresa, intendo davvero. La scultura rotta è stata una delle prime collezioni che ho acquisito, quando ho iniziato a fare soldi seri, e ogni volta che la guardavo, provavo un senso di soddisfazione per quanto fossi andato lontano. E per anni, quella soddisfazione, quella sensazione di orgoglio, è stata sufficiente. Ma ora non più.

Avendo trovato Emma, voglio di più.

Voglio crogiolarmi nel suo dolce, seducente calore, sperimentare l'affetto che dona così facilmente alla sua famiglia e ai suoi animali domestici. E se ciò significa che dovrò sopportare alcune sculture rotte, così sia.

Voglio che mi ami, non importa cosa.

La realizzazione esplode nella mia mente come una bomba all'idrogeno, e il battito del mio cuore aumenta, con la mia mano che si stringe sulle dita della ragazza, prima che possa trattenermi.

"Che cosa c'è che non va?" chiede, alzando lo sguardo, mentre ci fermiamo a pochi metri dal letto.

Lascio cadere la mano e faccio un passo indietro. "Niente." Ma anche alle mie orecchie, la mia voce suona tutta rauca e sconvolta.

E mi sento davvero sconvolto, sconcertato dalla realizzazione che si diffonde nella mia mente.

Come ho potuto non vederlo prima?

Come ho potuto essere così cieco?

"Amore" mi ha detto lei l'altro fine settimana, quando le ho chiesto di cosa avessero bisogno i suoi gatti dopo averli nutriti, pulito la lettiera e giocato con loro. Per quanto mi riguardava, tutte le loro esigenze erano state soddisfatte, ma Emma lo sapeva. Sapeva che avevano bisogno di ciò che solo lei poteva fornire: calore, cura, affetto.

Amore.

"Seriamente, sei arrabbiato con me?" Un cipiglio preoccupato le increspa la fronte liscia. "Posso portare subito i gatti a casa, prima che possano fare altri danni. E ti rimborserò per la scultura. So che probabilmente è follemente costosa, ma posso effettuare pagamenti mensili, finché—"

"Fanculo alla scultura." La mia voce è bassa e selvaggia, mentre cammino verso di lei. La mia faccia deve riflettere il tumulto dentro di me, perché sgrana gli occhi e comincia a indietreggiare. Solo che è troppo tardi. Afferrandole la parte superiore delle braccia in una presa di ferro, la trascino contro di me e, chinando la testa, reclamo la sua bocca nel modo in cui devo reclamare il suo cuore.

Totalmente. Completamente. Senza darle una scelta in merito.

Separa le labbra in un sussulto, mentre piega la testa all'indietro, e mi beo della sua bocca, godendomi il suo sapore, la sua sensazione, il dolce calore che mi ha ossessionato fin dall'inizio. Inspiro il suo respiro nei miei polmoni, desiderandolo, desiderandola. Bramando *tutto* di lei. Il suo corpo piccolo e sinuoso e la sua mente intelligente, il suo senso dello stile da Esercito della Salvezza e la sua testarda indipendenza. La sua compassione, il suo carattere da rossa, il suo amore per gli animali—tutte le parti deliziose e incasinate che la rendono così sbagliata per me, eppure così perversamente giusta.

Solleva le mani per afferrarmi i fianchi, e il suo

corpo si scioglie contro di me, mentre ricambia il mio bacio vorace, con la lingua che spinge contro la mia, invadendo la mia bocca avidamente come io invado la sua. Mi bacia come se non ne avesse mai abbastanza, come se fossi l'unico uomo al mondo per lei, e man mano che altro sangue mi scorre nell'inguine, perdo gli ultimi brandelli di autocontrollo, trasformandomi nel più primitivo di tutti gli esseri.

Un uomo che muore dalla voglia di reclamare la sua donna.

E lei è mia. Tutta mia. Ogni suo delizioso e lussureggiante centimetro. Glielo dico ad ogni bacio ardente che do alla sua pallida gola, ad ogni golosa strofinata delle mie mani sulle sue curve morbide. La faccio mia con la bocca, i denti e la lingua, lasciando segni rosa sulla sua pelle tenera. I suoi vestiti si strappano nella mia presa impaziente, come i miei negli istanti successivi, e poi siamo sul letto e io mi avvicino a lei, prendendola con una violenza che non sapevo fosse presente dentro di me.

Una violenza che dovrebbe terrorizzarla, ma che invece sceglie di abbracciare.

Mia, le dico con ogni brutale spinta, e lei risponde stringendo i muscoli interni, con calore umido e setosa morbidezza, con le labbra sulle mie e le braccia attorno al mio collo. Le sue gambe si piegano intorno al mio sedere, i fianchi si sollevano per prendermi più in profondità, ed è la cosa più vicina al paradiso che possa immaginare in questo mondo. La mia mente è vuota, la mia visione offuscata, mentre spingo dentro di lei, ancora e ancora, guidato da un bisogno che non conosce limiti, né restrizioni.

Non so chi dei due raggiunga il culmine per primo, se siano i suoi spasmi orgasmici a innescare il mio rilascio o il mio convulso sbattere sul bacino che fa scattare il suo. Tutto quello che so è che ci ritroviamo avvolti nella stessa tempesta, in uno sconvolgimento sensuale così intenso che quando è finito entrambi siamo completamente esausti, con i nostri petti che si alzano allo stesso ritmo, mentre giacciamo aggrovigliati, i nostri cuori martellanti pesantemente ma in sincronia.

"Stai bene?" Finalmente trovo la forza di chiedere, sollevando la testa, e lei annuisce in silenzio, sembrando stordita e scossa, mentre scendo giù da lei.

Il letto è un caos di lenzuola attorcigliate, il pavimento è coperto dai nostri vestiti strappati, ma per una volta nella mia vita non me ne frega un cazzo. Delicatamente, raccolgo Emma e la porto sotto la doccia, dove lavo entrambi, notando che ho dimenticato di nuovo di usare un preservativo. Avremo bisogno di acquistare un'altra pillola del giorno dopo più tardi—domani al massimo—ma in questo momento, una gravidanza non intenzionale è l'ultima delle mie preoccupazioni.

Per tutta la vita, sono stato guidato dall'ambizione, perseguendo la ricchezza e il potere, perché pensavo fossero quelli di cui avevo bisogno. Ero orgoglioso dei miei averi, del mio status sociale, di tutto ciò che avevo raggiunto—e, nel frattempo, mi mancava l'unica cosa che desideravo veramente.

Come i suoi gatti quella sera, mi ero preso cura di tutti i miei bisogni tranne uno. E come i suoi animali domestici, non riesco a ottenerlo da nessun altro che non sia lei.

Amore.

Lo voglio da lei. Ne ho bisogno.

Devo averlo, perché non sono più solo ossessionato da lei.

Sono innamorato di Emma Walsh, e questa consapevolezza mi spaventa da morire.

23

QUALCOSA È CAMBIATO. LO SENTO NEL MODO IN CUI Marcus mi tiene, nel modo in cui mi guarda, mentre mi riporta sul letto, dopo avermi asciugata accuratamente come una bambola. La nostra vita sessuale è sempre stata intensa, ma non mi aveva mai presa come ha fatto stanotte, con una disperazione oscura, quasi selvaggia... un desiderio che sembrava andare oltre il lato fisico.

Quello che è successo tra noi non è stato solo sesso.

È sembrato un accoppiamento.

Sto ancora cercando di rimettere insieme il mio cervello fritto dalle endorfine, mentre mi mette con cura in piedi vicino al letto e raddrizza le lenzuola e le coperte aggrovigliate. Il lussuoso letto appare come mi sento io: come se un tornado ci si fosse abbattuto sopra.

Un tornado di nome Marcus, il cui corpo gloriosamente nudo è tutta pelle abbronzata e muscoli flessi, mentre si allunga sul letto, infilando la coperta sotto il materasso come la cameriera di un hotel.

"Geoffrey non è ancora tornato a casa; quando arriverà, lo manderò a prendere la pillola" dice quando si solleva, e lo guardo per un momento, con la mente ancora sul modo in cui il suo sedere muscoloso si è chinato, sistemando tutto con fare maniacale. Poi, mi viene in mente di quale pillola sta parlando.

"Abbiamo dimenticato di *nuovo* il preservativo?"

Annuisce, con gli occhi socchiusi.

"Cazzo." Non riesco a credere di non averci pensato. In realtà, no, ci credo. Con un sesso così intenso, avrebbero potuto togliermi un rene e non mi sarei accorta di nulla. Un'altra cosa: stasera mi ha portata in giro come se non pesassi più dei miei gatti, e me ne sono accorta solo adesso.

Quei muscoli grandi e sexy non sono solo per lo spettacolo. E nemmeno il fallo semi-eretto che gli pende tra le gambe. Mi viene l'acquolina in bocca al pensiero di avvolgere le labbra attorno a quella lunga e spessa asta e—

Oh, mio Dio, Emma, smettila. Hai appena fatto sesso con il ragazzo. Basta.

"Penso di dover iniziare a prendere la pillola" dico, sforzandomi di guardare il suo viso invece di tutta quella tentazione muscolosa. "È ridicolo che ciò continui ad accadere."

Si ferma, e scorgo qualcosa di indecifrabile che oscura il suo sguardo. "Gattina..." La sua voce è bassa e dolce. "Vuoi dei bambini?"

Aspetta, che cosa? "Intendi dire... un giorno? O presto?"

Sono sicura che non intenda quest'ultima possibilità, ma devo assicurarmene, perché il suo tempismo è strano, per non dire altro. Un conto sarebbe se stessimo cenando e la conversazione si spostasse sui nostri sogni e obiettivi futuri, ma abbiamo una situazione che vede il preservativo dimenticato nelle nostre mani. In questo preciso istante, i suoi piccoli spermatozoi sono dentro di me, e se sono vicini all'obiettivo come il loro papà, abbiamo immediatamente bisogno di quella pillola del giorno dopo. E ho bisogno di trovare i soldi per una visita da troppo tempo rimandata dal mio ginecologo.

Non avere un'assicurazione sanitaria è terribile.

Marcus non batte ciglio. "Entrambe."

"Beh, io..." Prendo un respiro. "Voglio dei bambini. Un giorno. Con la persona giusta."

Ecco, questa dovrebbe essere una risposta abbastanza neutrale. Il mio sogno in realtà sono tre figli, due femmine e un maschio, distanziati di circa due anni, ma non ho intenzione di dirglielo. Gli uomini tendono a impazzire, quando le donne diventano troppo specifiche su cose del genere, come se una donna che fantastica sui bambini in futuro significasse che vuole rubare il suo sperma proprio quel giorno.

Sto per congratularmi con me stessa per essermi liberata di questa scomoda situazione appiccicosa—letteralmente, dato che riesco ancora a sentire un po' di umidità tra le gambe—quando la mascella di Marcus si stringe e lui si gira con un brusco: "Torno subito."

Scompare nel suo enorme armadio a muro ed emerge un secondo dopo con un completo blu scuro. Senza nemmeno guardarmi, esce dalla camera, e sento i suoi passi nel corridoio. Sono veloci, quasi arrabbiati.

Accidenti. L'ho fatto arrabbiare in qualche modo?

Spero non pensi che stia cercando di intrappolarlo con un bambino, perché sarebbe totalmente ingiusto. È lui che ha dimenticato di usare il preservativo, non io. A meno che non si tratti di quello che l'ha fatto arrabbiare prima?

I miei gatti che stanno distruggendo casa sua, forse?

Sempre più preoccupata, trovo la soffice vestaglia rosa che ho indossato l'ultima volta che sono stata qui e la indosso, poi esco in punta di piedi dalla camera da letto per scrutare la scala a chiocciola.

Marcus è al piano di sotto, intento a parlare con Geoffrey. Le loro voci sono basse, ma colgo le parole "farmacia" e "pillola" e tiro un sospiro di sollievo.

Per un momento, temevo che potesse ordinare al maggiordomo di mettere in valigia le cose dei miei gatti e buttarci tutti e quattro per strada.

Mi giro per tornare in camera—e quasi inciampo su

Mr. Puffs, che ha deciso che stendersi sul fianco proprio dietro di me sia una grandiosa idea.

"Puffs!" Mi chino per afferrarlo, ma il gatto malvagio si gira con velocità fulminea e si allontana, con la soffice coda sollevata in alto.

Se questo fosse il mio appartamento, lo prenderei dopo alcuni minuti di determinato inseguimento—non ci sono così tanti posti dove correre in un minuscolo monolocale—ma l'attico delle dimensioni di un palazzo di Marcus è tutta un'altra storia, e il gatto sembra saperlo. Con uno sguardo gongolante e controllando i dintorni con sospetto, scompare in biblioteca, e decido di smettere di inseguirlo.

Da quello che ricordo, tutte le prime costose edizioni della sua collezione sono sotto vetro e, in ogni caso, i miei gatti di solito non scherzano con i libri.

Mi piacerebbe pensare che sia perché li ho cresciuti nel rispetto della parola scritta, proprio come me.

Sospirando, torno in camera e mi dirigo verso l'armadio di Marcus, dove non sono sorpresa di vedere i miei jeans, i maglioni e le camicette appesi ordinatamente—e con un aspetto particolarmente economico e logoro accanto ai suoi eleganti completi italiani e alle camicie perfettamente stirate.

Oh, beh. Non tutti facciamo acquisti da Bergdorf Goodman, od ovunque sia che i miliardari si procurano la roba.

Sto rovistano nella misera selezione, cercando di decidere cosa indossare per andare al lavoro domani, quando Marcus appare sulla soglia.

"Geoffrey è andato a prendere la pillola" m'informa, appoggiandosi allo stipite della porta. Il suo viso è parzialmente in ombra, rendendomi difficile decifrare la sua espressione, ma la voce è uniforme, con il malumore di prima ormai scomparso.

Forse non è più arrabbiato con me?

"Okay, grazie" dico e faccio un respiro. "Quindi, per domani... Devo essere al lavoro entro—"

"Ti accompagnerà Wilson." Si raddrizza e viene verso di me. "E ti riporterà."

"Oh, no, non fa niente. Prenderò la metropolitana e—"

"L'ho promesso ai tuoi nonni." Si ferma di fronte a me, con la faccia impostata su linee senza compromessi. "Ti vogliono al sicuro e al caldo, e anch'io."

Lo guardo storto, combattendo una calda sensazione nel petto. Dovrei essere irritata dai suoi modi autocratici, ma trovo stranamente dolce la sua prepotente protezione. Tuttavia, non posso semplicemente usare il suo autista privato. "Grazie, ma—"

"Niente ma. Wilson ti porterà, fine della discussione."

Bene, *ora* sono irritata. "Marcus—"

"E non voglio che torni a casa tua domani sera." Trafiggendomi con lo sguardo, mi cattura le mani. "Resta qui, gattina. Permanentemente. A partire da stasera."

24

Marcus

L'ESPRESSIONE DI EMMA DIVENTA BURRASCOSA, CON LE sue piccole mani che s'irrigidiscono nella mia presa, e capisco di aver esagerato. Già mentre le parole mi uscivano dalla bocca, avevo capito che stavo commettendo un errore strategico, ma non riuscivo a fermarmi.

Ho bisogno di lei, di averla legata a me, e ne ho bisogno ora.

Il pensiero che potrebbe prendere i suoi gatti e andarsene domani, che potrebbe allontanarsi da me, anche se solo per una notte, sta esacerbando il calderone ribollente nel mio petto. Mi sento come se fossi sul punto di impazzire e fare qualcosa di completamente folle—come ammanettarla a me e saltare sul mio aereo per portarla in un luogo remoto. Diciamo, in un bunker sotterraneo dell'Himalaya o su un'isola nel bel mezzo del Pacifico. Non importa dove, purché siamo solo noi due e non sia in grado di scappare.

E sì, so quanto questo possa sembrare contorto e da criminale.

Con la persona giusta, ha detto, sottintendendo che non sono io. Fino a quel momento, mi ero chiesto se avessi dovuto dirle cosa provo, rischiare il dolore del rifiuto per scoprire se siamo sulla stessa lunghezza d'onda. Sì, ho dovuto inseguirla piuttosto duramente durante la nostra breve relazione, ma potrei giurare che c'è una certa dolcezza nel modo in cui mi guarda, un barlume della stessa dipendenza nel modo in cui si scioglie ogni volta che la tocco.

Anche il fatto stesso che abbia accettato di tornare a casa con me stasera, nonostante la complessa logistica di portare i suoi animali domestici mi ha fatto capire che non sono l'unico con questa ossessione, che non vuole separarsi da me più di quanto io vorrei stare lontano da lei.

Ma ovviamente ho interpretato male i suoi sentimenti. Non prova affatto le stesse emozioni che provo io. Pensa che stiamo ancora giocando, uscendo casualmente, mentre io la immagino come la madre dei miei futuri figli—almeno tre. Da piccolo, detestavo essere figlio unico e desideravo disperatamente dei fratelli.

Lei ha tre cuccioli pelosi, quindi non dovrebbero darle fastidio tre della varietà senza pelliccia, no?

Nel mio piano PE—Prima di Emma—avrei aspettato la parte sui bambini fino a quando non fossi stato sicuro che il mio matrimonio fosse costruito su solide fondamenta, che io e la moglie scelta con cura fossimo compatibili nel lungo termine. Alcuni anni di matrimonio sembravano una solida prova. Ho pensato che avremmo potuto provare a concepire il nostro primo figlio poco dopo aver compiuto quarant'anni, e poi avremmo avuto tutti e tre in rapida successione, per assicurarci che fossero abbastanza vicini nell'età da poter essere compagni di gioco.

Era un buon piano, logico, e non ho dubbi che avrebbe funzionato, se non avessi incontrato una certa piccola rossa. Nel momento in cui ho posato gli occhi su di lei, il mio mondo è andato in frantumi, il mio cervello razionale è stato dirottato da istinti così primitivi che tanto varrebbe trasferirsi in una grotta e iniziare a indossare pellicce.

Non mi stupisce che continui a dimenticare i preservativi. Il mio subconscio ha sempre saputo quello che ho appena realizzato.

Voglio Emma e non solo per poche settimane o mesi.

La voglio per tutta la vita.

La voglio come moglie.

È un sollievo ammetterlo a me stesso, affrontare la verità che mi stava rosicchiando nel profondo della mente, dal momento in cui mi sono reso conto che non posso stare lontano da lei per un'intera settimana di disintossicazione—che non posso stare lontano da lei, punto. Tutte le cose che pensavo di desiderare in una compagna di vita—eleganza, alta classe, connessioni vecchio stile—sarebbero state più di ciò che già avevo. Quella perfetta moglie trofeo che avevo immaginato sarebbe stata l'equivalente umano della mia collezione d'arte, un altro simbolo del mio successo piuttosto che una persona in grado di darmi ciò di cui ho veramente bisogno.

Solo la mia Emma può farlo—e lei non la pensa come me.

"Non mi trasferirò da te" dice, fissandomi. "Te l'ho già ripetuto un milione di volte. Questo è solo per—"

"Va bene." Devo fare appello a tutto il mio autocontrollo per trattenere la ferita e la rabbia e liberarle le mani. La consapevolezza che la amo e che non ricambia i miei sentimenti è come un tasso del miele infuriato nel mio petto, ma non posso costringerla ad amarmi, non posso costringerla a sposarmi, a prescindere da quanto sia attraente l'idea.

Devo affrontare questo nello stesso modo in cui affronterei qualsiasi altra sfida: con logica e razionalità. In altre parole, devo fare un passo indietro e lasciarle credere che sta vincendo, ritirandomi di un centimetro adesso, in modo da poter guadagnare un miglio lungo il cammino.

Addolcisco la voce. "Capisco che non ti trasferirai da me. Smetterò di chiedertelo—se farai una cosa per me."

"Quale cosa?" chiede sospettosamente. I suoi ricci infuocati sono ancora più selvaggi dopo il sesso vigoroso che abbiamo appena fatto, le labbra rosa e gonfie per i miei baci, e tutto ciò che voglio è afferrarla e riportarla a letto, dove posso imprimere di nuovo la mia rivendicazione su di lei.

Forse venire dentro di lei senza preservativo ancora una volta.

Fanculo. Tutto il mio corpo si blocca, con il membro che s'irrigidisce per un'ondata di lussuria così intensa che mi fa girare la testa. Non posso assolutamente aspettare di avere quarant'anni per avere dei figli con lei. Li voglio adesso. Oggi. L'immagine mentale di Emma morbida e rotonda con il mio bambino è più erotica di qualsiasi porno abbia mai visto—e le donne incinte non sono mai state una mia perversione. È solo lei; *lei* mi fa regredire a questa creatura atavica.

Niente pellicce. Tanto varrebbe tirare indietro la testa e iniziare ad abbaiare alla luna.

Con sforzo, riporto i miei pensieri sulla discussione in corso. "In realtà, sono due cose" dico, e il sospetto nei suoi begli occhi si approfondisce.

"*Quali?*"

"Lascia che mantenga la mia promessa ai tuoi nonni e che Wilson ti porti al lavoro domani e ti riaccompagni a casa. Riceve uno stipendio annuale, quindi non mi costa un centesimo in più." Probabilmente avrei dovuto pronunciare prima quell'ultima parte, perché non appena lo dico, gran parte della tensione sul suo viso svanisce, e lei sospira.

"Immagino che posso accettarlo. Qual è l'altra cosa?"

"Domani cenerò con alcuni dei miei investitori, e vorrei che venissi anche tu. Andremo in un ristorante di Midtown, vicino al mio ufficio, alle sette. Wilson può portarti direttamente lì dopo il lavoro. Per favore" aggiungo, vedendo lo shock sul suo viso. "Ti voglio lì, gattina. Ti voglio a cena al mio fianco."

Emma

SONO IN PREDA AL PANICO PER TUTTA LA MATTINATA. Su mia richiesta, Wilson mi ha accompagnata nel mio appartamento prima del lavoro, così ho potuto prendere un abito per stasera—un vestito a maniche lunghe e aderente che ho trovato su un portaoggetti dei grandi magazzini qualche anno fa. A quel tempo, sembrava bello ed elegante, con il tessuto grigio che mi avvolgeva le curve, ma dopo una dozzina di incontri con la lavatrice, ricorda più da vicino qualcosa uscito dal sedere di un gatto.

Tuttavia, stamattina l'ho preso, perché è l'unica cosa abbastanza formale che possieda. In realtà, l'avrei indossato per i colloqui di lavoro, quando ancora speravo di ottenere un posto presso una grande casa editrice. I colloqui non si sono mai materializzati, quindi ora indosso l'abito ogni volta che ho bisogno di apparire un po' più curata—come, ad esempio, quando esco a cena con una mezza dozzina di persone, il cui reddito mensile supera quello che guadagna la maggior parte delle famiglie in una vita intera.

E questa non è un'esagerazione. Ho chiesto a Marcus i loro nomi stamattina e li ho cercati. Diciamo solo che stasera non sarà lui l'unica persona al nostro tavolo che è stata menzionata da *Forbes*.

Dannazione. In cosa mi sono cacciata? Non riesco ancora a credere che mi abbia fatta accettare questo. Devo essere stata ancora confusa dopo quell'intensa sessione di sesso, perché invece di lasciarmi prendere dal panico in quel momento, mi sono sentita sia scioccata che lusingata dal fatto che volesse presentarmi ai suoi investitori.

Dopotutto, sono tutt'altro che "una risorsa per le funzioni sociali."

Ma Marcus ha insistito sul fatto di volermi lì, e io ho ceduto, in parte a causa della parte lusingata e in parte perché aveva promesso di smettere di farmi pressioni sul trasferimento. Poi, ha ricominciato a fare l'amore con me, e questo ha eliminato ogni possibilità di riflessione. È solo quando mi sono svegliata questa mattina che mi sono resa conto che la cena significa che non sarò in grado di tornare a casa stasera, poiché probabilmente durerà fino a tardi e impiegherei almeno un'ora a fare i bagagli ai miei gatti—ancora di più, se dovessi inseguirli nello spazioso attico.

A loro piace *molto* la casa del ragazzo, così tanto che hanno passato tutta la notte a correre e a esplorare. Li ho visti appena questa mattina, quando sono saltati a letto con me per qualche minuto di coccole obbligatorie. Per fortuna, Marcus era già sotto la doccia; non sono sicura che avrebbe apprezzato delle zampe pelose sulle lenzuola bianche incontaminate.

Potrebbe non rendersi conto di essere un maniaco dell'ordine, ma lo è. Persino i suoi slip sono disposti in quadrati perfettamente piegati.

In ogni caso, mi è chiaro ora che sono stata nuovamente manovrata. Ancora. Grazie a questa cena, finirò per stare da lui due notti di fila, che è quello che voleva, dopotutto. Quel che è peggio è che ho accettato di accompagnarlo a un evento per il quale non sono completamente preparata, e non solo perché tutto quello che ha messo in valigia per me erano jeans e maglioni.

Non sono mai stata a una cena di lavoro, e tantomeno a una con persone così ricche e potenti. Uno degli investitori di Marcus gestisce il fondo pensione del Sindacato degli Insegnanti della California; un altro è un magnate immobiliare; un terzo è un miliardario delle tecnologie nato in Russia; un quarto è un magnate del fitness emergente; e gli ultimi due sono praticamente inesistenti online, il che probabilmente significa che sono una sorta di ricchi di famiglia.

In tutto questo, io sono un'impiegata introversa che

lavora in libreria, il cui vestito più professionale è l'abito che sembra il sedere di un gatto.

Naturalmente, quando mi sono resa conto di tutto questo al risveglio e ho cercato di fare marcia indietro, Marcus si è offerto di comprarmi tutto ciò di cui avessi bisogno per sentirmi a mio agio—un'offerta che ho immediatamente declinato, sostenendo di avere tutto ciò di cui ho bisogno. Ma questo mi ha praticamente obbligata ad andare—quindi, per il panico, ho letteralmente respirato in un sacchetto di carta durante l'ora di pranzo.

"Emma, stai bene?" chiede il Signor Smithson, trovandomi su una poltrona in fondo al negozio, e io abbasso il sacchetto per rivolgere al mio capo un sorriso eccessivamente luminoso.

"Sì. Sto solo provando una nuova tecnica di meditazione."

"Oh, capisco." La sua espressione si rallegra, quando un sorriso consapevole appare sul suo viso. Se fossimo in un fumetto, ci sarebbe una nuvoletta sopra la sua testa, con scritto: *Millennials. Avrei fatto meglio a non chiedere.*

Soddisfatto che io non stia per vomitare sull'ultima fila di thriller, si allontana, e riprendo a respirare nel sacchetto, sperando che questo mi tranquillizzi.

Non è così. Semmai, mi sento ancora più nervosa.

Uh. Perché ho accettato? E perché Marcus mi vuole lì? Abbiamo appena iniziato a frequentarci, e non sono affatto il tipo di ragazza che un miliardario morirebbe dalla voglia di mettere in mostra. Le mie maniere a tavola sono a posto—la mia nonna del sud se ne è assicurata—ma tutto il resto, come le chiacchiere e la baldoria, non mi appartiene.

Posso discutere degli ultimi bestseller del *New York Times*, ma questo è tutto.

Ora che ci penso, Marcus non aveva in mente di invitarmi a questa cena, quando ci siamo fermati nel mio appartamento dopo il volo. Altrimenti, avrebbe preparato qualcosa di più elegante dei jeans per me. A meno che non avesse intenzione di comprarmi dei vestiti? Ma no, sa come la penso al riguardo.

Questo è stato sicuramente un invito impulsivo da parte sua, il che rende ancora più strano il fatto che fosse così insistente nel farmi accettare. In generale, il suo comportamento dopo cena ieri era strano, con quel sesso estremamente intenso, le domande sui bambini e tutto il resto. Sembrava persino arrabbiato, quando Geoffrey si è presentato con la pillola del giorno dopo e io l'ho presa... come se non fosse stato lui a mandarlo a fare la commissione.

È come se fosse successo qualcosa, ma non riesco a capire di cosa si tratti. Mi ha assicurata che non era a causa della distruzione della scultura da parte di Mr. Puffs. Ma questo è l'unico incidente che si è verificato dopo che abbiamo finito la cena. A meno che... Sarà stato qualcosa successo a cena?

Forse si è arrabbiato perché ho menzionato suo padre?

"Emma. Tana per Emma."

"Sì, Signor Smithson?" Abbassando di nuovo il

sacchetto, guardo il mio capo, che dev'essere lì da un po'. E non è solo. Con lui c'è il suo nipote biondo, l'aspirante autore di urban fantasy a cui ho fatto fare il giro della libreria un paio di settimane fa.

Mettendo da parte tutti i pensieri su Marcus, mi alzo in piedi e sorrido vivacemente. "Ciao, Ian. Come stai? Come sta andando il tuo libro?" L'ultima volta che abbiamo parlato, ne era molto entusiasta, e gli ho parlato dei miei servizi di editing freelance, nel caso in cui avesse deciso di seguire la strada dell'auto-pubblicazione.

Non fa mai male procurarsi qualche affare.

Il capo mi sorride, e faccio una smorfia internamente, rendendomi conto che sta di nuovo cercando di accoppiarci—e interpretando male ciò che sta vedendo. Sebbene il timido e studioso Ian sia quello a cui ho sempre pensato come "il mio tipo," il mio unico interesse per lui è soltanto come potenziale cliente.

Non solo sto uscendo ufficialmente con Marcus ora, ma dal momento in cui ho incontrato il mio titano di Wall Street, non mi sono mai sentita attratta da un altro uomo.

La carnagione chiara del giovane arrossisce, e il suo pomo di Adamo si gonfia, mentre sistema gli occhiali. "Ho uhm… ho quasi finito la prima bozza. Penso che finirò questa settimana."

"Oh, buon per te. Fammi sapere se hai bisogno di aiuto per la correzione una volta arrivato a quel punto." Questo è un po' più sfacciato del mio solito modus operandi, ma voglio chiarire al Signor Smithson che vedo suo nipote solo come un'opportunità commerciale.

Purtroppo, il mio capo è imperterrito. Con un grande sorriso, dice al ragazzo: "Sì, parla con la nostra Emma. Lei conosce buoni libri."

E facendomi l'occhiolino, si allontana, lasciandomi sola con suo nipote.

LA BUONA NOTIZIA È CHE PARLARE CON IAN—O MEGLIO, ascoltarlo spiegare ogni punto della trama del suo libro con dettagli che inducono allo sbadiglio—mi distrae dall'ansia per la cena. La cattiva notizia è che un'ora dopo, quando il giovane finalmente va via, sto impazzendo di nuovo.

Seriamente, perché ho accettato tutto questo? E soprattutto, è troppo tardi per tornare indietro?

Prendo il telefono per chiamare Marcus, ma poi ricordo che dovrebbe essere in riunione tutto il giorno oggi—qualcosa riguardo all'inizio del mese e alla strategia per la prossima conferenza sull'Alpha Zone. Non ho idea di cosa sia l'Alpha Zone, ma sono abbastanza sicura che non si tratti di un incontro tra lupi mannari, che è dove va il mio cervello ogni volta che sento la parola "Alpha."

Dato il contesto, è probabilmente un oscuro termine di investimento. Dovrei davvero fare ricerche, se non altro perché è un bene che un'editor sappia queste cose.

Ad ogni modo, finisco per chiamare Kendall invece di Marcus, e le spiego tutto il mio dilemma. "Pensi che dovrei fingere una malattia, forse?" dico, quando ho finito. "*È* la stagione influenzale e—"

"Non osare!" interrompe, e sento una macchina che suona il clacson in sottofondo. Dev'essere fuori, a fare una delle mille commissioni che il suo capo la manda sempre a fare. "Sei pazza?" continua, quando il clacson si ferma. "Ti sta portando a una cena di lavoro. Non sai cosa significa?"

Faccio un respiro. "Beh…"

"Significa che fa sul serio, Emma! Ti sta integrando nella sua vita, nelle parti più importanti della sua vita." Altre due suonate di clacson interrompono le sue parole, e io la immagino superare un incrocio trafficato come la temibile newyorkese che è. "Un uomo come lui non inviterebbe mai una donna che scopa occasionalmente a una cena con gli investitori. Questa è roba da livello successivo. Persino tu, Miss Ignoranza, dovresti saperlo."

"Beh, certo, lo so! Ecco perché ho accettato: perché ero lusingata. Ma queste persone—"

"Sono solo persone" ribatte la mia amica con fermezza. "Essere ricco e famoso non ti rende sovrumano, te l'ho detto. Sono solo individui; trattali come tali e starai bene."

Facile da dire per lei. Con la sua personalità estroversa, potrebbe avere una conversazione spiritosa con un albero. Mentre io—

"Smettila, Ems." Un altro forte suono in sottofondo. "Posso sentirti pensare, e non mi piace."

"Il mio pensiero?"

"Il tuo pensiero eccessivo! Indossa quell'abito a forma di sedere di gatto e buttati. E la prossima volta, lascia che Marcus ti compri un vestito come lui si è offerto di fare. Ora devo andare; sto entrando in metropolitana. Ciao!"

E riattacca, senza farmi sentire più calma di prima.

IL PRIMO GIORNO DEL MESE È SEMPRE IMPEGNATIVO PER me, poiché passo tutta la giornata a discutere con i miei gestori di portafoglio. Mi siedo individualmente con ciascuno di loro e riporto i profitti e le spese del team nell'ultimo mese, gli scambi passati e futuri e qualsiasi altra cosa di cui vogliano parlare, come assumere nuovi analisti od ottenere una quota maggiore delle attività del fondo sotto gestione. Ed essendo dicembre, si parla anche di bonus, anche se darò i numeri ufficiali solo a gennaio.

Nella nostra attività, possono succedere molte cose in un mese, sia positive che negative.

Mentre incontro una persona dopo l'altra, i miei pensieri continuano a spostarsi su Emma. Mi chiedo cosa stia facendo, come si senta, se sia ancora in preda al panico com'era questa mattina. Devo ammettere che non è stato carino da parte mia comunicarle della cena in quel modo, ma una volta che l'idea mi è venuta in mente, non ho potuto lasciarla andare.

Voglio la mia gattina al ristorante con me stasera, e non solo perché ciò significa che la vedrò diverse ore prima.

Voglio che sappia che non è solo sesso tra noi.

Voglio mostrarle che ho intenzioni serie.

Certo, sarebbe stato meglio se l'avessi deciso prima, in modo da concederle più tempo per prepararsi, magari anche convincerla a farmi acquistare qualcosa di adatto all'evento. Ha affermato di avere qualcosa a casa, ma ho visto il suo armadio e dubito fortemente che sia così.

Non che a me importi di quello che indossa; m'importa più che si senta a proprio agio. La versione PE—Prima di Emma—di me sarebbe stata inorridita dal fatto di portare una ragazza in abiti logori a una cena con gli investitori, ma alla versione DE non frega niente. Lei è più importante per me di tutti i miei investitori messi insieme, e in ogni caso, a questo punto della mia carriera, potrei presentarmi a questa cena nudo, con tutti e tre i gatti di Emma seduti sulle mie spalle, e quelle persone farebbero ancora di tutto per darmi i soldi.

I rendimenti del mio fondo parlano da soli.

Quindi sì, non ho bisogno di impressionare qualcuno con la donna che sto per sposare, ma sospetto che Emma li impressionerà comunque. Più passo il tempo con lei, più mi rendo conto che la sua bellezza non proviene dai vestiti che indossa o da come si pettina; brilla dal profondo di lei, con la sua sensualità calda e dolce, che è un'esca tanto potente quanto qualsiasi cosa io abbia mai conosciuto. Quel semplice sorriso con la fossetta da solo è sufficiente a inviarmi il calore all'inguine, e so di non essere il solo ad esserne sensibile. Quando eravamo in Florida, uomini di tutte le età la guardavano come sciacalli affamati; è stata solo la mia presenza a dissuadere gli stronzi dall'avvicinarsi per chiederle di uscire.

Non ho idea di come sia rimasta single per così tanto tempo, davvero.

Il che mi ricorda... Sollevando una mano per far smettere di parlare il mio Project Manager delle telecomunicazioni per un secondo, mi chino sulla scrivania e premo un pulsante sull'interfono.

"Lynette, ho bisogno che tu venga nel mio ufficio non appena Henry avrà finito" dico, quando la mia assistente risponde. "Ho un progetto speciale per te."

L'acquisto di un anello potrebbe essere prematuro, ma non sono arrivato dove sono senza pianificare il futuro. Ci vorrà del tempo per far innamorare Emma di me, ma non appena lo farà, sarò pronto.

La sposerò, e in fretta.

27

Emma

FACENDO UN RESPIRO PROFONDO, LISCIO I PALMI SUL vestito che Geoffrey ha stirato per me e cerco di eliminare i segni sui miei stivali col tacco alto—quelli nuovi che avevo indossato per il mio primo vero appuntamento con Marcus. Nel mio monolocale scarsamente illuminato e nelle strade fangose di New York, avevano un aspetto decente, perfino bello, ma qui, nel bel mezzo dell'ingresso luminoso e luccicante di Marcus, non si nasconde ciò che sono realmente: scarpe economiche che hanno visto giorni migliori.

Oh, beh. Almeno il mio abito grigio e il cappotto di lana beige che sto per indossare non hanno peli di gatto attaccati, sempre grazie a Geoffrey. Ho lasciato il lavoro con mezz'ora di anticipo in caso di traffico, ma

Wilson mi ha portata a Manhattan in tempo record, quindi ho deciso di fermarmi a casa di Marcus e rendermi il più presentabile possibile, prima di recarmi al ristorante.

Non voglio metterlo in imbarazzo davanti ai suoi investitori—almeno non più di quanto sia obbligata a farlo semplicemente essendo quella che sono.

I segni sugli stivali non vogliono saperne di sparire, così mi arrendo e mi raddrizzo, sul punto di andarmene, quando una grossa palla di pelo bianca cammina verso di me e mi salta dritto tra le braccia.

"Puffs!" Istintivamente, cullo il gatto contro il mio petto, il che significa che il mio vestito grigio—che era già piuttosto brutto nonostante la stiratura—ora è anche coperto di peli bianchi.

"Signora Walsh, va tutto bene?" Geoffrey appare davanti a me come per magia, anche se è più probabile che stesse inseguendo la perfida bestia. Il gatto indubbiamente stava facendo qualche dispetto e, essendo intelligente e subdolo, ha cercato rifugio da me. "Ecco, lascia che ti tolga Puffy."

Puffy? Sopprimendo una risatina isterica, consegno il gatto—che mi guarda come se l'avessi tradito e promette di ripagarmi con la stessa moneta in seguito —e cammino verso lo specchio del corridoio.

È anche peggio di quanto pensassi. I peli bianchi sono su tutto il petto, sulle braccia e persino sulla parte superiore della gonna del vestito, probabilmente a causa della lunga e soffice coda del gatto.

"Ecco, lascia che ti aiuti." Il maggiordomo abbassa

Mr. Puffs sul pavimento, estrae un rullo appiccicoso dalla tasca e toglie tutti i peli attaccati al mio vestito.

Tre minuti dopo, l'abito sembra di nuovo al meglio —il che non è proprio il massimo. Ma devo accontentarmi di quello che ho, così ringrazio Geoffrey, metto il cappotto e mi precipito in macchina, prima che altri miei gatti decidano di condividere la loro pelliccia con me.

Il viaggio fino a Midtown dalla casa di Marcus a Tribeca dura circa venti minuti e, per tutto il tempo, faccio esercizi di respirazione per cercare di calmarmi. Detesto sentirmi così ansiosa e insicura; mi ricorda quando ero un'adolescente imbarazzata, che cercava di adattarsi al proprio corpo in trasformazione con dei capelli che non volevano mai comportarsi bene. Mi ricorda anche come mi sentivo prima del mio primo vero appuntamento con Marcus. Per fortuna, non sono più insicura con lui—non c'è niente più di un uomo che fa sesso con te tre volte al giorno che possa tranquillizzare una donna sulla sua bellezza—ma sono ancora profondamente consapevole di non essere ciò che lui inizialmente voleva.

Geoffrey potrebbe stirare e togliere i peli dai miei vestiti d'ora in avanti per l'eternità, e non sarei ancora in grado di competere con qualcuna come Emmeline.

Con mio sollievo, gli esercizi di respirazione aiutano, e quando arriviamo in un hotel di lusso a Park

Avenue, sono abbastanza calma da farmi strada attraverso la hall dorata verso il ristorante sul retro senza inciampare. Sono in anticipo di circa cinque minuti, ma tutti sono già seduti al tavolo rotondo nell'angolo semi-privato a cui mi conduce la direttrice di sala. Due bottiglie di vino, rosso e bianco, sono al centro del tavolo, e tutti i bicchieri sono già colmi. Rimane solo una sedia vuota, ed è accanto a Marcus, il cui sguardo mi fissa non appena entro.

"Eccoti" dice, alzandosi in piedi per salutarmi, e mentre mi stringe le mani in una forte, calda presa e si piega per darmi un bacio sulla guancia, sento il mio nervosismo affievolirsi.

"Desidera qualcosa da bere, signora?" chiede il cameriere, mentre mi accomodo sulla sedia che Marcus tira fuori per me. "Forse del vino? Il Signor Carelli ha ordinato un eccellente Cabernet Sauvignon e un Pinot Grigio, ma abbiamo anche un'ampia selezione di—"

"Il Pinot Grigio è perfetto, grazie." Normalmente bevo solo acqua, ma un po' di vino potrebbe aiutarmi oggi. Ora che sono seduta e tutti mi stanno fissando, il battito del mio cuore sta di nuovo accelerando.

Dio, spero di non avere un pezzo di broccolo tra i denti—o un pelo di gatto da qualche parte.

"Questa è Emma Walsh" annuncia Marcus, osservando i nostri compagni di cena come farebbe un monarca con i suoi sudditi, e poi gira intorno al tavolo presentando ogni persona—o meglio, ogni uomo, dato che sono l'unica donna presente.

Alla mia sinistra c'è Ashton Vancroft, il magnate

dell'impero del fitness che Marcus presenta come "un buon amico della scuola di economia." A differenza di tutti gli altri al tavolo, è vestito casual, con jeans e un maglione di cashmere color crema, che si adatta perfettamente al suo torace muscoloso. I suoi capelli color sole sono piuttosto lunghi, oltre le orecchie, e ai miei occhi sembra un incrocio tra Brad Pitt in *Troy* e Chris Hemsworth in *Thor*. Stringendomi la mano, sorride, sfoggiando abbaglianti denti bianchi, e dice con voce profonda che mi fa pensare al caramello sciolto: "Piacere di conoscerti, Emma."

Prima che possa riprendermi dalla potenza di quell'incantesimo, le presentazioni continuano. Dall'altra parte di Ashton, c'è Robert "Bob" Johnson, un uomo più grande dall'aspetto rigido, che gestisce il fondo pensione del Sindacato degli Insegnanti. Alla sinistra di Bob ci sono Jack e James Gyles, due fratelli dalla faccia tonda sulla quarantina, che Marcus presenta come i suoi "investitori di lunga data." Sono quelli che non hanno presenza online, nel senso che sono ricchi di famiglia o qualcosa di ancora più subdolo. Accanto a loro c'è Grigori Moskov, il miliardario delle tecnologie, e immediatamente alla destra di Marcus c'è Weston Long, il magnate del settore immobiliare. Entrambi sono uomini alti, atletici, all'incirca dell'età di Marcus, e sebbene non gli somiglino fisicamente, emanano un simile tipo di potere e sicurezza di sé.

È l'aspetto del tipo potrei-comprare-un-piccolo-paese-con-gli-spiccioli.

Sorridendo il più possibile, annuisco e ripeto tutti i nomi che pronuncia Marcus, in modo da poterli ricordare meglio. Aiuta che mi abbia detto chi sono queste persone in anticipo, e l'aver fatto una ricerca Google su di loro. Ho una buona mente visiva, il che significa che è più facile per me conservare le informazioni che ho visto annotate—o scritte nella barra di ricerca del mio telefono.

Dopo le presentazioni e, mentre gli uomini riprendono le loro conversazioni di prima, sposto con gratitudine la mia attenzione sul menu che ho davanti. Sfortunatamente, è tutto in francese, o almeno metà delle parole, perché non ho idea di cosa sia la maggior parte dei piatti. Beh, so cos'è l'escargot, e intendo evitarlo.

Non ho mai provato le lumache prima d'ora, e preferirei farlo quando il mio stomaco non è così sottosopra.

Inoltre, non ci sono prezzi accanto ad alcuna delle voci nel menu. È normale? Vuol dire che questo è qualcosa di simile a un buffet all-inclusive o i prezzi sono così alti che li hanno lasciati fuori per non rovinare l'appetito delle persone?

Una mano grande e calda mi copre il ginocchio sotto il tavolo e alzo lo sguardo per trovare Marcus a osservarmi. Chinandosi, chiede dolcemente: "Come stai, gattina? Hai avuto problemi ad arrivare qui?"

Le mie guance si scaldano, anche se dubito che qualcuno abbia sentito il suo affetto. "No, nessun problema" mormoro, profondamente consapevole di tutti gli occhi curiosi che ci guardano senza darlo a vedere. Mi aspettavo quasi che Marcus m'ignorasse dopo le presentazioni—dopotutto, è qui per brindare con i suoi investitori—ma non è quello che sembra stia accadendo.

Sebbene non mi abbia presentata come la sua ragazza, il modo possessivo in cui si sta chinando su di me lo proclama così forte che è come se mi avesse attaccato un'etichetta sul petto.

"Allora, Emma, ci stai facendo visita da Boston, giusto?" chiede una voce maschile dalla mia sinistra, e mi volto per guardare Ashton.

"Boston? No, temo di no." Come mai pensa questo?

"Oh." Si acciglia. "Avrei giurato—"

"Stai pensando a qualcun'altra" replica Marcus, con il suo tono che s'indurisce. "Emma è di Brooklyn, nata e cresciuta lì."

La faccia di Ashton sbianca. "Non importa, allora. Ho pensato per un momento—ma sì, anche il cognome è diverso. Quindi, sei newyorkese, Emma?"

Mi sforzo di sorridere e annuire. "Sì, certo. E tu?" Con sollievo, la mia voce suona normale e ferma, non influenzata dall'improvvisa tensione nel petto.

C'è solo una ragione per cui l'amico di Marcus potrebbe pensare che io sia qualcun'altra.

Mi ha confusa con Emmeline—il che significa che Marcus gli ha parlato di lei, senza menzionare me.

"In realtà, *io* vengo da Boston, o almeno la mia famiglia" risponde Ashton, rivolgendomi un altro dei suoi sorrisi smaglianti. Solo che questa volta non mi sento minimamente incantata, con la tensione nel petto che si trasforma in un dolore lancinante. Non voglio che la mia mente segua quella strada, ma non posso farci niente. È impossibile ignorare le implicazioni dell'errore di Ashton.

Ad un certo punto in un passato non troppo lontano, Marcus è stato abbastanza serio su Emmeline da parlarne con il suo amico, da rivelargli il suo nome completo e dove abitava.

Significa che mi ha mentito? C'è stato più di un appuntamento per cena tra lui ed Emmeline? La stava vedendo, mentre mi dava la caccia? È per questo che Ashton sa così tanto di lei ma nulla di me?

Forse la frequenta ancora?

"Scusate" dico forte, spingendo indietro la sedia, mentre mi alzo. "Torno subito."

E prima che qualcuno possa fermarmi, corro al bagno sul retro.

28

M arcus

Fanculo. Solo la presenza dei miei investitori al tavolo m'impedisce di correre dietro a Emma—e di modificare i perfetti lineamenti da modello di Ashton con il mio pugno.

Sono un fottuto idiota, e anche lui. Mi ero completamente dimenticato di avergli parlato di Emmeline, quando siamo andati al bar quella volta, e ora Emma starà pensando Dio sa cosa.

Voglio seguirla e spiegare che Ashton sa di Emmeline, solo perché è lui che mi ha fatto conoscere l'organizzatrice di incontri, ma se mi alzassi ora, sembrerebbe che siamo coinvolti in una sorta di dramma domestico—quello o che mi stia assentando per una sveltina segreta in bagno. Ad ogni modo, la mia timida gattina si sentirebbe in imbarazzo, e questa è l'ultima cosa che voglio.

La cosa migliore è lasciarla calmare e tornare al tavolo, e poi spiegare tutto in seguito. Spero che non sia arrabbiata con me. Ashton non doveva nemmeno essere a questa cena inizialmente. Non è un investitore nel mio fondo—almeno non ancora. Ma mi ha mandato un'e-mail durante il fine settimana, volendo incontrarmi per discutere su come gestire tutti i soldi che la sua attività in rapida crescita sta portando, e ho deciso di invitarlo a quest'evento.

Potrebbe non volere i soldi, ma li ha, quindi potrebbe anche investire con me.

"Scusa, amico" dice a bassa voce, quando Emma scompare dietro una colonna e gli altri al tavolo riprendono educatamente le loro conversazioni. "L'intera faccenda Emma-Emmeline mi ha completamente spiazzato. *Era* Emmeline quella con cui l'organizzatrice di incontri amica di mia zia ti aveva accoppiato, giusto? Non ho ricordato male il suo nome?"

Mi sforzo di aprire la mano serrata. "No, non l'hai fatto. Ed è colpa mia. Avrei dovuto informarti." E l'avrei fatto, se me ne fossi ricordato. Ma la mia mente è stata così occupata da Emma ultimamente che è già un miracolo che non mi sia dimenticato del tutto di questa cena. "Ne riparleremo in seguito" continuo, con voce bassa. "Per ora, dimentica Emmeline e non menzionarla mai più."

"Certo." Il divertimento luccica negli occhi grigioblu di Ashton, mentre prende il bicchiere di vino. "Suppongo che le cose stiano andando bene tra te e la nuova Emma."

Coglione. "È l'*unica* Emma, e sì, la sposerò."

Si blocca, con il bicchiere da vino a metà strada verso il suo viso. "Stai scherzando, vero?"

"Ti sembra che stia scherzando?"

"Ho sentito qualcosa sul matrimonio?" James c'interrompe dall'altra parte del tavolo, con gli occhi scintillanti che brillano per l'emozione malcelata, mentre si sporge in avanti. "Carelli, posso congratularmi con te? *The Herald* aveva ragione per una volta? Jack ed io eravamo scettici, quando abbiamo letto quell'articolo, ma lei è la misteriosa rossa, non è vero?"

Fanculo. È troppo presto per questo. Non ho nemmeno convinto Emma a trasferirsi da me, tantomeno a ricambiare i miei sentimenti, e i fratelli Gyles sono dei noti pettegoli, per quanto siano riservati negli affari.

James Gyles deve avere l'udito di un cane da caccia, perché è impossibile che abbia ascoltato la mia conversazione privata con Ashton.

"Non le ho ancora fatto la proposta, quindi non diffondere la notizia" avverto, anche se è inutile. Entro domani, tutti nella nostra cerchia sociale sapranno delle mie imminenti nozze e, a meno che non uccida alcuni individui molto importanti, non c'è niente che io possa fare per impedirlo.

Alle mie parole, tutte le conversazioni al tavolo si

fermano, e Jack Gyles batte le mani, sembrando eccitato quanto suo fratello. "Una proposta segreta, che divertimento! Dove hai intenzione di farlo? Non a Disney World, ne sono sicuro."

Stringo i molari. "Non ho ancora deciso."

"Quindi, non stai scherzando." Ashton finalmente si riprende abbastanza da posare il bicchiere. "Ti sposerai. Con la nuova Emma."

Lo guardo, combattendo un rinnovato impulso di colpirlo. "Sì. Con la sola e unica Emma."

"Sono notizie meravigliose. Congratulazioni, Marcus" replica Bob Johnson, educato e riservato come sempre.

"Sì, congratulazioni" fanno eco Weston e Grigori, sebbene il sorriso del primo celi un certo cinismo.

Un momento dopo, il magnate del settore immobiliare si china verso di me e dice piano: "Fammi sapere se hai bisogno di un buon avvocato. Conosco qualcuno specializzato in accordi prematrimoniali inattaccabili."

"Grazie, ma non sarà necessario." Con Emma, dovrei andare in tribunale per *costringerla* a prendere parte dei miei soldi in un divorzio—non che ci sarà mai un divorzio.

Non lascerò mai andare la mia gattina una volta sposati.

"Alla bellissima giovane coppia" dice James, sollevando il bicchiere di vino con un sorriso da gatto del Cheshire. "Possa la vostra unione rivelarsi lunga e feconda."

"Sì, a Carelli e alla sua sposa" si unisce suo fratello, sollevando il bicchiere, e tutti al tavolo—persino Ashton, che mi sta ancora guardando come se avessi perso la testa—seguono il suo esempio, congratulandosi con me per il mio imminente matrimonio con un brindisi.

29

Emma

NON SALTARE ALLE CONCLUSIONI. NON SALTARE ALLE conclusioni.

Ripeto le parole come un mantra, mentre mi lavo le mani e le asciugo sul tovagliolo di carta simile a un panno fornito dal lussuoso bagno del ristorante. Nonostante il fard che ho applicato sulle guance a casa di Marcus, il mio viso sembra troppo pallido allo specchio, le lentiggini chiaramente visibili. Per quanto sia determinata a non saltare alle conclusioni, non posso ignorare il fatto che esse non siano buone.

Gli uomini sono dei maiali, mi aveva detto Kendall prima del mio secondo appuntamento con Marcus, e so che parlava per esperienza. A differenza mia, ha frequentato ogni genere di ragazzo, ricchi e poveri, belli e brutti. Ed è stata tradita, più di una volta. Mentre io ho avuto solo due fidanzati prima di Marcus, ed entrambi erano troppo nerd e socialmente inibiti per pensare di fare una cosa simile.

Erano sicuri, se non altro perché nessun'altra ragazza li voleva.

Marcus, al contrario, è una calamita per le donne. Lo so, lo vedo dalle avide occhiate che lo seguono ogni volta che usciamo in pubblico. Il suo aspetto, quell'aura di potere che proietta—non avrebbe nemmeno bisogno di sorridere a una ragazza per far sì che le sue mutandine precipitino a terra come un ascensore con i cavi tagliati. E questo senza che lei sappia che è un miliardario.

Non mi stupisce che quel giornale l'abbia definito "uno degli scapoli più ambiti di New York." È molto, molto fuori dalla mia portata, e non posso dimenticarmelo, non importa quanto tempo trascorriamo insieme e quanto sembri preso da me.

Quindi, la domanda è: si vede con Emmeline? Sono solo il suo passatempo di ripiego, qualcuno con cui si diverte fino a quando non deciderà che è il momento di sposare il vero affare?

Non voglio credere questo di lui, ma quale altra spiegazione c'è? Perché altrimenti avrebbe menzionato Emmeline al suo amico? È vero, ho parlato con Kendall di ogni ragazzo con cui sono uscita, ma è diverso per gli uomini, soprattutto per i tipi alfa come Marcus. Non riesco a immaginarlo contattare il suo amico per rivelargli tutto dopo un appuntamento a caso che non porta da nessuna parte, o addirittura menzionare un appuntamento del genere di passaggio.

Se ha parlato di una donna, è perché significava qualcosa.

È perché era più di una sola cena.

Quindi sì, questa è la conclusione a cui devo saltare, l'unica deduzione logica da fare. Ma se sono solo una scopata temporanea, perché portarmi a questa cena e presentarmi a tutte queste persone importanti? Al suo amico, che conosce Emmeline?

Ancora più importante, perché insistere così tanto a farmi trasferire?

Faccio un respiro per calmarmi, poi un altro. Forse c'è una spiegazione logica per l'errore di Ashton. Devo almeno dare a Marcus la possibilità di fornirmene una. L'uomo di cui mi sono innamorata può essere ambizioso e spietato, ma non è un traditore. Forse ha visto Emmeline un paio di volte dopo che l'ho mandato via in seguito all'incidente della porta abbattuta, o forse—

"Emma? Oh mio Dio, sei tu?"

Sorpresa, mi allontano dallo specchio e mi ritrovo faccia a faccia con Janie, l'altra mia migliore amica del college. Non la vedo da mesi, da quando ha iniziato a uscire con il suo ragazzo, Landon. L'ha trovato sulla stessa app di dating che ha portato al mio fatidico incontro con Marcus—l'app che mi ha fatto *scaricare*.

"Sei tu!" Una raggiante Janie mi avvolge in un caloroso abbraccio che ricambio avidamente, prima di fare un passo indietro per studiarla. Sembra diversa da prima, più elegante, come se avesse perso peso. E questo non è l'unico cambiamento.

"Ti sei tinta i capelli" esclamo, meravigliandomi delle ciocche biondo platino che rimpiazzano le onde biondo cenere, che erano il suo stile distintivo sin dalla scuola media. *Miss Natural*, l'aveva soprannominata Kendall al college, poiché la nostra amica evitava come la peste sostanze chimiche, profumi e coloranti, lasciando sempre asciugare i capelli all'aria e indossando solo un tocco di mascara fatto in casa sulle ciglia. Ora, però, sembra uscita da una rivista di moda, con un intero strato di fondotinta sul suo bel viso e le labbra coperte di rossetto rosso sangue.

"Oh, sì." Si tocca il bob perfettamente acconciato fino alle spalle con le dita rosse. Anche la sua manicure è curata. "A Landon piace così."

"Beh, sei stupenda" esclamo sinceramente. Non sembra nemmeno lei, ma è decisamente elegante e raffinata, con la sua figura avvolta in un elegante abito nero. "Che cosa ci fai qui? Come va?"

Sorride, mostrando denti di diverse sfumature più bianche di quanto ricordassi. "Stavo per chiederti la stessa cosa. Sono qui con Landon. Ha ottenuto un posto come vicepresidente presso la Goldman Sachs un paio di mesi fa, e siamo qui con il suo team, per celebrare una IPO che hanno appena lanciato. E tu? Che cosa ti porta qui?" Mi squadra dalla testa ai piedi, indugiando per un momento sui miei stivali rovinati, e posso percepire la sua confusione.

Un elegante ristorante di Midtown frequentato

dalla gente di Wall Street dev'essere l'ultimo posto in cui si sarebbe aspettata di incontrarmi.

"Oh, sono... anch'io sono qui con qualcuno." Naturalmente, arrossisco mentre lo dico, e gli occhi verdi di Janie brillano per la curiosità.

"Con chi?"

"Un ragazzo che sto frequentando." È passato così tanto tempo da quando Janie e io abbiamo parlato che mi sembra quasi una sconosciuta, e sono titubante a lasciarmi andare a tutta la storia incasinata—specialmente visto che Marcus e gli altri mi stanno aspettando.

Purtroppo, la mia non risposta non fa che aumentare la sua curiosità. "Chi è questo ragazzo? Che cosa fa? Dove lavora? Non sapevo che stessi frequentando qualcuno."

"È uno sviluppo abbastanza recente, e lui lavora... nella finanza."

Janie sussulta. "Davvero? Come il mio Landon? Oh, dovremmo uscire a coppie uno di questi giorni, lasciare che i ragazzi si conoscano."

"Uhm, certo." Fino a quando non ha menzionato Goldman Sachs, avevo dimenticato che anche Landon lavorava a Wall Street, o forse non l'ho mai saputo. Ho visto il ragazzo solo un paio di volte, all'inizio della loro relazione, e l'unica cosa che ricordo di lui è che sogghigna molto e ama criticare le altre persone. Inutile dire che sono tutt'altro che entusiasta all'idea di uscire a coppie. Ma Janie mi manca, e dato che lei e

Landon sembrano incollati, potrei doverlo tollerare per amor suo.

"Oh, fantastico!" Mi abbraccia di nuovo, avvolgendomi in una nuvola di profumo—la tolleranza alla fragranza è ancora un'altra cosa di lei che è apparentemente cambiata—e dice: "Devo scappare ora, ma ti chiamerò presto e organizzeremo qualcosa, okay?"

"È una buona idea" dico e la guardo correre fuori dal bagno, i sexy tacchi con la suola rossa che fanno rumore sul pavimento di piastrelle. Quando se n'è andata, torno allo specchio, sistemo i miei ricci arruffati dall'abbraccio come posso ed esco dal bagno dopo di lei.

mma

Quando torno al tavolo, Marcus sta parlando delle ultime strategie del suo fondo e tutti stanno ascoltando attentamente, quindi scivolo tranquillamente nel mio posto accanto a lui e distendo il tovagliolo sulle ginocchia. L'incontro con Janie mi ha distratta dalla rabbia indotta da Emmeline, ma ora che sono tornata qui, ci sto ripensando—motivo per cui impiego un minuto a notare che sono la destinataria di ogni genere di occhiata di soppiatto.

Anche se gli uomini ascoltano Marcus parlare dei rendimenti del fondo, mi stanno osservando con espressioni che vanno dalla confusione (Ashton) al divertimento (i fratelli Gyles) al cinismo (Weston Long) a un peculiare mix di quanto sopra (gli altri.)

È successo qualcosa o ho commesso qualche passo falso andando in bagno quando l'ho fatto?

"Scusatemi, signori—e signora." Il cameriere non deve avermi vista prima, perché l'ultima parte è aggiunta frettolosamente. "Siete pronti per ordinare o gradireste qualche minuto in più?"

Marcus lo guarda. "Penso che siamo pronti. A meno che—" Mi osserva. "Emma, vuoi qualche altro minuto?"

"No, grazie." Sorrido ampiamente per nascondere il nervosismo. "Per favore, inizia con qualcun altro e deciderò quando sarà il mio turno." Lo spero. Non ho ancora idea di cosa significhi la metà di queste parole nel menu.

Marcus sembra comprendere il mio dilemma, perché quando il cameriere inizia a prendere gli ordini di tutti, si avvicina e mi mormora nell'orecchio: "Vorresti che ordinassi per te, gattina?"

"Sì, per favore" sussurro. "Niente di troppo esotico, okay? Non voglio lumache."

Sorride. "D'accordo."

Quando il cameriere viene da noi, Marcus ordina una *Canette Sainte-Baume* per lui e una *Coquilles St. Jacque* per me, con *Céléri rémoulade au crabe* come antipasto da condividere. Mi chiedo ancora una volta a cosa sia dovuta la mancanza di prezzi nel menu, ma decido che è meglio così. Il costo di questo antipasto da solo potrebbe superare il mio budget settimanale per la spesa, quindi perché stressarsi inutilmente?

Preferirei non sapere quanto sborserà Marcus per

questa cena—sebbene, trattandosi di una spesa aziendale, potrebbe essere deducibile dalle tasse.

"Allora, Emma" dice Ashton, quando il cameriere se ne va, e Grigori distrae Marcus chiedendo le sue opinioni sulle start-up tecnologiche in Cina. "Che cosa fai, e da quanto tempo tu e Marcus vi vedete?" Mentre parla, mi osserva attentamente, come se fossi un enigma che deve risolvere.

È a causa dell'incidente di Emmeline?

È sorpreso che Marcus frequenti entrambe?

Allontanando dalla testa il pensiero che mi agita lo stomaco, prendo il bicchiere di vino e bevo un sorso. "Lavoro in una libreria, e ci siamo conosciuti circa un mese fa. E tu? Marcus ha detto che vi conoscete dalla scuola di economia."

"Esatto." Ashton sembra scrollarsi di dosso qualunque cosa gli stesse causando confusione e mi rivolge un altro dei suoi meravigliosi sorrisi. "C'era stato assegnato il compito di lavorare come soci in un progetto di Finanza Aziendale. Come puoi facilmente immaginare, Marcus ha completamente preso il controllo e, prima che me ne rendessi conto, ha fatto tutto. Non ho dovuto neppure muovere un dito—non che volessi. È stato subito dopo quel corso che ho capito che tutte le cazzate del Master in Gestione d'Impresa non facevano per me e ho lasciato stare."

Il mio interesse cresce. "Davvero? Hai abbandonato gli studi?" Questa è l'ultima cosa che mi sarei aspettata da un uomo di successo come lui. Non che non ci siano molti esempi di grandi uomini di successo che hanno abbandonato il college—Bill Gates e Steve Jobs ad esempio—ma la scuola di economia è diversa. Nella mia esperienza, le persone che lavorano ai loro master tendono ad essere più simili a Marcus: ambiziose e concentrate sull'obiettivo. Sanno cosa vogliono dalla vita, e il Master in Gestione d'Impresa è una rampa di lancio per portarle lì. A meno che... "È stato perché la tua attività stava iniziando a decollare?"

Ashton ride. "Nient'affatto. Non avevo un'attività in quel momento e non ne volevo una. Non la voglio nemmeno ora, ma cosa potevo fare?" Sospira e trangugia il suo vino in pochi lunghi sorsi. Appoggiando il bicchiere, dice: "Sai che alcune persone rovinano tutto ciò che toccano?"

"Uh-uh." Sta dicendo che l'impero del fitness che sta costruendo è un casino che ha creato lui?

"Beh, sono io al contrario. Il tocco di Vancroft Midas si è rivelato un'afflizione genetica. Tutto quello che volevo era essere un personal trainer, rendere i miei clienti sani e in forma. Ma poi è successo questo." Agita una mano con uno sguardo così disgustato che una risata mi esce dalla gola.

"Ricchezze indesiderate, eh?"

"Completamente indesiderate" conferma con una smorfia. "La mia famiglia ha avuto un attacco isterico, quando ho lasciato la scuola, ma ora mio padre è orgoglioso di me. È terribile."

Schiocco la lingua. "Povero te—o fin troppo

fortunato? Non sono sicura di quale sia l'espressione appropriata di comprensione da usare qui."

Sorride ironicamente, e intravedo l'uomo sotto la maschera del ragazzo d'oro—un uomo che, a modo suo, è determinato e ambizioso come Marcus. A prescindere da ciò che dice Ashton, il suo successo non è un caso del destino o della genetica. *Lui* l'ha fatto accadere, anche se non è pronto ad ammetterlo a se stesso.

"Ho sentito parlare di ricchezze indesiderate?" chiede Marcus, voltandosi verso di noi. Con i suoi capelli scuri ben pettinati all'indietro, la camicia perfettamente inamidata e il completo gessato che gli si adatta come una seconda pelle, sembra completamente a suo agio nei nostri ambienti lussuosi—e, ai miei occhi, infinitamente più sexy di tutti gli altri uomini qui messi insieme. "Perché per quanto mi riguarda, non esiste una cosa del genere" continua, con gli occhi azzurri che brillano dal divertimento. "E se qualcuno dovesse avere un problema di fondi in eccesso, ho la soluzione perfetta."

Ashton ridacchia. "Lasciami indovinare. Devo dare tutti i miei soldi a te, così puoi farli crescere e causarmi ulteriori mal di testa."

"Hai capito benissimo." Il sorriso di Marcus è a trentadue denti. "Allora, che ne dici? Possiamo iniziare con qualcosa di piccolo—diciamo, cinque milioni—e partire da lì."

Quasi soffoco sul sorso di vino che ho appena

messo in bocca. Cinque milioni sono considerati "piccoli?"

Ashton alza gli occhi al cielo. "Sì, sì, i tuoi fottuti soldi. Perché altrimenti saresti qui stasera? Ma cinque milioni non intaccano nemmeno tutto il denaro in cui sto sguazzando. Te ne darò venti per iniziare, e se non li raddoppi troppo in fretta, te ne darò di più entro Natale."

"Farò del mio meglio per mantenere i tuoi rendimenti moderati" assicura Marcus, e dall'altra parte del tavolo, i fratelli Gyles, che devono aver ascoltato tutto, scoppiano a ridere.

Con mio sollievo, la cena procede senza intoppi da quel momento in poi. Condivido il delizioso antipasto di granchio con Marcus e addirittura assaggio coraggiosamente un boccone della lumaca di Ashton— me la offre apprendendo che non ho mai provato il classico piatto francese. È sorprendentemente buono, con aglio e burro, una consistenza che mi ricorda un fungo sodo.

Quando viene servito il piatto principale, mi sento infinitamente più a mio agio e mi ritrovo a chiacchierare non solo con Ashton, che è seduto accanto a me, ma anche con la maggior parte dei presenti. Per qualche ragione, tutti sono curiosi di sapere da quanto tempo Marcus e io usciamo insieme e come ci siamo conosciuti, cosa faccio, e mentre pongo loro delle domande in cambio, trovo che Kendall aveva ragione.

I ricchi sono, in definitiva, solo persone.

Grigori Moskov, il miliardario delle tecnologie, è emigrato negli Stati Uniti da bambino e ha ancora alcuni parenti in Russia. È anche un serio amante dei cani; il suo husky siberiano viaggia con lui ovunque—il grande vantaggio di possedere un aereo privato, spiega. Gli mostro le foto dei miei gatti, e facciamo amicizia grazie ai nostri compagni pelosi, tanto che mi insegna a dire "gatto" in russo.

Si dice *kot* se è maschio e *koshka* se è femmina, anche se esistono circa un milione di simpatici diminutivi come *kotik, kiska, kotyonok* e così via.

Weston Long è un po' più difficile da approcciare. Secondo la spiegazione discretamente mormorata di Ashton, il magnate immobiliare con sede in California ha appena subito un difficile divorzio e pensa che tutte le donne vogliano solo i suoi soldi. Questo mi colpisce un po' troppo, quindi cerco di essere educata ma distante con lui, e finiamo per discutere di libri—in particolare, dell'ultimo giallo del mio autore preferito, che, a quanto pare, è anche il preferito di Long.

Al contrario, i fratelli Gyles—che sono così simili nei modi di fare e nell'aspetto che ho difficoltà a immaginarli come individui separati—sono felici di parlare di qualsiasi cosa. Presto scopro che sono davvero ricchi di famiglia (qualcosa che ha a che fare con la produzione di armi durante la seconda guerra mondiale, anche se sono vaghi riguardo ai dettagli) e che conoscono tutte le celebrità che posso nominare. Mi fanno anche domande sul fatto che sono stata cresciuta dai nonni, dopo che mia madre è morta in un incidente e che non conosco mio padre. L'unica cosa su cui tengo la bocca chiusa è il modo confuso attraverso il quale io e Marcus ci siamo conosciuti; tutto quello che ho rivelato stasera è che ci siamo conosciuti in un ristorante a Brooklyn—sperando che nessuno qui conosca Emmeline.

I fratelli Gyles sembrano conoscere *tutti*, quindi non ne sarei sorpresa.

Il più riservato del gruppo è Bob Johnson, l'uomo più anziano che gestisce il fondo pensione, ma dopo avergli parlato un po', mi rendo conto che in realtà è solo timido. Mi apro immediatamente—amo le persone timide—e alla fine della serata, so tutto sulle sue due figlie grandi e sul nipote che adora, nonché sulla sua lunga carriera nel sistema scolastico della California. È stato un insegnante di matematica per molti anni, prima di andare a lavorare per un fondo quantitativo a Wall Street—da cui è stato recentemente assunto per gestire il fondo pensione del Sindacato degli Insegnanti.

"I loro investimenti non sono affatto diversificati, fanno molto affidamento sul reddito fisso e le azioni blue chip" mi dice, e annuisco con fare comprensivo, anche se ho solo una vaga idea di cosa significhi. "Non sono stati nemmeno presi in considerazione gli hedge fund, ci credi? Non c'è da stupirsi che siano preoccupati di poter pagare tutte le pensioni dei futuri pensionati."

"Sì, non c'è da stupirsi" faccio eco, e questo sembra essere abbastanza da spingerlo a parlare dei mediocri rendimenti che i fondi pensione stanno ottenendo e di come prevede di cambiare tutto ciò, iniziando con l'allocazione di una quota maggiore del loro patrimonio ad alternative a più alto rischio e rendimento come il fondo di Marcus.

"È un'ottima idea" replico, e intendo sul serio. Forse non so molto sulle strategie di diversificazione e sulla corretta allocazione degli investimenti, ma conosco Marcus, e se qualcuno può garantire che tutti quegli insegnanti continuino a ricevere le loro pensioni, lui è il ragazzo giusto.

Bob mi sorride e inizia a usare ancora più gergo finanziario, così Marcus si unisce alla conversazione e mi concentro volentieri sul mio caffè e dessert—che, per fortuna, non è un singolo frutto di bosco, ma una panna cotta con uno strato di bacche sopra.

Alla fine, tutti hanno finito di mangiare e bere, e Marcus consegna al nostro cameriere una carta di credito per pagare il conto. Un conto che dev'essere astronomico, perché la maggior parte degli uomini ha ordinato alcol extra durante la cena—brandy, whisky, cognac—e sospetto che non abbia optato per la roba a basso prezzo.

Mentre Marcus firma la ricevuta, guardo l'entrata e vedo Janie lì con il suo ragazzo, Landon. È esattamente come lo ricordavo: alto, biondo e bello, con le labbra sottili, simile a un tipo uscito da un country-club. Sia lui che la ragazza mi stanno fissando a bocca aperta—probabilmente a causa della compagnia con cui mi trovo. Sorridendo, li saluto, e Janie sorride e ricambia il saluto con esitazione. Landon si china per sussurrarle qualcosa all'orecchio. La mia amica sembra incerta, ma lui le dà una leggera spinta, e lei si dirige verso di me, con lui alle calcagna.

Mi alzo per salutarli, mentre si avvicinano. "Ciao, Janie. E ciao, Landon. È bello rivederti" dico, allungando la mano verso di lui con un sorriso educato. Ho il forte sospetto che non sia qui per me, ma piuttosto per i miei compagni; un sospetto che è immediatamente confermato, perché non appena mi stringe la mano e borbotta, "È bello rivederti anche per me," il suo sguardo si posa su Marcus, come se io non esistessi.

"Landon Worth" si presenta, dandogli la mano. "Sono un amico di Emma."

Le sopracciglia di Marcus si alzano, mentre mi guarda, ma mantengo un viso inespressivo. Non posso assolutamente classificare questo ragazzo che conosco a malapena come amico. Sto iniziando a formulare una teoria sul perché Janie sia scomparsa dopo che hanno iniziato a frequentarsi, e non è buona.

La presentazione di Marcus è brusca, la stretta di mano breve. "Marcus Carelli."

"E questa è la mia amica del college, Janie Brandt" dico, indicandola. "Ci siamo incontrate prima nel bagno delle donne." Prima di Landon, l'avrei presentata come "una delle mie migliori amiche," ma è difficile considerare qualcuno come tale, quando non le parli da sei mesi—e lei non ha risposto alla maggior parte dei tuoi messaggi.

"Piacere di conoscerti, Janie" dice Marcus, stringendole la mano con un'espressione molto più calorosa. Nel frattempo, Landon gira intorno al tavolo presentandosi agli investitori e distribuendo biglietti da visita con lettere d'oro. "Nel caso abbiate mai bisogno di consigli su fusioni o IPO" dice a Weston Long facendo l'occhiolino. "Il mio team della Goldman ha appena lanciato la Guru IPO, sapete."

Tutti sono educati con lui, ma posso dire che nessuno è particolarmente colpito. Questi uomini devono imbattersi in dozzine di Landon ogni giorno; vista la loro ricchezza, non c'è modo di evitare tutti i leccaculo e gli affaristi. Tuttavia, mi sento un po' in colpa nell'osservare gli sfacciati sforzi di Landon per ingraziarseli, e anche Janie sembra a disagio.

Per fortuna, il malessere non dura a lungo. Tutti si stavano preparando ad andare via comunque, e l'arrivo di Landon non fa che accelerare l'inevitabile. Nel giro di pochi minuti tutti escono, lasciando me e Marcus con Janie e il suo ragazzo.

"Allora" dice Landon, con un sorriso così ampio che potrebbe inghiottire una barca. "Che ne dite se andiamo tutti e quattro a bere un drink? C'è un bel bar nel—"

"Magari un'altra volta" replica Marcus, mentre il cameriere prende i nostri cappotti. Si gira verso la mia amica. "Janie, è stato un piacere conoscerti. Spero di rivederti presto."

E mettendo una mano sulla parte posteriore della mia schiena, mi fa uscire dal ristorante e mi conduce verso la macchina in attesa.

arcus

UNA VOLTA DENTRO LA MACCHINA, EMMA CHIUDE GLI occhi con un sospiro stanco, e la tiro a me, lasciando che la sua testa poggi sulla mia spalla.

"Stanca?" chiedo, accarezzandole i morbidi ricci. Una fragranza floreale mi avvolge, qualcosa di non familiare ma piacevole, anche se mi dà una sensazione di solletico nelle narici.

"Sono sfinita." La sua voce è ovattata, mentre si sistema più in profondità nel mio collo. "Non socializzavo così intensamente dalla festa del venticinquesimo compleanno di Kendall."

Festa del *venticinquesimo* compleanno? Per qualche ragione, continuo a dimenticare che la mia gattina è più giovane di quasi dieci anni. Non sto esattamente insidiando una ragazzina, ma c'è una netta differenza tra trentacinque e ventisei anni. Alla mia età, il matrimonio e la famiglia sono la norma, anche nella New York orientata alla carriera, mentre la maggior parte dei coetanei di Emma è troppo occupata a divertirsi.

Non mi sorprende che sia così difficile convincerla a impegnarsi. È abituata ai ragazzi che non sanno che cazzo vogliono, non agli uomini che riconoscono una buona cosa quando la vedono.

"Beh, sei stata fantastica a prescindere. Sei piaciuta a tutti" le dico, ed è la verità. Sospettavo che Ashton e gli altri avrebbero apprezzato Emma, una volta conosciuta, ma ha impiegato meno di un'ora per incantarli. Anche il notoriamente rigido Bob Johnson stava sorridendo alla fine e, prima di andarsene, mi ha passato un impegno verbale per ulteriori $150 milioni —circa $100 milioni in più di quanto sperassi di ottenere da lui in questa fase.

La mia gattina non l'ha solo intrattenuto con le chiacchiere; gli ha fatto anche aumentare la sua quota nel mio fondo.

"Davvero?" Solleva la testa e sbatte le palpebre in modo civettuolo. "Mi sono sentita così all'oscuro di tutte quelle chiacchiere finanziarie intorno a me. Ho pensato che di sicuro—"

Uno starnuto prorompe così all'improvviso che ho a malapena la possibilità di voltarmi. Ne segue immediatamente un altro, e mi rendo conto di cosa significhi quella sensazione di solletico al naso.

"Hai spruzzato del profumo stasera?" chiedo con voce nasale, afferrando un fazzoletto da una scatola sul retro e premendolo sul naso, mentre mi allontano da lei. Anche la gola mi prude, e i miei occhi cominciano a lacrimare; qualunque cosa abbia usato la mia gattina è roba potente.

Sembra sorpresa. "Profumo? No, non posso; i miei gatti impazziscono, se uso qualcosa con la fragranza. Non possiedo nemmeno un profumo, e la maggior parte dei miei prodotti è neutra. Perché, sei allergico?"

Starnutisco di nuovo nel fazzoletto. "Devo esserlo, almeno a certi profumi. Sei sicura di non aver usato nulla?" Ora che ci penso, *è* la prima volta che ho sentito su di lei qualcosa di diverso dal suo profumo naturale e delicato.

"Ne sono certa." Poi, spalanca gli occhi. "Oh, ma ho abbracciato Janie in bagno, ed era cosparsa di profumo. Forse me ne è rimasto un po' addosso?"

"Dev'essere così" dico, premendo il pulsante per abbassare il finestrino. L'aria fredda della notte entra dentro, eliminando l'odore floreale e alleviando il prurito al naso e alla gola.

"Uh, mi dispiace così tanto." Emma si allontana da me quanto la larghezza della macchina lo consenta. "Janie non indossava mai il profumo, sostenendo di essere sensibile alle sostanze chimiche, ma oggi era come se ci avesse fatto il bagno."

"Va tutto bene. La maggior parte delle donne usa quella roba. Sono contento che tu non lo faccia." In realtà, quello era uno dei criteri per scegliere mia moglie—uno di cui avevo dimenticato di parlare con Victoria.

Emma sorride mestamente. "Lo farei se potessi. I miei gatti non lo consentono. E ora nemmeno tu, credo."

"Sono contento che i tuoi gatti e io siamo sulla stessa lunghezza d'onda."

Ride della mia risposta secca, e passo il resto del tragitto dall'altro lato del veicolo. Per fortuna, il traffico è scarso a quest'ora, e non impieghiamo molto per tornare a casa. A metà strada, devo chiudere il finestrino per evitare di congelarci entrambi, e il naso mi prude di nuovo, quando arriviamo al mio edificio.

"Vado subito sotto la doccia" m'informa Emma, quando starnutisco di nuovo, mentre l'aiuto a scendere dalla macchina. "Letteralmente, nel secondo in cui varchiamo la soglia. E non indosserò più questi abiti fino a quando non saranno stati lavati."

"Buona idea. Chiederò a Geoffrey di lavare anche il tuo cappotto a secco." Non so se il profumo sia anche lì, ma non ho intenzione di rischiare. Ora che ci penso, anche i miei indumenti devono essere stati contaminati, dato che i capelli profumati della ragazza erano dappertutto sulle mie spalle.

Devo molto ai suoi gatti per averle insegnato a non usare questa roba, davvero.

Tutte e tre le soffici bestie ci stanno aspettando

vicino alla porta, quando entriamo, e capisco cosa intendeva Emma con "i miei gatti impazziscono." Appena entriamo, iniziano a fare su e giù col naso, annusando l'aria e curvando la schiena pelosa. Cottonball ci soffia contro—lo fa davvero—prima di allontanarsi, e Mr. Puffs si unisce a lui con un furioso miagolio. Queen Elizabeth è l'unica creatura anomala; rimane a guardare, anche se i suoi occhi sono selvaggi e la schiena è arcuata, mentre ci fissa, come se non sapesse bene se attaccare o correre via.

"Lo so, lo so, mi dispiace" le dice Emma, togliendosi il cappotto e appendendolo nell'armadio. "Starò più attenta, lo prometto."

Fedele alla sua parola, si dirige verso la doccia della camera da letto principale, e io scrivo a Geoffrey le istruzioni su cosa fare dei nostri cappotti, quando tornerà domani mattina—e, dal momento che la ragazza ha messo lì i suoi capi contaminati prima che potessi avvertirla, gli scrivo di occuparsi di tutto il contenuto dell'armadio al piano di sotto.

Quando arrivo di sopra, sono nudo, dopo aver lasciato tutti i miei vestiti nella lavanderia al piano di sotto, per ogni evenienza.

"Siamo quasi al sicuro, ragazzi" dico a Cottonball e Mr. Puffs, mentre cammino vicino alla biblioteca, dove entrambi i gatti si sono rifugiati negli scaffali. "L'odore nocivo sta per essere eliminato."

I gatti sembrano diffidenti, e non posso biasimarli. Quel profumo è davvero un'aggressione ai propri sensi.

Entrando nella camera da letto, trovo il vestito di

Emma nel cestino della biancheria nel mio armadio, e porto l'intero cestino al piano di sotto—ancora una volta, solo per essere al sicuro. Poi, ritorno e apro la finestra per arieggiare la camera.

Queen Elizabeth s'insinua dietro di me, con il naso in aria, e lascio che faccia da campanello d'allarme. Dopo alcuni lunghi momenti, si siede e inizia a leccarsi delicatamente la zampa.

Missione compiuta. Invasione di profumo eliminata.

"Va tutto bene, ora vai via" dico alla gatta, mentre mi dirigo verso il bagno, dove l'acqua della doccia sta scorrendo. "Ho grandi progetti per stasera."

Queen Elizabeth continua a pulirsi.

Mi fermo e la guardo. "Davvero, sciò." La scorsa notte abbiamo avuto la camera da letto tutta per noi, e ho intenzione di continuare così. A differenza del monolocale di Emma, il mio attico è abbastanza grande, affinché ogni gatto possa avere una stanza tutta per sé, il che significa che non c'è motivo per cui le bestie siano presenti, quando facciamo sesso.

Sto attribuendo loro troppe qualità umane ora, ma scopare la ragazza davanti ai suoi animali domestici sembra un po' come farlo davanti a dei bambini piccoli.

La gatta mi lancia un'occhiata sdegnosa, poi si alza e si allontana, sembrando regale come la monarca di cui condivide il nome. Quando è oltre la soglia, chiudo a chiave la porta della camera, con il battito del cuore che accelera, mentre il mio corpo si stringe per l'attesa.

Stasera ho davvero grandi progetti in mente, e non voglio interferenze.

32

Emma

HO QUASI FINITO DI SCIACQUARMI IL BALSAMO DAI capelli, quando Marcus entra nell'enorme cabina doccia con me, con una bottiglietta in mano e la sua erezione già al massimo.

Togliendomi l'acqua dagli occhi, fisso quell'imponente colonna di carne maschile, quindi trascino lo sguardo sul viso del ragazzo. I suoi occhi sono ferocemente socchiusi, la mascella tesa per l'inconfondibile desiderio.

Deglutisco, con il battito che accelera, mentre faccio un passo indietro, uscendo dal getto d'acqua che mi viene incontro dai cinque erogatori rotanti. Sono ancora un po' dolorante per quell'intenso sesso dell'altra sera, e non so se sono pronta per qualcosa di perverso—specialmente alla luce delle domande sollevate dall'errore di Ashton a cena.

Facendo un altro passo indietro, guardo di soppiatto la bottiglietta. "Quello è un lubrificante?"

"Sì." La voce di Marcus è bassa e profonda, il suo intento inconfondibile, mentre posa il flaconcino sulla sporgenza, dove ci sono tutti gli shampoo, e mi segue. Afferrandomi per i fianchi, mi tira contro il suo corpo eccitato e piega la testa per baciarmi.

"Aspetta." Ignorando il calore nel mio intimo, incuneo le mani tra i nostri corpi e distolgo la testa, facendo sì che le sue labbra si posino sul mio orecchio. "Prima devo parlarti."

I suoi muscoli del torace diventano pietra sotto i miei palmi. "Di cosa si tratta?"

Con una spinta, mi allontano dalla sua presa e faccio un passo indietro. "Emmeline." Faccio un respiro per tranquillizzarmi. "La stai o la stavi frequentando?"

Non sembra né sorpreso né offeso dalla domanda. "No." Il suo tono è deciso, e non batte ciglio. "È come ti ho detto: ci siamo visti solo una volta. Abbiamo parlato al telefono un paio di volte dopo, prima che decidessi di darti la caccia seriamente, ma è finita lì."

"Allora perché—"

"Perché Ashton ti ha scambiata per lei?" Al mio cenno col capo, spiega cupamente: "Perché gli ho stupidamente raccontato di lei, quando eravamo in pausa. È stato dopo che mi hai mandato via, ricordi?"

Il mio petto si stringe. "Quando hai distrutto la porta?"

"Esatto." La sua mascella è come granito. "Ero incazzato che non riuscissi a dimenticarti, e l'ho chiamata, sperando che mi avrebbe aiutato a voltare pagina. Avviso spoiler: non l'ha fatto. Ma durante quella conversazione, abbiamo deciso di incontrarci per cena, quando fosse venuta a New York per un viaggio d'affari, e più tardi quel giorno, io e Ashton ci siamo incontrati per una sessione di sparring e siamo usciti per un drink. L'organizzatrice di incontri di cui ti ho parlato è l'amica di sua zia—Ashton è la ragione per cui l'ho contattata in primo luogo—quindi, ha chiesto se avesse potuto fare qualcosa, e gli ho detto che mi aveva fatto conoscere Emmeline Sommers, che vive a Boston. Ecco come Ashton sa di lei. E prima che tu lo chieda, ho annullato quell'appuntamento con Emmeline non appena io e te siamo tornati insieme. Tuttavia, non ho avuto la possibilità di parlare di nuovo con Ashton di questo, motivo per cui si è confuso. In ogni caso"—riprende fiato—"tutto ciò che lui ha mai saputo di Emmeline è il suo nome e da dove viene. Puoi chiederglielo, se non mi credi."

La pressione intorno alla mia cassa toracica si attenua di più ad ogni parola che pronuncia. Gli credo. Forse è ingenuo, ma mi fido di lui—ed è per questo che gliel'ho chiesto piuttosto che preoccuparmi e angosciarmi segretamente. "Okay."

"Okay?" Le sue folte sopracciglia si uniscono. "Che cosa significa 'okay?'"

"Significa che ti credo." Questo probabilmente meriterebbe una discussione più lunga, ma senza lo spettro di Emmeline che lancia acqua fredda sulla mia libido, sono acutamente consapevole del fatto che siamo entrambi nudi in una doccia piena di vapore e lui è ancora in parte eccitato—e che ha portato con sé quella bottiglietta di lubrificante per qualche ragione.

Il suo cipiglio non si attenua. "Davvero?" Avanza verso di me, con i muscoli potenti che si stringono. "Mi credi?"

Deglutisco e indietreggio, ritirandomi istintivamente di fronte a quell'intensa nudità maschile. "Beh, sì." Il rapido battito del polso s'intensifica, mentre la mia schiena preme contro la parete di vetro della cabina, e lui poggia i palmi su entrambi i miei lati, mettendomi in gabbia tra le sue braccia distese. "Non dovrei?"

Lo sguardo di Marcus si rabbuia, e avvicina la testa al mio orecchio. "Dovresti. Non esistono altre donne per me, gattina, nessun'altra che m'interessi anche remotamente." La sua voce è morbida e profonda, il suo respiro caldo sulla mia pelle bagnata, mentre mi lecca il bordo esterno dell'orecchio, prima di sfiorare il lobo con i denti. "Sei tutto ciò che voglio, Emma, tutto ciò che ho sempre desiderato—anche se non lo sapevo."

Mentre parla, la sua mano destra lascia la parete e mi accarezza il corpo, scivolando sul mio seno e sulla pancia, prima di soffermarsi nel morbido angolo tra le gambe. Due delle sue dita spingono dentro di me, e il bisogno che mi attraversa è così intenso che non riesco a reprimere un gemito. Ogni muscolo dentro di me si serra, stringendo quelle dita grosse e ruvide, e rabbrividisco per il delizioso attrito, anche se le sue parole mi scaldano in un modo completamente diverso.

Intende davvero? E se è così, che cosa significa per noi?

Ti amo, Marcus. La frase aleggia sulla punta della mia lingua, come un uccello che sta per tuffarsi da una scogliera, ma la trattengo, troppo spaventata per darle voce. Per quanto vorrei fidarmi di lui con tutto il cuore, l'ha già ferito una volta, e si sta ancora riprendendo. Invece, allungo una mano e tiro la sua testa verso di me, dicendogli con un bacio ciò che non posso dire ad alta voce.

Facendogli sapere che possiede il mio cuore, che possiede tutto di me, anche se l'idea mi terrorizza.

Inizialmente, le nostre labbra si toccano con tenerezza, le nostre lingue si accarezzano dolcemente, ma non ci vuole molto affinché una fame bestiale prenda il sopravvento. Il bacio diventa più rude, più intenso, anche mentre le sue dita si curvano dentro di me, premendo su un punto che mi fa arricciare le dita dei piedi sul pavimento di piastrelle bagnato. Con tutti e cinque gli erogatori che fanno piovere acqua calda a mezzo metro da noi, l'aria all'interno della cabina è densa e umida, con il vapore che si condensa sulle alte pareti di vetro, e mi sento come se fossi in una sorta di sogno erotico surreale, una fantasia che emerge degli angoli più bui della mia mente.

In questa mia fantasia proibita, sono alla mercé di un pirata pericolosamente bello, un uomo spietato che desidero e disprezzo al contempo. Il mio corpo brama il suo tocco bruciante, anche se la mia mente lo combatte. Eppure, mentre la sua mano libera mi avvolge la schiena, sollevandomi sulla parete di vetro alle mie spalle, non ho altra scelta che sottomettermi a lui, alla sua forza e al suo schiacciante bisogno di me... e alla mia stessa ardente bramosia. Gemendo, inarco il collo, esponendo la gola ai suoi baci aspri e pungenti, e la consapevolezza che non si fermerà, che non cederà, è sexy quanto terrificante.

La stanchezza che mi ha colpita dopo cena si aggiunge alla foschia onirica, annebbiando il confine tra fantasia e realtà, sciogliendo le mie paure e le mie inibizioni. Le sue dita mi penetrano più in profondità, il suo pollice preme sul mio clitoride, e mentre le mie gambe si sollevano per avvolgergli i fianchi, le mie mani stringono a pugno i suoi capelli setosi, con il mio cuore che batte follemente con una violenta corsa di necessità.

"Mia. Sei tutta mia" respira, grattando i denti sulla pelle tenera all'incrocio tra il mio collo e la spalla, e mi dissolvo in un essere di puro desiderio, con il calore liquido che brucia nel mio cuore e il desiderio oscuro che scorre nelle mie vene. Non ho pensieri, nessuna ragione, solo questa necessità che si sta intensificando rapidamente, e mentre il suo pollice strofina il mio clitoride, vengo così duramente che quasi svengo.

Sono ancora stordita, quando mi abbassa su piedi instabili, quindi mi guida verso la sporgenza simile a una panchina sull'altro lato della cabina.

Delicatamente, mi sistema in ginocchio sul pavimento, con i miei seni e avambracci appoggiati sulla piastrella calda e umida della panca e il suo grande corpo muscoloso che mi avvolge da dietro. I miei capelli gocciolanti cadono in avanti, oscurandomi la vista, mentre si allunga da qualche parte, e poi un liquido fresco e viscoso gocciola sulla fessura tra le mie natiche, seguito da un dito che vi scivola sopra.

"Gattina... Ti scoperò il culo stasera." La sua voce è bassa e oscura, mentre il suo braccio libero si avvolge attorno alla parte anteriore dei miei fianchi per sollevare la schiena. "Reclamerò questo tuo buchetto stretto e bello, quindi, se non vuoi, dillo ora."

La punta del suo dito gioca con la mia apertura, mentre parla, e io arrossisco sia per le sue parole sporche che per la sensazione di lui che preme lì. In passato, mi ha detto che intendeva farlo, e lo voglio e temo in egual misura. Finora, ha usato solo il dito e la lingua, ed entrambi sono stati scioccanti, ma incredibilmente erotici. Solo che il suo fallo è mille volte più grande. In una serata diversa, sarei stata troppo inibita per provarlo, ma in questo stato sognante, le sue dimensioni e il probabile dolore che provocherà non sembrano costituire un deterrente.

Stasera, può fare con me ciò che vuole. Sono alla mercé del mio pirata, il suo premio di guerra di cui godere.

Deve interpretare il mio silenzio come accettazione, perché la pressione sulla mia apertura s'intensifica e un sussulto spaventato mi sfugge dalle labbra, mentre il suo dito con il lubrificante mi scivola nel sedere. Sebbene non sia più una sensazione totalmente nuova, il mio corpo si stringe ancora istintivamente per la pienezza quasi dolorosa, per la sensazione inquietante di essere invasa in questo modo perversamente erotico.

"Shh" mi calma, e l'altra sua mano scivola tra le mie gambe, trovando il clitoride gonfio. "Va tutto bene, gattina... Rilassati per me." Mentre parla, il suo secondo dito preme dentro, spingendo oltre l'anello stretto del muscolo, e io gemo per il bruciore, anche se il clitoride pulsa per la sua abile manipolazione.

"Respira, dolcezza. Andremo piano." La sua voce è più morbida ora, più ipnotica, e nonostante il crescente disagio, la foschia onirica persiste, aiutata dalla piacevole tensione che mi avvolge nell'intimo. Intensifica la pressione sul mio clitoride, scivolandoci intorno, e i miei fianchi iniziano a scuotersi, inseguendo maggiormente la sensazione di eccitazione che provoca, e avendo bisogno di raggiungere il culmine che mi oscura la mente. E sono vicina, molto, molto vicina... così vicina che non mi dispiace nemmeno, quando quelle dita invadenti iniziano a muoversi dentro di me, fottendomi il sedere con spinte lente e ritmate.

"Sì, così. Che brava gattina... Non irrigidirti ora, rimani rilassata." La sua voce profonda e rassicurante è come un bicchiere di latte caldo e biscotti, anche se le sue dita aumentano il loro ritmo e l'altra mano continua a tormentare il mio clitoride, provocando gemiti indifesi dalla mia gola. Il bruciore dovuto alla distensione si attenua ad ogni colpo, ma la scomoda pienezza persiste, con ogni spinta che mi apre di nuovo, aggiungendosi al peculiare erotismo di questa violazione. In ginocchio, con i capezzoli a punta che sfregano contro la superficie liscia della panca e il mio corpo sull'orlo di un orgasmo esplosivo, mi sento come una bambola del sesso umana—la *sua* bambola del sesso—e l'illusione di essere dentro la mia fantasia con il pirata diventa più forte, spingendomi più vicino a quel bordo delizioso.

Gemendo, gli stringo le dita, spingendo i fianchi in avanti. "Per favore, Marcus..." Le parole escono con un respiro tremante. Ci sono quasi, ma non del tutto, con il suo tocco sul mio clitoride un po' troppo leggero. "Per favore, solo un po' più—"

"Non ancora" mormora esasperato, e prima che io possa protestare, la pressione sul mio clitoride scompare e le sue dita si staccano da me, lasciandomi aperta e stranamente vuota. Un secondo dopo, sento un altro gocciolio di liquido freddo, e qualcosa di molto più grande preme tra le mie natiche.

È il suo fallo, mi rendo conto, con il respiro che si ferma, mentre la punta spessa inizia a penetrarmi.

Senza la preparazione con le dita, ciò non sarebbe stato possibile. Anche così, la bruciante dilatazione è quasi più di quanto possa sopportare. Il mio respiro diventa rapido, il cuore pulsa in preda al panico, mentre il mio corpo lentamente cede. Per alcuni istanti, sembra che non funzionerà affatto, ma alla fine, con un toc che provoca vertigini, la parte più spessa del suo membro supera l'anello del muscolo e scivola più in profondità dentro di me.

Immediatamente, si blocca, e sento una mano che mi accarezza delicatamente il fianco, anche se le dita sul mio clitoride riprendono il loro tormento. "Va tutto bene, gattina?" chiede piano. "Vuoi che mi fermi?"

Mando giù aria nei miei polmoni sgonfi, provando a pensare, ma sono troppo sopraffatta dalla cacofonia delle sensazioni nel mio corpo. Pensavo di essere piena prima, ma non era niente in confronto alla sensazione di lui dentro di me. Non è nemmeno completamente entrato, e sto scoppiando alle cuciture, completamente sopraffatta. Il mio battito cardiaco è un frenetico tamburo nel petto, il corpo si è disteso oltre i limiti, ma in qualche modo, il dolore pulsante dell'eccitazione è ancora lì, alimentato dalla sua abile manipolazione del mio clitoride e dalla fantasia oscura che mi risuona nella mente.

"Non fermarti." La mia voce è un sussurro irregolare. "Voglio... voglio sentirlo." Voglio sapere che cosa vuol dire essere posseduta in questo modo.

La voce di Marcus s'indurisce, con le dita che premono più forte sul mio clitoride. "Oh, lo sentirai, gattina. Lo sentirai." E afferrandomi il fianco con l'altra mano, lentamente si fa strada dentro di me, permettendomi di adattarmi all'estrema pienezza centimetro dopo centimetro. Quando è completamente dentro di me, si ferma di nuovo, consentendomi di abituarmi alla sensazione, mentre continua a giocare con il mio clitoride. Quindi, lentamente e con grande cura, inizia a muoversi, fottendomi il sedere con un ritmo che s'intensifica gradualmente.

"Oh Dio." Le mie mani si stringono a pugno, la fronte cade sulla superficie liscia della panca, mentre il mio petto si alza con un respiro instabile. Il tira e molla delle sue spinte è diverso da qualsiasi cosa io abbia mai conosciuto, e provo sia dolore che un tipo più oscuro di piacere. Con il mio corpo così completamente invaso, *sono* la sua bambola del sesso indifesa, schiava del piacere che sta evocando nelle mie terminazioni nervose sopraffatte. Le mie viscere sembrano essere trascinate avanti e indietro ad ogni colpo, ma una tensione vertiginosa ed elettrizzante sta crescendo, raccogliendosi nel mio intimo. Sento il cuore pulsare nelle tempie, annuso il muschio del sudore dai nostri corpi uniti, e mentre si china su di me, pizzicando il clitoride tra il pollice e l'indice, esplodo nell'orgasmo più intenso della mia vita, con l'estasi che mi attraversa come un'onda d'urto.

È così forte che vedo delle scintille dietro le palpebre chiuse, e mentre torno sulla terra, lo sento gemere rauco e sento il calore liquido del suo rilascio dentro il mio sedere.

arcus

IL MIO CUORE È COME UN CAVALLO SELVAGGIO IN FUGA nel petto, i polmoni si gonfiano come un mantice per l'orgasmo. Sforzandomi di rimanere in piedi, mi allontano con cura da Emma e raccolgo il suo corpo inerte tra le mie braccia. Sembra ancora più sconvolta di me, quindi, invece di portarla sotto la doccia, la sistemo delicatamente in posizione seduta sulla panca e mi passo sopra gli erogatori della doccia per lavarmi, prima di dirigere il getto verso di lei.

L'acqua calda sembra rinvigorirla leggermente, e lei sbatte le palpebre, con le ciglia ramate scure e appuntite, mentre verso il bagnoschiuma nel mio palmo.

"Come ti senti, gattina?" Accovacciandomi di fronte

a lei, stringo un piedino e inizio a lavarlo. "Ti ho fatto male?" Ho cercato di andare il più lentamente possibile, ma il buco era più stretto, con il sedere che mi avvolgeva il membro più comodamente di qualsiasi pugno. Un uomo migliore si sarebbe ritirato, lasciandola stare, ma l'animale selvaggio dentro di me non mi avrebbe permesso di farlo, fino a quando non l'avessi rivendicata completamente... fino a quando non l'avessi sentita venire, mentre ero sepolto nel profondo di quel sederino succulento.

Il suo sguardo è rivolto alla schiuma che sto spargendo sulle dita dei piedi. "Sto bene." Sembra ipnotizzata da quello che sto facendo, come se avesse qualche feticismo del piede... e accidenti se non trovo stuzzicante quell'idea.

"Quindi, non ti ho fatto male?" ripeto, strofinandole l'arco con il pollice, e le sue palpebre si fanno pesanti, con le dita dei piedi che s'incurvano come se le stessi succhiando il clitoride.

"No. Cioè, uhm... non tanto." Sembra che abbia problemi di concentrazione, e io le alzo il piede più in alto, spostandolo sotto il getto d'acqua per togliere il sapone. Quando è completamente risciacquato, piego la testa e succhio le dita dei piedi nella mia bocca, guardandola in faccia per tutto il tempo.

Le sue labbra formano una O scioccata, e la sua pelle già rosea arrossisce ulteriormente.

Sorrido internamente, mentre le massaggio il piede continuando a succhiare quelle piccole dita sexy. È decisamente feticista. I suoi piedi sono piccoli come tutto il resto di lei, tutti morbidi, rosa e carini, e adoro giocarci, soprattutto dato il modo in cui mi sta fissando, come se non riuscisse a credere a quello che sta succedendo, ma stesse comunque per raggiungere l'orgasmo. Adoro quello sguardo su di lei così tanto che il mio fallo, che dovrebbe essere completamente fuori servizio, s'irrigidisce di nuovo.

Ripeto il trattamento/massaggio con schiuma e suzione sull'altro piede e, quando respira come se avesse appena scalato una montagna, la bacio lungo la gamba e la ricompenso succhiandole il clitoride. Dopo essere venuta, la tiro sul mio pene ormai eretto e mi godo una lunga, deliziosa doccia, durante la quale la faccio venire altre due volte.

Per quanto mi riguarda, non ci sono orgasmi a sufficienza per lei.

34

SE ESISTE QUALCOSA COME TROPPI ORGASMI, SONO abbastanza sicura di esserci arrivata ieri sera. Non solo sono gravemente dolorante in *tutti* i punti, ma per tutto il giorno vago come uno zombie, sbadigliando e mandando giù caffè in un inutile tentativo di rimanere sveglia al lavoro.

Marcus chiaramente non ha bisogno di molto tempo per dormire o riprendersi, perché dopo quella strana maratona di sesso perverso sotto la doccia, mi ha svegliata alle sei di questa mattina per—*indovinate*—fare altro sesso. E poi, dato che non aveva una riunione mattutina, è andato a fare una corsetta di dieci chilometri.

I miliardari non devono essere umani. O almeno,

questo è ciò che sembra. Forse è segretamente un cyborg proveniente dal futuro—Terminator, l'edizione dei robot sessuali.

A questo punto, non sarei sorpresa.

La buona notizia è che, svegliandomi a quell'ora, ho avuto modo di iniziare a lavorare presto e di poter anche finire presto, quindi potrò fare le valigie, prendere i miei gatti, e Wilson ci accompagnerà a casa in serata.

O almeno, dovrebbe essere una buona notizia. In questo momento, sono così stanca che riesco a malapena a pensare, figuriamoci immaginarmi nel fare i bagagli, inseguire i gatti e guidare l'auto. Tra l'energia spesa alla cena con gli investitori e la maratona sessuale che ne è seguita, devo fare appello a tutta la forza che ho solo per rimanere in piedi dietro la cassa e battere gli acquisti delle persone—in parte perché sono tanti, molti più del solito.

Natale sta arrivando, e i libri cartacei sono ottimi regali.

In ogni caso, forse questo era il piano diabolico di Marcus: esaurirmi con la socializzazione e il sesso in modo da spingermi a rimanere a casa sua un'altra notte. Solo perché ha promesso di smettere di fare pressioni per trasferirmi ciò non significa che abbia dimenticato l'idea. Ormai lo conosco. So come funziona la sua mente subdola, ed è del tutto possibile che almeno un paio di orgasmi ieri sera—e questa mattina—mi siano stati provocati al solo scopo di farmi restare.

Beh, non ci riuscirà. Stanca o meno, andrò comunque a casa. Altrimenti, tanto varrebbe rendere felice la Signora Metz ponendo fine in anticipo al mio contratto di locazione—cosa che intendo fare, non appena avrò trovato un appartamento a prezzi ragionevoli.

Non mi trasferirò da Marcus.

Per quanto vadano bene le cose tra noi, è troppo presto per quello.

Purtroppo, i miei nonni non la pensano così. All'ora di pranzo, nonna mi chiama, chiedendomi se il trasferimento è andato come previsto, e dal momento che non voglio deludere lei e nonno, finisco per dirle che stiamo facendo una prova questa settimana, per vedere come si adattano i miei gatti. *Grazie, Marcus, per quell'idea.* In questo modo, potrò dare la colpa a loro, quando dirò ai miei nonni che abbiamo deciso che le case separate sono la strada da percorrere per ora.

Il che è vero. Tutti e tre i miei gatti adorano la sua reggia, e io sono più che viziata, con Geoffrey che prepara cene deliziose e succhi verdi ogni mattina, ma devo mantenere la mia indipendenza. Questa cena con gli investitori è andata meglio del previsto, ma non sono ancora la bella e raffinata socializzatrice che Marcus stava cercando. Se continua a portarmi a questi eventi, c'è un'alta possibilità che rovini tutto e lo metta in imbarazzo in qualche modo, e poi potrebbe decidere che vivere insieme è stato un errore e finirei per cercare un posto in affitto. Non che mi butterebbe in mezzo alla strada, ma comunque… La fiamma tra noi sta bruciando in questo momento, ma non c'è garanzia che duri.

Non è innamorato di me.

Il mio petto si stringe al pensiero, ma non ho tempo per soffermarmici. Il flusso di clienti continua ad arrivare, e continuo a battere i loro acquisti. Finalmente, verso le tre, c'è un momento di calma, e mi dirigo verso una delle poltrone nella parte posteriore, sperando di chiudere gli occhi per un sonnellino di cinque minuti. Ma proprio mentre mi sistemo sulla comoda poltrona, il mio telefono squilla.

Sbadigliando, lo tiro fuori dalla tasca e guardo lo schermo, aspettandomi che sia Kendall che mi chiama per ricevere un aggiornamento sulla cena di ieri sera. Ma è Janie, tutta allegra e frizzante, quando rispondo.

"Ehi, Emma! È stato così bello vederti ieri sera. Non riesco a credere che non ci siamo viste per *tutto* questo tempo!"

"Uhm, sì." Avendo visto Landon in azione ieri sera, *posso* crederci, ma non lo dico. Kendall, Janie e io siamo state inseparabili al college e per un paio d'anni dopo la laurea, e non voglio perdere un'amica solo perché non mi piace il suo ragazzo. Non che sia stata una grande amica negli ultimi mesi, ma forse questo cambierà ora che ci siamo ritrovate. Sforzandomi di iniettare un po' di entusiasmo nella voce, dico: "Dovremmo sicuramente pranzare o cenare insieme prossimamente."

"Sì! Che ne dici di oggi? Landon e io possiamo

venire a Brooklyn dopo il lavoro. A meno che... Non vivi a Manhattan adesso, per caso?"

"No, ma sarò a Tribeca per un po'— Aspetta, in realtà, stasera non va bene." Non solo sono troppo sfinita per un'altra cena fino a tardi, ma un'uscita interferirebbe con i miei piani sui bagagli e sui gatti.

Sono decisa a dormire nel mio letto stanotte.

"Che ne dici di domani, allora? Come ho detto, siamo flessibili riguardo al luogo. Brooklyn, Manhattan, qualunque posto vada bene per te."

Beh, questo è un buon inizio. Qualche mese prima che Janie iniziasse a frequentare Landon, ha trovato lavoro presso una società di pubbliche relazioni a Midtown e si è trasferita da Brooklyn nell'Upper East Side—e subito Brooklyn è diventato un altro Paese per lei. Anche Kendall, che vive in città, la pensa nello stesso modo, quindi credo che sia una cosa di Manhattan. Ad ogni modo, l'improvvisa volontà di Janie di aggirarsi in quei quartieri è strana, per non dire altro.

"Fammi chiedere a Marcus e ti darò la risposta" dico, mentre il campanello sopra la porta suona, indicando un altro cliente. "Ha detto qualcosa sul lavoro fino a tardi domani, quindi potrebbe essere un buon momento affinché noi tre—"

"Oh, possiamo farlo un altro giorno, allora. Qualunque cosa sia meglio per te e Marcus. Landon sta *morendo* dalla voglia di conoscerlo meglio."

Ah. Quindi non si tratta di vedere *me*.

"Sì, ti farò sapere quale giorno va bene" replico,

facendo del mio meglio per nascondere la ferita nella voce. Per un minuto, ho pensato che Janie volesse davvero riprendere la nostra amicizia. "Ora, se non ti dispiace, devo andare. È una giornata impegnativa qui in libreria."

"Certo. Aspetterò. A presto!"

E mentre torno alla cassa, sorseggiando un caffè carico di zucchero per togliere l'amaro in bocca, mi rendo conto che questo sarà un altro aspetto negativo dell'uscire con un miliardario.

Mia madre non era l'unica a credere nell'uso delle persone—e ora sono qualcuno da usare.

"DILLE SOLO CHE MARCUS È TROPPO IMPEGNATO PER uscire con quel coglione del suo ragazzo" dice Kendall, quando le riassumo la conversazione, dopo averla aggiornata sulla cena della scorsa notte e su tutto ciò che ne è seguito—a parte il sesso, ovviamente.

Non le rivelerò che abbiamo fatto sesso anale. Il mio viso s'infiamma come la superficie del sole, quando ripenso a quanto tutto sia stato sporco e sexy.

"Quindi, pensi che la mia teoria sia giusta?" chiedo, tirando fuori la mia mente dal lerciume per guardare fuori dal finestrino il traffico dell'ora di punta. Ho lasciato il lavoro presto, come previsto, ma sta nevicando di nuovo, e nemmeno le capacità di guida di Wilson possono aiutarci ad arrivare a destinazione più velocemente.

Se continuiamo ad avanzare a due miglia all'ora, potrei finire per restare a casa di Marcus un'altra notte.

"La teoria secondo cui Landon ha fatto pressioni a Janie, perché smettesse di essere nostra amica dato che non rispettiamo l'immagine che vuole lei proietti? È possibile" risponde Kendall pensierosa. "Sembra il tipo in grado di farlo."

"No, intendevo dire che *io* non rispetto l'immagine" la correggo. "Tu sì—e non hai detto che Janie ti ha invitata fuori diverse volte negli ultimi mesi?"

"Beh, sì, ma è sempre stato durante le notti dei giorni lavorativi, e sai che il mio capo spesso mi chiede di restare fino a tardi. E nei fine settimana, quando *ero* davvero libera, era troppo impegnata con Landon."

"Ma ti ha invitata lo stesso. Perché ti vesti bene e riesci a frequentare un cocktail party elegante. Io, invece, non avevo sue notizie. E dovresti vedere quant'è cambiata, Kendall. È come se avesse partecipato a uno di quei programmi di trasformazione."

"Sì, è piuttosto folle" concorda. "Voglio dire, le persone cambiano e tutto, ma sembra piuttosto esagerato. Pensi che sia a causa di Landon?"

"Ne sono quasi certa." Guardo i grossi fiocchi di neve atterrare sulle macchine accanto a noi. "Pensi che —" Mi fermo, non sapendo se continuare o meno.

"Che cosa? Dai, Ems, sputa il rospo."

Faccio un respiro. "Pensi che anche Marcus se lo aspetterà da me? Voglio dire, se rimarremo insieme, pensi che vorrà che diventi come Janie, con i vestiti firmati, i capelli stirati e le labbra lucide?"

"E anche se fosse?" Il tono di Kendall è chiaramente privo di empatia. "Non c'è niente di male nel farsi belle. Come ti sei sentita con quell'abito a forma di sedere di gatto e con gli stivali economici ieri sera?"

"Non benissimo" ammetto. "Voglio dire, una volta arrivata lì, me ne sono quasi dimenticata, perché erano tutti gentili con me, ma—"

"Ma ti sei preoccupata da morire prima dell'evento. E perché? Perché non ti vesti meglio sentendoti bene con quello che indossi?"

Mi acciglio. "Beh, per prima cosa, non posso permettermi—"

"Emma! Stai uscendo con un *miliardario*. Lascia che il ragazzo ti compri un bell'abito e un paio di scarpe decenti, in modo che tu possa sentirti a tuo agio tra la sua gente. O se questo è troppo per la tua sensibilità indipendente, lascia che ti prenda alcuni campioni dalla collezione del mio capo."

"Non sono tutte taglie zero?" chiedo ironicamente. "L'ultima volta che ho controllato, quei vestiti non andavano bene nemmeno ai miei gatti."

Kendall emette un respiro frustrato. Sa bene come la penso. "Perfetto. Rimani aggrappata ai tuoi principi. Ma ti ripeto, Ems, il cambiamento non è sempre una brutta cosa. Forse Janie ha esagerato cercando di compiacere il suo ragazzo, ma se si sente bene nella sua nuova pelle, sii felice per lei. Non c'è niente di male nel voler proiettare un'immagine specifica—a meno che, ovviamente, facendo ciò, trascuri i tuoi amici."

È il mio turno di emettere un sospiro frustrato. "Lo so. Sono solo..." *Spaventata*. Non lo dico, ma la parola risuona forte e chiara nella mia mente, come se fosse spinta in avanti dal mio subconscio.

E sono *davvero* spaventata.

No.

Sono terrorizzata.

Mia nonna e Kendall avevano entrambe ragione, quando hanno detto che non mi piace il cambiamento, che non mi piace rischiare. Solo che è più di questo.

Il cambiamento, lo sconvolgimento di qualsiasi tipo, mi ricorda i primi anni della mia infanzia, quando mia madre e io ci trasferivamo ogni poche settimane, passando dall'appartamento di un ragazzo a un altro. Alcuni di questi trasferimenti erano volontari da parte di mia madre, altri non così tanto. In questi ultimi casi, spesso dovevamo lasciarci tutto alle spalle e ricominciare daccapo. Dovevo frequentare una nuova scuola, adattarmi a un nuovo quartiere, trovare nuovi vestiti, fare nuove amicizie—o, dopo un po', non preoccuparmi nemmeno di queste.

Perché provare ad avvicinarmi a qualcuno, se dopo qualche mese avrei dovuto rifare tutto daccapo?

Perché rischiare di mettermi in gioco, quando le probabilità di successo erano così scarse?

È stato solo quando i miei nonni mi hanno accolta che ho trovato stabilità nella vita, e ne ho fatto tesoro fino ad oggi. Il cambiamento e il rischio che ne deriva sono profondamente inquietanti per me. Ho bisogno del conforto del familiare, che si tratti dei miei vestiti logori o del mio lavoro, o persino del modo in cui le persone mi percepiscono—come una ragazza amante dei libri e inibita, un po' sciatta che, come sottolineato da Kendall il mese scorso, si stava trasformando nello stereotipo della gattara... una donna che non potrebbe mai essere ciò di cui un uomo come Marcus ha bisogno.

"Ascolta, Ems" dice la mia amica, e sento di nuovo un clacson in sottofondo. "Ora devo andare, ma dovresti davvero pensare al tuo futuro e a ciò che vuoi. So che hai ancora dei dubbi sulle intenzioni di Marcus, ma per come la vedo io, l'ostacolo principale nella vostra relazione sei tu. Se vuoi che funzioni, non puoi aspettarti che il lavoro pesante lo faccia tutto lui. Trascorrere del tempo con i tuoi nonni, accogliere i tuoi animali domestici in casa sua, portarti a conoscere le persone importanti per lui—sta facendo spazio nella sua vita per te e tutti i tuoi bagagli. Sta a te fare lo stesso per lui."

Riattacca, e io rimango in silenzio, fissando il traffico.

Ha ragione, so che è così, ma ciò non facilita le cose.

È vero che sono già scesa a compromessi accettando di lasciare che Marcus pagasse per me, usando il suo autista, volando sul suo aereo e mangiando i pasti preparati dal suo chef. L'ho lasciato a casa dei miei nonni per l'intero weekend del

Ringraziamento, e ora ho trascorso due notti di fila da lui.

In apparenza, non ho fatto altro che cedere, ma la realtà della questione è che non ho accettato compromessi su qualcosa di veramente importante— non come ha fatto lui. È un maniaco dell'ordine che non ha mai voluto animali domestici; eppure, ha fatto di tutto per accogliere i miei cuccioli pelosi. La sua compagna dei sogni è una socialona elegante, ma non ha battuto ciglio vedendomi indossare vestiti economici e stivali logori a una cena con gli investitori.

Ha fatto davvero tutto il lavoro pesante in questa relazione, e per quanto sia forte e determinato, non posso aspettarmi che continui a farlo.

Devo portare la mia parte di fardello.

Per far funzionare tutto questo, devo correre un rischio e accettare il cambiamento.

35

Marcus

Per tutta la mattinata, rifletto su come convincere Emma a restare a casa mia un'altra notte. L'accordo che abbiamo stretto significa che non posso continuare a chiederglielo, quindi devo ricorrere a metodi più subdoli.

Dirle che Wilson è malato e che quindi non potrà accompagnare lei e i suoi gatti a casa?

No, dovrei solo chiamare un taxi, e finiremmo a discutere su chi deve pagare.

Incentivare i gatti a fuggire da Emma, portando alcuni topi vivi che possano inseguire?

No, troppo crudele per i poveri topi.

Balzare sulla ragazza non appena torna a casa e tenerla nel mio letto tutta la sera?

Sì, è un'idea più che allettante—e se anche questo dovesse fallire, andrò da lei e passerò la notte nel suo letto scomodo.

Certo, questa è solo una soluzione a breve termine. Ho bisogno di qualcosa di più permanente, e ne ho bisogno presto.

A pranzo, chiamo l'agente immobiliare che ha fatto visita alla sua padrona di casa e le chiedo di contattarla di nuovo. "Di' a Metz che hai un acquirente pronto" la istruisco, e dopo aver riattaccato, telefono a Weston Long.

"Sono Carelli" dico, quando il magnate immobiliare risponde. "Ho bisogno di un favore."

Speravo di non arrivare a questo, ma non vedo alternative.

La bestia che ringhia dentro di me ha bisogno di Emma nella sua caverna.

~

IL RESTO DELLA MIA GIORNATA È FOLLEMENTE impegnativo. Dopo la pubblicazione dei rapporti sull'occupazione, la volatilità del mercato va alle stelle, e trascorro tutto il pomeriggio con i miei Project Manager, decidendo quali investimenti dismettere e quali raddoppiare. Di conseguenza, non esco dall'ufficio fino alle sette, un'ora intera dopo il previsto, e quando finalmente arrivo a casa, scopro che i miei piani per avventarmi su Emma hanno un grosso ostacolo.

Sta dormendo.

"Era esausta, quando è arrivata mezz'ora fa" m'informa Geoffrey, mentre tolgo il cappotto. "Ha detto che era troppo stanca per mangiare e che avrebbe fatto un pisolino."

Una punta di senso di colpa mi trafigge il petto. Devo averla completamente esaurita la scorsa notte. "Ha menzionato qualcosa sul fare le valigie e sul tornare a casa?"

"No, Signor Carelli. È andata dritta in camera, e da allora non è più uscita." Fa una pausa, poi chiede attentamente: "Devo riscaldare la cena per te? O preferisci aspettare la Signora Walsh?"

"Dammi qualche minuto, e te lo farò sapere."

Vado di sopra, facendo una pausa lungo le scale solo per accarezzare Cottonball, che ha iniziato ad aspettarmi ogni sera vicino alla porta. Certo, alcuni secondi di grattini alla testa non sono sufficienti per il felino bisognoso, quindi, quando miagola forte, guardandomi con quei grandi occhi verdi, mi chino e lo raccolgo, portandolo con me in modo da poterlo accarezzare, mentre cammino.

Entrando in camera con lui che fa le fusa tra le braccia, trovo la ragazza sotto la coperta, con gli altri due gatti rannicchiati accanto a lei sul mio cuscino.

Un mese fa, avrei immediatamente tirato via le lenzuola e fatto lavare dal maggiordomo la federa con la candeggina. Ma mentre esamino la scena di fronte a me, i germi di gatto sono l'ultima cosa che mi viene in mente.

Se non sapessi già di amarla, l'avrei capito in questo istante. Lussuria e tenerezza, possessività e adorazione —tutto questo si confonde nel mio petto. Emma a riposo è uno spettacolo che mi scioglie il cuore e mi fa indurire il fallo. È sdraiata su un fianco, con un braccio pallido sul cuscino e i ricci come spirali di fiamme attorno al viso carino. Con gli occhi chiusi, le sue folte ciglia sono come mezzelune ramate sulle guance lentigginose e le labbra rosa sono leggermente aperte, facendomi venire voglia di inginocchiarmi davanti a lei e baciarla—per poi girarla sulla schiena e scoparla tutta la notte.

Anche se la mia gattina sembra un angelo di Botticelli, il selvaggio dentro di me è vivo e vegeto.

Con il cuore che mi martella nel petto, mi avvicino e mi fermo sul bordo del letto, fissandola. Il suo respiro è completamente regolare; sta dormendo profondamente. Entrambi i gatti sollevano la testa mentre mi avvicino, poi l'abbassano di nuovo, indifferenti.

Non so per quanto tempo rimango lì a guardarla, ma alla fine mi ritraggo e torno di sotto. Con Cottonball sul grembo, divoro la cena preparata da Geoffrey, poi mi dirigo nel mio ufficio di casa per svolgere dell'altro lavoro. Il gatto mi segue lì, facendo un sonnellino sulla mia scrivania, mentre analizzo i rapporti. Prendo in considerazione l'idea di cacciarlo, ma non mi sta dando fastidio, e averlo qui è un po' come avere una parte di Emma con me.

Quando ho finito, faccio qualche vasca in piscina,

mi lavo e vado in camera da letto per unirmi alla mia gattina, il cui pisolino serale si è trasformato in un sonno notturno. Con calma, mi avvicino al letto e accendo la lampada da comodino. Mr. Puffs e Queen Elizabeth sono ancora sdraiati sul mio cuscino, ignorandomi acutamente. Dato che cacciarli via potrebbe svegliare Emma, afferro un altro cuscino dal mio armadio e sposto con cura quello con i gatti da una parte. Poi, spengo la lampada e mi distendo accanto a lei, spingendo il suo corpo morbido e caldo nel mio abbraccio.

Si agita al mio tocco, borbottando: "Marcus?"

"Sì, sono io. Dormi, dolcezza." Il mio membro è dolorosamente duro, ma voglio che si riposi e si riprenda. Sono abituato al ritmo senza sosta della mia vita, con cene di lavoro che si svolgono fino a tarda notte, seguite da esercizi mattutini o riunioni. Ma per lei è una novità, e l'ultima cosa che voglio è minare la sua salute, esaurendola con le mie esigenze sessuali oltre a tutto il resto.

Si avvicina, sbadigliando contro la mia spalla. "Non sono tornata a casa" dice assonnata. "Stavo per farlo, ma non l'ho fatto."

Sopprimo un sorriso. "L'ho notato."

"E non voglio." Sembra leggermente più sveglia.

Il mio cuore salta un battito, poi inizia a martellare. "Non è necessario." Sta dicendo quello che penso stia dicendo? Tirandomi indietro, accendo la lampada e incontro il suo sguardo. "Gattina, non devi andare da nessuna parte. Ti voglio qui sempre. Lo sai."

Sbatte le palpebre alcune volte, con il sonno che abbandona rapidamente i suoi occhi. "Marcus, io..." Si mette a sedere, tenendosi la coperta sul petto. "Penso di voler provare. Cioè, se ne sei sicuro."

Mi metto a sedere anch'io, con il battito del cuore che accelera ulteriormente. "Lo sono. Molto sicuro." Così sicuro che ho appena accettato di pagare tre milioni di dollari a Weston Long, in cambio di una delle sue società che stanno acquistando l'abitazione della padrona di casa. È questo che sta scatenando tutto? La donna ha già parlato con Emma del termine anticipato del contratto di locazione?

Ma no, è troppo presto. Long ha detto che avrebbe avuto bisogno di un paio di giorni per fare un'offerta.

"Va bene, allora." La ragazza prende fiato, facendo scivolare la coperta ed esponendo un seno pallido con l'allettante punta di un capezzolo rosa. "È una prova. Ufficialmente."

"Sì, una prova" confermo e, incapace di resistere, scaccio i gatti dal letto e la tiro a me.

La mattina dopo non so ancora che cos'abbia spinto la mia gattina a cambiare idea, ma non metto in dubbio la mia fortuna. Invece, mi muovo rapidamente per consolidare la mia vittoria. Mentre ci sediamo per fare colazione, chiedo a Emma le chiavi del suo monolocale, in modo che Geoffrey possa mandare i traslocatori oggi.

"Prenderanno solo il labirinto per gatti, i tuoi vestiti e alcuni libri" le dico, quando sembra in preda al panico. "Sarà facile riportare tutto indietro, se questa prova non dovesse funzionare."

Esita, poi annuisce. "D'accordo. Suppongo che possiamo farlo."

Devo fare appello a tutto il mio autocontrollo per non mostrare il feroce trionfo. "Beh, allora è deciso. Chiederò a Geoffrey di fare spazio nel mio armadio per le tue cose." Non che abbia molto. Spero che, una volta sposati, mi permetterà di comprarle più indumenti.

E ci sposeremo presto.

Ora che vive con me, sarà molto più facile farla innamorare, trasformando questa "prova" in un per sempre.

Divorando le sue uova in camicia, si versa un bicchiere di succo verde e lo tranguggia con qualche sorso. Sembra che le piaccia davvero, quindi prendo nota mentalmente affinché Geoffrey lo prepari sempre a colazione. Gli chiederò anche di prepararle il pranzo ogni giorno; non ho idea di cosa mangi al lavoro, ma sono certo che non sia buono come i panini gourmet che il mio maggiordomo prepara per me.

"Oh, quasi dimenticavo" dice Emma, asciugandosi le labbra con un tovagliolo. "Janie mi ha chiamata ieri. Vuole che usciamo con lei e Landon questa settimana. Pensi che potresti essere troppo occupato?"

Sollevo le sopracciglia alla domanda stranamente formulata. "Vuoi che sia troppo occupato?" Ho molto lavoro da sbrigare e non sono un fan dell'invadente consulente finanziario, ma per lei, sono disposto a tollerare il ragazzo per una notte.

Occupato o meno, voglio conoscere i suoi amici.

Le sue guance diventano rosa. "Beh... in un certo senso. Voglio dire, ho voglia di vedere Janie, ma penso che il suo ragazzo intenda solo approfittare di te."

Era ovvio a tutti la scorsa notte. "Bene. Quindi?"

Sembra sorpresa. "Quindi, non ti dà fastidio?"

"Perché dovrebbe?" Prendo la forchetta. "Il punto centrale dell'avere potere e ricchezza è essere nella posizione in cui le persone *vogliono* approfittare di te. Nel mondo degli affari si chiama 'interconnessione,' ed è un'abilità essenziale per l'avanzamento della carriera."

Spinge da parte il piatto. "Ma questo significa usare le persone. Significa—"

"È nella natura umana, gattina. E non *solo* umana." So come la pensa al riguardo, quindi scelgo attentamente le mie parole. "Osserva qualunque animale sociale, e lo vedrai. Il debole trae favore da quello forte; i non qualificati imparano dagli esperti. Li usano? Certo. Ma è sbagliato? Ne dubito."

Emma mi guarda con cipiglio. "Non capisco. Stai dicendo che va bene se una donna sta con te per i tuoi soldi? O se qualcuno vuole essere tuo amico solo per connettersi con il tuo ragazzo miliardario?"

"Certo che no." Spingo da parte il mio piatto e copro la sua mano con la mia. "C'è molta differenza tra l'inganno e la manipolazione emotiva di qualcuno e la consapevolezza che una persona possa esserti d'aiuto.

Non starei mai con una donna che mi vuole solo per i lussi che posso offrire—non se sto cercando una vera connessione emotiva con lei—ma sono più che felice di offrire quei lussi alla donna che amo e che ricambia il mio amore... e va benissimo, se le piace quest'aspetto della nostra relazione. In realtà, vorrei che lo facesse."

Il suo colorito s'intensifica, e distoglie lo sguardo, con la voce tesa, mentre dice: "Capisco."

"Gattina, guardami." Aspetto che lei incontri il mio sguardo, prima di continuare. "Se non ti piace il ragazzo della tua amica, posso essere occupato quanto vuoi. Non dobbiamo passare per forza del tempo con qualcuno che non ti piace. Ma voglio che tu sappia che se i tuoi amici o la tua famiglia avessero mai bisogno di un favore, sono qui per loro, così come sono qui per te. So che non vuoi i miei soldi o le mie connessioni, ma li hai." Faccio una pausa, poi aggiungo dolcemente: "Tutto ciò che ho, ora è tuo."

36

Emma

QUANDO TORNO A CASA DAL LAVORO QUEL GIORNO, I traslocatori hanno già portato tutte le mie cose, e Geoffrey ha disfatto le valigie. I miei vestiti, tutti lavati e stirati, sono appesi nell'armadio di Marcus; i miei libri, comprese le prime edizioni che mi ha regalato, sono sistemati sugli scaffali della biblioteca; e il mio labirinto per gatti è accanto alla parete di vetro della sala da biliardo, strategicamente nascosto dietro le lussureggianti piante verdi che lo proteggono dalla vista. I miei gatti, che non hanno mai perso l'occasione di arrampicarsi, sono già dappertutto nel labirinto—e sulle alte piante che lo circondano. In realtà, Queen Elizabeth è seduta sopra un Ficus lyrata particolarmente robusto, come se fosse una quercia.

Spero che non provi a mangiare le foglie. I miei animali domestici di solito non attaccano le piante, ma c'è sempre una prima volta.

Marcus è ancora al lavoro—mi ha scritto che una riunione sta andando per le lunghe—così esploro l'appartamento, studiando la mia nuova residenza. Una parte di me non riesce ancora a credere che questo stia succedendo, che siamo arrivati così lontano così presto. Mercoledì scorso, esattamente una settimana fa, ero in viaggio per la Florida, con il cuore a pezzi, e ora sono nell'attico di Marcus, avendo appena accettato di vivere qui come prova.

Se questo non significa abbracciare il cambiamento, non so cosa sia.

C'è ancora un milione di cose che potrebbe andare storto, un centinaio di modi in cui potremmo rivelarci incompatibili, ma la fiamma della speranza che ha acceso nel mio cuore quella notte in Florida sta diventando più forte, più luminosa. Forse, contro ogni previsione, questo funzionerà.

Forse un giorno ricambierà addirittura il mio amore.

La donna che amo. L'ha detto così casualmente ieri, come se non fosse il mio sogno più selvaggio essere quella donna. Non a causa dei lussi che è così ansioso di fornire, ma a causa sua.

Più conosco il mio titano di Wall Street, più mi si stringe il cuore.

Ha parlato con i miei nonni questa mattina. Lo so, perché mi hanno chiamata a pranzo. Voleva ringraziare mia nonna per il meraviglioso weekend e vedere come se la stava cavando mio nonno con il software di trading che aveva installato per lui. Ha anche offerto ai miei nonni l'uso gratuito del suo aereo, in modo che possano farci visita a New York ogni volta che vogliono, e ha promesso di portarmi in Florida per tornare a trovarli presto.

Che abbia trovato il tempo dopo la sua intensa giornata è abbastanza sorprendente, ma quale altro uomo avrebbe mai pensato di chiamare la mia famiglia? O si sarebbe offerto di fare favori ai miei amici?

Marcus Carelli è uno su un miliardo, e non è per i miliardi che ha guadagnato.

Se avevo qualche dubbio nella mia mente sull'aver fatto la cosa giusta accettando questa prova, si sta dissipando rapidamente.

Voglio fare tutto il possibile per far funzionare questo.

Voglio essere il tipo di donna che Marcus potrebbe amare.

arcus

QUANDO TORNO A CASA DAL LAVORO, IL TAVOLO DA pranzo è apparecchiato con candele, e una bottiglia di champagne è nel secchiello con il ghiaccio.

"Ho chiesto a Geoffrey di farlo" spiega Emma, scendendo le scale verso di me. "Spero non ti dispiaccia. Dal momento che è il nostro primo giorno ufficiale di convivenza, ho voluto che la cena di stasera fosse davvero speciale."

"Certo che non mi dispiace." Anzi, il mio petto si riempie di un bagliore caldo e morbido, con la stanchezza della lunga giornata di lavoro che si attenua, mentre si avvicina a me, in punta di piedi, e mi dà il bacio più dolce e sensuale sulle labbra.

Il mio fallo s'indurisce immediatamente, ma resisto

alla tentazione di trascinarla a letto. Sono quasi le otto, e se la mia gattina mi ha aspettato, dev'essere affamata quanto me. Inoltre, voglio avere questa cena "extra speciale" con lei, vedere il suo sorriso con le fossette, mentre parliamo della nostra giornata.

Quando ci sediamo, Geoffrey appare fuori dalla cucina, stappando lo champagne e versandoci un bicchiere ciascuno.

"Grazie. Sei incredibile" gli dice, con gli occhi grigi che scintillano e le fossette in evidenza, e osservo divertito, mentre il mio maggiordomo sempre composto arrossisce dal piacere, prima di mormorare i suoi ringraziamenti e indietreggiare.

Come i miei investitori, non può fare a meno di reagire al fascino innocente di Emma, a quel calore genuino e seducente che mi ha attirato sin dall'inizio.

"A te, gattina" dico, sollevando il bicchiere, quando l'uomo scompare di nuovo in cucina. "E a una prova di successo."

"Sì, a una prova di successo" fa eco la ragazza, facendo tintinnare il bicchiere contro il mio. "E ai nuovi inizi."

"Ai nuovi inizi" ripeto, e bevo un sorso della bevanda frizzante.

Un minuto dopo, Geoffrey tira fuori le costolette brasate al vino rosso, e ci immergiamo nel cibo con entusiasmo. All'inizio, siamo troppo occupati a mangiare per parlare di qualsiasi cosa che non sia la bontà del pasto, ma dopo pochi minuti, i primi segnali di pienezza arrivano al mio cervello, e le chiedo se ha deciso di vedere la sua amica e il fidanzato.

Sarà difficile trovare il tempo, con la mia agenda piena fino al fine settimana, ma per lei, troverò una serata libera.

"In realtà, ho detto a Janie che questa settimana non va bene" spiega. "Con il trasferimento e tutto il resto, è semplicemente troppo folle. Inoltre, non vedo Kendall da un po', e spero di poter fare qualcosa durante il fine settimana con lei. Ma forse possiamo vedere Janie la prossima settimana, se per te va bene. Mercoledì forse?"

"Va benissimo. Purché non sia proprio prima della conferenza sull'Alpha Zone, è perfetto" dico ed estraggo il telefono per prenderne nota nel mio calendario.

Quando metto via il dispositivo, Emma mi chiede della conferenza e del significato di Alpha Zone, e spiego che "alpha" è il rendimento in eccesso dell'investimento rispetto a un benchmark—la vera misura della performance di un fondo.

"Al giorno d'oggi, è economico e facile investire in qualcosa come un fondo indicizzato S&P 500 e ottenere gli stessi rendimenti del mercato" le dico. "La sfida sta nel sovraperformare costantemente, ed è qui che entra in gioco l'acume nell'investire. L'Alpha Zone è un'associazione di tutti noi che perseguiamo l'alpha, sia nel senso tradizionale di sovraperformare un determinato benchmark che semplicemente ottenere i migliori rendimenti possibili. La maggior parte dei membri sono hedge funder come me, ma ci sono anche investitori in capitali di rischio, operatori di valute, tizi di private equity, gestori patrimoniali tradizionali, investitori immobiliari e chiunque sia in qualche modo nel settore della generazione alpha—e abbia successo."

"Allora, a cosa serve la conferenza?" chiede. "Solo per socializzare con altri pezzi grossi cacciatori dell'alpha?"

Le sorrido. "Più o meno. Presentiamo anche un'idea di investimento per il prossimo anno e, durante l'evento dell'anno successivo, vediamo quale ha dato i risultati migliori."

"Ah, capisco. Quindi, è in gioco la tua reputazione."

"Esattamente."

Poi, le chiedo della sua giornata, e mi parla di un nuovo cliente che l'ha contattata per una correzione della trama—queste a quanto pare sono le più difficili —e di come le vacanze stiano portando più clienti in libreria. Poi, mi chiede della riunione che mi ha fatto fare tardi stasera, e le parlo dell'IPO su cui investiremo questa settimana. La riunione si è tenuta con il Direttore Finanziario dell'Azienda, ed è finita tardi, perché lui si trova sulla costa occidentale. Dal momento che sembra interessata, parlo dei vantaggi dell'investimento, e lei ascolta attentamente, interrompendo occasionalmente con domande astute. Sebbene la mia gattina non abbia un background finanziario, sembra avere una comprensione intuitiva del calcolo del rischio-rendimento nelle decisioni di investimento, oltre a un talento per riassumere e sintetizzare i problemi.

"Sai, saresti una grande analista di ricerca sul mercato azionario" le dico, mentre Geoffrey porta il nostro dessert—una macedonia di frutta spruzzata con sciroppo di cioccolato. "Quelli sono i tizi che pubblicano molti dei rapporti che leggo. Vista la tua bravura con le parole, avresti abbastanza seguito—specialmente se i tuoi consigli di borsa fossero più giusti che sbagliati."

Lei sorride, infilzando una polposa fragola. "Si sbagliano spesso?"

"In media? Circa il cinquanta percento delle volte."

"Davvero? Allora, perché qualcuno legge quei rapporti?"

"Per l'informazione." Mordo un succoso pezzo di pera. "Quegli analisti fanno molte ricerche sulle società che coprono, e i loro rapporti offrono spesso una buona panoramica del modello di business, del panorama competitivo, e così via. Questo è il loro reale valore aggiunto, non la loro opinione se il titolo sia da acquistare o vendere. Gli investitori professionali come me prendono queste decisioni da soli."

"Ah, capisco. Quindi, tutti i consigli pubblicati sulle azioni sono inutili?"

Le sorrido. "Abbastanza. Non dirlo a tuo nonno, però. Oggi gli ho dato accesso al nostro database di ricerca azionaria, ed è al settimo cielo."

Emma ride, scuotendo la testa, e mette in bocca un lampone ricoperto di cioccolato. Immediatamente, i suoi occhi si chiudono, e un'espressione beata le appare sul viso. "Mmm" geme su un boccone. "Questo è così, così buono..."

Il mio battito accelera, con la mente che si riempie di immagini del suo aspetto, quando sono dentro di lei. Quell'espressione è molto simile a quella che ha ora, e le mani mi prudono dalla voglia di allungarmi sul tavolo e tirarla verso di me, in modo da poterle baciare le labbra che sta leccando proprio in questo momento.

Se non fosse per il maggiordomo in cucina, è esattamente quello che farei.

Deve conoscere l'effetto che ha su di me, perché quando apre gli occhi, la sua bocca si curva in un sorriso dolcemente seducente, e si allunga sul tavolo per posare il piccolo palmo sulla mia mano.

"È delizioso, ma credo di essere sazia" mormora, guardandomi da sotto le ciglia—che, noto, sono più lunghe e più scure del solito, come se si fosse truccata. "E tu?"

Con lei che mi stuzzica in questo modo, sono abbastanza duro da poter spaccare delle pietre, ma non è quello che sta chiedendo. "Non potrei mangiare un altro boccone" ringhio, alzandomi. "Quindi, se sei sazia, che ne dici di—"

"Andare di sopra? Sì, ottima idea." Raggiante, balza in piedi e si affretta verso le scale, e io la seguo, improvvisamente vorace come un lupo affamato.

～

QUANDO ARRIVIAMO IN CAMERA, MI SPINGE A SEDERE SUL letto e inizia a spogliarsi, staccando ogni strato di vestiti con una lentezza esasperante. È una tortura del tipo più delizioso, e solo il fatto che non l'abbia mai vista così prima d'ora—tutta misteriosa e adorabilmente seducente—m'impedisce di afferrarla proprio lì su due piedi. Tuttavia, quando toglie le mutandine, sto per scoppiare—e a giudicare dal timido ghigno sulle sue labbra lucide, la piccola strega lo sa.

"Vieni qui" ordino rauco, raggiungendola mentre si avvicina al letto, ma evita le mie mani tese, affondando in ginocchio davanti a me.

"Emma..." Il mio respiro sibila tra i denti, mentre mi tira giù la cerniera dei pantaloni e libera l'erezione, con la sensazione delle sue piccole dita fredde sul membro che mi eccita quasi oltre il punto di non ritorno. "Gattina, non penso—"

"Non pensare" mormora, fissandomi attraverso le ciglia, mentre un sorriso dolce e adorabile le curva le labbra. "Tutto quello che devi fare è abbandonarti alle emozioni." E mentre si piega in avanti, con la bocca calda e umida che si chiude intorno al mio gonfiore prima di succhiarlo in profondità nella gola, scopro di nuovo com'è il paradiso in terra.

È solo molto tempo dopo, quando siamo sdraiati in un groviglio di membra sudate, dopo aver fatto l'amore due volte di seguito, che mi chiedo ancora perché abbia cambiato idea sulla vita insieme—e provo un senso di colpa per l'accordo immobiliare che ho stretto alle sue spalle.

Se mai lo scoprisse, potrebbe lasciarmi—motivo per cui non potrò mai confessarglielo.

Questo, il rapporto dell'investigatore che ho commissionato e tutto il resto che ho fatto per arrivare a questo punto devono rimanere un segreto... perché non posso perderla.

La amo troppo.

38

Emma

NEI DUE GIORNI SUCCESSIVI, IO E MARCUS STABILIAMO una routine mattutina che funziona per noi. Anche senza alcun tipo di riunione, si sveglia alle prime luci dell'alba, e poiché entrambi abbiamo appreso che non sono un cyborg che può sostenersi con il sesso al posto del sonno, mi lascia sonnecchiare, mentre va a correre e si allena nella sua palestra di casa. Quando ha finito, sono sveglia, e facciamo una colazione veloce insieme, prima di precipitarci verso i nostri rispettivi luoghi di lavoro. Beh, *lui* si precipita, perché Wilson lo accompagna per primo e poi ritorna per me—il che mi dà il tempo di prepararmi tranquillamente e persino lavorare su un po' di editing. Continuo la correzione durante il mio comodo viaggio in macchina con l'autista, con il risultato che quando raggiungo il lavoro sono a buon punto.

Giovedì, Marcus lavora di nuovo fino a tardi, quindi sfrutto il tempo per correggere le bozze del romanzo del mio nuovo cliente, e poi, dato che in qualche modo ho ancora energia, apro il mio file del progetto super segreto per scrivere alcuni paragrafi. Procedo lentamente, quindi lo metto da parte per giocare con i miei gatti, ma mentre sto accarezzando Cottonball, la scena improvvisamente si svolge nella mia mente.

È così emozionante che mi assorbe completamente mentre la scrivo, al punto che quando Marcus arriva un'ora dopo, sono sorpresa di rendermi conto che sono quasi le nove di sera e non ho ancora mangiato. Condividiamo un'altra deliziosa cena insieme, seguita da una prolungata sessione di sesso, e quando mi sveglio venerdì mattina, mi sento così soddisfatta della mia vita che non mi arrabbio nemmeno che Puffs abbia rotto un altro vaso inestimabile durante la notte— soprattutto perché a Marcus non sembra importare.

Quando arrivo al lavoro, trovo di nuovo la libreria gremita di clienti, ma per fortuna il mio capo è lì per aiutare. A mezzogiorno, il flusso di acquirenti di libri si attenua un po', quindi gli chiedo di coprirmi, mentre faccio una pausa pranzo più lunga. Poi, do rapidamente un'occhiata al panino con pere e gorgonzola che Geoffrey ha così ben confezionato per me, ed esco per eseguire le mie commissioni.

La prima tappa è una boutique di abbigliamento a

pochi isolati dal mio lavoro. Ci sono passata una dozzina di volte, ma in realtà non ci sono mai entrata. Ha quell'atmosfera di cotone organico, made in the USA, e ho pensato che tutti gli abiti alla moda che contiene fossero fuori dal mio budget.

Il primo articolo che provo—una maglietta semplice ma ben fatta—costa quarantanove dollari. I jeans che prendo dopo—quasi duecento. Scoraggiata, sto per uscire e tentare la fortuna altrove, quando vedo un discreto cartello "50% di sconto" sul retro.

Ora iniziamo a ragionare.

Lo scaffale dei saldi non è enorme, ma ogni capo di abbigliamento è circa dieci volte migliore di qualsiasi indumento io abbia nel mio armadio. Rovistando, trovo un abito casual a maniche lunghe, un abitino da cocktail blu, tre top carini e un paio di jeans della mia taglia. C'è anche una piccola sezione di scarpe sul retro, dove vedo stivaletti color talpa che si abbinano perfettamente a tutto, e un paio di scarpe col tacco che starebbero bene con qualsiasi abbigliamento e soprattutto con l'abito blu.

Quando provo gli indumenti, mi sta tutto bene, tranne i jeans—sono troppo lunghi—ma decido di prenderli comunque, perché creano cose incredibili al mio sedere. Devo solo farli accorciare. Le scarpe sono davvero eleganti, però, quindi, anche se non sono in saldo, porto sia gli stivaletti che le scarpe col tacco alla cassa, determinata a non arrendermi alla parte di me che sta andando fuori di testa per le spese.

La mia attività di editing è cresciuta, al punto tale

che sono piena di lavoro per diversi mesi—e ho tutti quei piccoli importi sul mio conto bancario. Ciò significa che *posso* permettermi questa pazzia, anche se la penso diversamente.

È solo quando la cassiera batte i miei acquisti e vedo il totale a quattro cifre sullo schermo della cassa che la mia determinazione vacilla. L'ultima volta che ho speso una cifra vicina a quest'importo in vestiti è stato... beh, forse mai. Non faccio shopping folle; prendo un articolo in saldo qui, un altro lì. Il mio guardaroba attuale, così com'è, è stato assemblato frammentariamente nel corso degli anni, e mentre faccio mentalmente il conto, sono sbalordita nel rendermi conto che alcune delle mie cose risalgono a quando ho iniziato il liceo.

Accidenti, non c'è da stupirsi che Kendall mi sia sempre addosso; il mio look potrebbe essere obsoleto da oltre un decennio.

Con la mia decisione che riaffiora, passo la carta di credito alla cassiera. Potrei non riuscire a permettere a Marcus di comprare dei vestiti per me, ma non c'è motivo di metterlo in imbarazzo davanti ai suoi amici e conoscenti. Saranno anche stati tutti gentili con me durante la cena con gli investitori, ma sono sicura che si siano chiesti perché la ragazza di un miliardario indossasse l'equivalente moderno degli stracci. Marcus non *sembrava* imbarazzato, ma sono sicura che avrebbe preferito che avessi portato un abito più bello—e ora posso.

L'abito blu e le scarpe col tacco non saranno di uno

stilista di fascia alta, ma sono di buona qualità e non sembreranno fuori posto in una cena di lavoro.

Con le buste della spesa in mano, mi dirigo alla mia seconda fermata—un parrucchiere che ho trovato stamattina. Situato a soli cinque isolati dal mio lavoro, è piccolo e senza pretese, con un cartello discreto sopra la porta e solo due postazioni per tagliare i capelli all'interno. Tuttavia, ha ottime recensioni su Yelp, con persone che sostengono che sia incredibilmente economico e davvero eccellente. Non prendono appuntamenti, così entro e aspetto.

Dieci minuti dopo, sono seduta di fronte a uno specchio con un uomo asiatico decisamente elegante che esamina i miei ricci spettinati. "Colore splendido, ma molte doppie punte" dice, sollevando una ciocca per scrutarla attraverso occhiali con la montatura viola. "Molto crespi. Quali prodotti usi?"

Glielo dico, e lui sussulta, come se gli avessi appena inferto un colpo fisico. "Non mi stupisce che i tuoi capelli siano così secchi. Li stai uccidendo con tutti quei solfati duri. Ti insegnerò a prendertene cura correttamente. Per prima cosa, vediamo se riusciamo a dar loro una forma. Hai qualche preferenza sulla lunghezza?"

Il mio battito accelera. La gattara resistente al cambiamento dentro di me sta impazzendo all'idea di qualcosa di più del solito taglio, ma sono determinata a non ascoltarla. "Dipende da te" rispondo, con voce quasi ferma. "Voglio qualunque taglio mi doni di più e il più facile da gestire."

"Capito. Darò un taglio netto, così possiamo vedere come si comporta ogni riccio." E prima che io possa lasciarmi prendere dal panico per il bagliore emozionato nei suoi occhi, prende le forbici e inizia a lavorare. Quindici minuti dopo, ci sono capelli rossi a sufficienza sul pavimento da formare un tappeto, ma in qualche modo, ho ancora un po' di lunghezza—e per la prima volta nella vita, i miei capelli sembrano arricciarsi attorno al viso in modo docile, se non addirittura addomesticato.

"Poi, eseguirò un trattamento profondo" annuncia il parrucchiere, e anche se non contavo su questa spesa aggiuntiva, mi arrendo senza lamentarmi.

Quaranta minuti dopo, esco con dei ricci così morbidi, setosi e ordinati che prendo in considerazione l'iscrizione a una pubblicità di shampoo. Hanno bisogno di rosse naturali, no? Sul mio telefono c'è un elenco di prodotti consigliati, tra cui, su mia richiesta, una marca che produce shampoo e balsami inodore per capelli ricci, insieme a gel, creme, balsami e altre necessità per capelli come i miei.

Non potrei mai realizzare una trasformazione simile a quella di Janie, ma non c'è motivo per cui non possa apparire al meglio.

Fermandomi a un incrocio, tiro fuori il mio telefono per inviare un selfie a Kendall, ma prima di poter scattare una foto, il mio schermo s'illumina per una chiamata in arrivo.

"Salve, Signora Metz" dico, rispondendo, e poi l'ascolto, mentre m'informa con fare carico di scuse che ha appena ricevuto un'offerta straordinaria sulla casa di città, e che vorrebbe che accelerassi i miei piani per trovare una nuova sistemazione.

"Mi dispiace tanto, cara, ma l'acquirente vuole davvero chiudere l'affare prima delle vacanze. Certo, se hai bisogno di più tempo, posso vedere se sarebbero disposti ad aspettare, ma—"

"Oh, no, va bene, Signora Metz. La prossima settimana ti avrei chiamato per darti la buona notizia." Faccio un respiro. "È ufficiale. Io e Marcus andremo a convivere."

Strilla come una ragazzina, e io sorrido nonostante il senso di oppressione nel petto. Forse sono i nuovi vestiti e il bel taglio di capelli, o solo l'accumulo di ormoni del benessere dovuti a tutti gli orgasmi di questa settimana, ma il panico che mi aveva avvolta prima al pensiero di rinunciare alla mia casa ora è solo una leggera ansia. Mi piace vivere con Marcus—lo adoro, in realtà—e non è difficile per me immaginare che la prova di questa settimana si estenda in un accordo più permanente, in parte perché lui si comporta come se fosse già scontato, fino a invitare i miei nonni a stare "a casa nostra," quando verranno a trovarci a New York. Mia nonna era già al settimo cielo, quando mi ha raccontato quella parte della loro conversazione l'altro giorno.

Per qualcuno la cui carriera è incentrata sull'analisi del rischio e della ricompensa, il mio miliardario sembra non avere molta cautela.

La Signora Metz riattacca dopo che prometto di

portare le mie cose fuori dall'appartamento entro due settimane, e rifletto su cosa fare dopo. Potrei accelerare la mia (per quanta lenta fino ad ora) ricerca di un appartamento, per ogni evenienza, ma a meno che io non abbia fortuna in un subaffitto conveniente, dovrò firmare un contratto di locazione di dodici mesi—uno spreco totale, se le cose continueranno così come sono. Un'alternativa è quella di affittare un mobile contenitore e mettere tutti i miei mobili lì dentro; sarà più economico che ottenere un contratto di locazione, e se almeno alcuni pezzi sopravvivranno al trasloco, non inizierò da zero nel caso in cui dovessi prendere un appartamento più tardi. Oppure—e questa è l'opzione che mi emoziona e mi spaventa di più—posso gettare la mia cautela al vento e liberarmi dei vecchi mobili, sperando che io e Marcus faremo funzionare le cose.

39

*E*mma

STO ANCORA RIFLETTENDO SUL DILEMMA LA MATTINA successiva, quando io e Marcus incontriamo Kendall per il brunch nel West Village—in un locale famoso e molto costoso che lui ha scelto, il che significa che dovrò lasciarlo pagare. Ho pensato di discutere per un'alternativa più economica, dal momento che ha già pagato per una cena questa settimana, ma ho lasciato correre. Inoltre, Kendall ha quasi avuto un infarto, quando ha saputo che Marcus ci aveva procurato una prenotazione per il brunch del sabato in quel posto.

A quanto pare, è frequentato dalle celebrità, e per i mortali non miliardari, c'è un'attesa di diciotto mesi anche per la fascia oraria meno popolare nei giorni feriali.

Mentre ci avviciniamo al ristorante, un uomo salta di fronte a noi, con la macchina fotografica in mano, e scatta una foto, quindi si allontana rapidamente, prima che uno di noi due possa battere ciglio.

"Aspetta" dice Marcus, tirando fuori il telefono. "Se ne occuperà il mio team di Pubbliche Relazioni. Lo metteranno a tacere."

"Era un paparazzo?" chiedo incredula.

"Così mi è sembrato" risponde lui, sollevando gli occhi dallo schermo. "Tendono a frequentare questo posto. Ma non ti preoccupare; la mia squadra ci terrà fuori dai pettegolezzi. Ad ogni modo, sono principalmente alla ricerca di celebrità vere."

"Giusto, va bene." Un paparazzo? Davvero? Come può questa essere la mia vita? Prima che io possa chiedergli in che modo esattamente la sua squadra di PR fa la sua magia, il suo telefono vibra, e lui torna a rivolgere l'attenzione allo schermo.

"Ashton ha appena mandato un messaggio per invitarci a pranzo fuori" m'informa, alzando lo sguardo. "Ti dispiace se si unisce a noi?"

"Certo che non mi dispiace, e sono sicura che lo stesso valga per Kendall." La mia migliore amica è sempre pronta per incontrare uomini di bell'aspetto. "Pensi che arriverà qui in tempo?"

Marcus mi sorride. "Vive a un isolato di distanza, quindi immagino di sì."

"Va bene, allora." Agito i miei capelli ben acconciati, mentre apre la porta del ristorante. Non vedo l'ora di sapere che cosa ne pensa Kendall sul mio nuovo taglio di capelli e dei vestiti. In un modo tipicamente maschile, Marcus non ha notato alcunché dei miei capelli, quando sono tornata a casa ieri, commentando solo a cena che "sono molto carina"—anche se ha fatto i complimenti al mio nuovo abito stamattina.

Ehi, almeno ha notato che ero carina, anche se non capiva il perché.

Siamo in anticipo di qualche minuto, ma Kendall ci sta già aspettando al tavolo sul retro, fissando sfacciatamente gli altri clienti. Mi guardo intorno e, con mia sorpresa, riconosco alcune persone. Le due donne nell'angolo sono famose star del reality show, il ragazzo al bancone è un attore popolare e, se non sbaglio, il bel biondo accanto a un muscoloso uomo di mezz'età è un noto modello. Anche un paio di altri volti sono familiari, ma non riesco a identificarli. Comunque sia, quasi tutti qui sembrano usciti dalle pagine di *Vogue* e *GQ*, inclusi i camerieri. Il ristorante deve assumerli in base ai loro stile e aspetto.

La vecchia me si sarebbe fatta piccola, sentendosi terribilmente fuori luogo, ma non questa nuova Emma con la combinazione di vestito e stivaletti fighi e hipster e bei capelli. Non sono ancora così elegante come la maggior parte delle donne qui, ma mentre la nostra splendida cameriera bionda ci guida attraverso il ristorante dopo aver preso i nostri cappotti, tengo la testa alta, come se fossi esattamente nel posto a cui appartengo.

E con Marcus al mio fianco, il bluff funziona totalmente. Diverse donne—e il modello—mi guardano con invidia, senza dubbio chiedendosi chi sia e come abbia fatto ad accalappiare l'alto, bel miliardario, il cui palmo poggia possessivamente sulla parte bassa della mia schiena, e che sta guardando storto ogni uomo che osi lanciarmi un'occhiata.

"Ems!" Kendall balza in piedi, mentre ci avviciniamo al tavolo, sgranando gli occhi nocciola, mentre studia il mio aspetto. "Caspita, guarda il tuo vestito! E i tuoi capelli! Che cos'hai fatto e quando?"

Ora anch'io ho due cromosomi X. "Ieri ho fatto un taglio di capelli da un nuovo parrucchiere e ho fatto un po' di shopping" dico, raggiante. "Ti piace?"

"Lo adoro!" Mi abbraccia, poi si gira verso Marcus, che ci guarda divertito. "Non è assolutamente stupenda?"

Il suo sguardo si sposta su di me, indugiando sulle mie labbra. "Sì. Sempre."

Arrossisco. Non posso farci niente. La sua voce ha quella nota roca che la rende profonda, e so che se non fossimo in pubblico in questo momento, mi tirerebbe a lui per un bacio che inevitabilmente porterebbe a qualcosa di più. Inoltre, il luccichio carnale nei suoi occhi *non* è appropriato per il ristorante. Affatto.

Anche Kendall deve pensarlo, perché si schiarisce la gola e tende la mano a Marcus. "Kendall Bryce" dice un po' troppo intensamente. "Non credo che ci siamo mai presentati formalmente."

Marcus distoglie lo sguardo da me e le stringe la mano. "Marcus Carelli." Il suo tono è ironico; deve aver capito che mi stava osservando come se fossi *io* ciò che è nel menu. "È un piacere conoscerti, Kendall."

"L'amico di Marcus, Ashton, si unirà a noi per pranzo" la informo, mentre tutti prendiamo posto e il cameriere porta una brocca d'acqua al tavolo. "Ho detto a Marcus che non ti sarebbe dispiaciuto."

"Ovviamente no. Più siamo, meglio è." Aspetta che lui guardi il menu, e non appena lo fa, inizia a studiarlo.

Soffoco una risata, prima di guardare la mia amica. Sì, merita decisamente un bell'esame. Anche in mezzo a tutti i glitterati, si distingue come l'uomo più attraente del luogo, con i lineamenti forti e la corporatura potente che attirano l'attenzione di molte donne presenti e anche di alcuni uomini. E chi può biasimarli? Anche nel suo completo casual dei weekend costituito da jeans scuri e una camicia azzurra abbottonata, Marcus sembra il tipo da un milione di dollari—o meglio un miliardo. O diversi miliardi?

Non ho idea di quale sia il suo patrimonio netto.

"Allora, Marcus" dice Kendall, quando alza lo sguardo dal menu. "Emma mi ha detto che state facendo un periodo di prova per vivere insieme. Come sta andando finora? Stai sopravvivendo all'invasione felina?"

I denti bianchi del ragazzo lampeggiano in un sorriso. "Abbastanza. L'altra mattina mi sono svegliato con un sedere peloso in faccia, ma Emma mi ha assicurato che i gatti si puliscono a fondo—e che Mr.

Puffs non si era intrufolato in camera cercando di soffocarmi di proposito."

"Oh, no." Kendall ride. "Starei attenta, se fossi in te. Le cose che ho sentito su quel gatto..."

"Tutto vero" la rassicura. "Potrebbe davvero essere di origine demoniaca. Fortunatamente, i suoi fratelli sono abbastanza innocui, e vado abbastanza d'accordo con loro."

"Fa il modesto" dico, posandogli una mano sulla manica. "Cottonball si è innamorato perdutamente di lui. Segue Marcus come un cucciolo."

Prima che Kendall possa replicare, il cameriere viene a prendere i nostri ordini di bevande—solo l'acqua sul tavolo per me e un tè freddo all'ibisco per Kendall e Marcus—e quando se ne va, Ashton si avvicina al nostro tavolo, affascinante come un divo del cinema in un abbinamento casual di jeans e un maglione di cashmere di colore chiaro.

"Ottima scelta per quanto riguarda il posto" dice a Marcus, mentre si siede accanto a Kendall. "Volevo provarlo, ma mi hai preceduto." Con un sorriso a trentadue denti, si rivolge alla mia amica. "Ashton Vancroft" dice, con una voce dolce e profonda che si abbassa di un'altra ottava, mentre allunga la mano. "E tu sei?"

Con mia sorpresa, invece di sembrare abbagliata, la mia amica gli rivolge un'occhiataccia. "Kendall Bryce" dice a denti stretti, ignorando la mano offerta. Quando l'abbassa, lei sistema i suoi lucenti capelli scuri sopra la spalla e inclina la sedia in modo deciso, distanziandosi parzialmente da lui.

La guardo incredula. Non l'avevo mai vista essere così scortese con qualcuno, nemmeno quella volta al college in cui un ragazzo ubriaco continuava a flirtare con lei per tutta la festa. Ciò che è ancora più strano è che invece di offendersi, Ashton sembra divertito, con il sorriso che si allarga in un ghigno malvagio, mentre si appoggia alla sedia e incrocia la caviglia sul ginocchio in una posa a suo agio. "Allora" dice, come se Kendall non fosse un blocco di ghiaccio al suo fianco: "Che cosa c'è di buono qui?"

Sembrando perplesso quanto me, Marcus replica ironicamente: "Tutto, presumo." Poi, inarca un sopracciglio. "Voi due vi conoscete?"

"No" scatta Kendall, prima che Ashton riesca a pronunciare una parola. I suoi lineamenti perfetti sono disposti nella cosa più vicina a uno cipiglio che io abbia mai visto sul suo viso. Con un movimento improvviso, chiama il nostro cameriere, e quando arriva, si affretta a ordinare una brocca di sangria.

"La condividerai?" chiede Ashton, guardando il suo profilo rigido. I suoi occhi brillano per lo stesso malvagio divertimento. "O hai intenzione di bere tutto da sola?"

Mi schiarisco la gola. "Allora, Ashton, come vanno i tuoi affari?" Immagino che sia meglio intervenire, prima che Kendall possa colpirlo—perché sembra proprio che abbia intenzione di farlo. "Sei riuscito a rallentare la crescita delle entrate?"

"Temo di no." Fa una smorfia, spostando la sua attenzione dalla mia amica furiosa. "È come una palla di neve che rotola giù da una montagna—continua a raccogliere slancio." Il suo sorriso smagliante ritorna, guardando da me a Marcus. "E voi due, piccioncini? Come va? La data del matrimonio è già stata fissata?"

Scoppio a ridere. "Oh, sì. È per domani sera a Disney World. Alle sei in punto. Sii puntuale o dovrai vedertela con l'ira di Topolino."

Mi aspetto che Marcus si unisca al divertimento, ma quando lo guardo, il suo viso è serissimo. Invece, fissa Ashton come se volesse ucciderlo. Lentamente. Dopo alcune ore di tortura.

Ashton deve rendersi conto che la sua battuta non è andata bene, perché si schiarisce la gola e fa un cenno al cameriere, che arriva con la stessa velocità da record. "Che cos'hai a portata di mano?" chiede, e il cameriere snocciola un elenco di nomi di birre, la maggior parte delle quali mai sentita. Ashton ne ordina una e anche Marcus ne prende una, lasciandomi l'unica al tavolo senza una bevanda alcolica—o un indizio sul perché tutti siano così tesi.

Con mio sollievo, Marcus scaccia il cattivo umore e riprende la conversazione, chiedendo a Kendall e Ashton dei loro piani di Natale—entrambi intendono tornare a casa dalle loro famiglie—prima di riportare abilmente la conversazione sui miei gatti e sulle loro marachelle. Quando abbiamo finito di raccontare la storia di Queen Elizabeth che ha rubato un pezzo di bistecca da sotto il naso di Geoffrey, tutti noi stiamo ridendo e la maggior parte della tensione è scomparsa —almeno in superficie. Kendall sta ancora evitando di guardare Ashton, e lui sembra trarre grande godimento dal suo comportamento, come se fosse una bambina imbronciata ma carina.

Devono conoscersi. Non riesco a pensare a un'altra spiegazione.

Quando arrivano gli antipasti, la mia amica si scusa per andare al bagno, e io la seguo, determinata a risolvere il mistero. Ma è un bagno singolo, quindi finisco per aspettare fuori, e lei evita il mio sguardo interrogativo, mentre esce e si affretta a tornare al tavolo.

Benissimo. Dovrò interrogarla dopo.

"Scoperto qualcosa?" mormora Marcus nel mio orecchio, quando torno al tavolo e scuoto la testa con un ghigno triste. Chiaramente, è curioso quanto me—e ha avuto la stessa fortuna nell'ottenere risposte dal suo amico.

Man mano che il pasto procede, Marcus e io impieghiamo ogni mezzo nel nostro arsenale per evitare che la tensione riaffiori, e ci riusciamo, soprattutto perché dopo tre bicchieri di sangria, Kendall sembra dimenticare l'uomo al suo fianco e diventa la normale persona allegra che è. Ride, descrive le ridicole commissioni che il suo capo le invia, prima di lanciarsi in una storia esilarante su un recente appuntamento andato male. "Era determinato a mostrarmi la foto della sua ex ragazza" afferma, con gli occhi nocciola che brillano, mentre taglia le sue uova alla Benedict. "A prescindere da quello che dicessi."

Marcus e io siamo entrambi sbalorditi a questo punto, ma quando guardo Ashton, noto che il suo sorriso sembra forzato, la mano serrata strettamente sulla forchetta. È solo quando la conversazione si sposta sui nostri film preferiti che si rilassa, con il suo fascino che ritorna, mentre discutiamo dei pro e dei contro di *Avatar* e *Il Trono di Spade*.

Con abilità e sforzo, riusciamo a mantenere il flusso della conversazione fino a quando il cameriere non porta il conto; a quel punto, il sospiro di sollievo collettivo è quasi udibile. In un tipico modo alfa maschile, Marcus e Ashton discutono su chi pagherà, prima di decidere di dividere il conto a metà, con Marcus che pagherà per me e Ashton per Kendall. Mi aspetto che lei accetti—la mia amica non ha mai avuto problemi a lasciare che gli uomini pagassero cibo e bevande—ma tira fuori la sua carta di credito e, lanciando un'occhiataccia ad Ashton, la mette nella mano del cameriere, dicendogli di caricare la sua parte lì.

"Questo non è un doppio appuntamento" spiega seccamente, quando la guardo con le sopracciglia sollevate. Quindi, trangugia il resto della sua sangria, e non appena il cameriere ritorna con le carte di credito, afferra la sua, firma la ricevuta e, con un saluto affrettato a me e Marcus, corre via.

Durante la settimana successiva, faccio del mio meglio per strappare alcune risposte da Kendall, ma in un modo molto atipico per lei, mi stupisce, sostenendo che pensa solo che Ashton sia un coglione. "Conosco i tipi come lui" afferma con amarezza. "È un puttaniere, un bel ragazzo che non ha mai dovuto lavorare in vita sua. Tutto gli è stato consegnato su un piatto d'argento, con tutte le donne che sono sempre cadute ai suoi piedi. Beh, non mi lascio abbindolare da lui, e quel finto fascino non ha effetto su di me."

E per quanto provi a interrogarla sul motivo di quell'opinione, non rivela altro. Anche Marcus non va da nessuna parte con Ashton, sebbene il ragazzo si lasci scivolare qualcosa sulla falsariga di "un gentiluomo non si vanta delle sue conquiste," confermando la mia impressione che si conoscessero già... e che forse non si fossero solo parlati.

A parte il mistero con i nostri amici, la mia seconda settimana di convivenza con Marcus è tutto ciò che avrei mai potuto sperare e molto altro ancora. Sebbene in superficie siamo completamente diversi, c'intrecciamo perfettamente, come se fossimo da sempre due pezzi di un intero.

Dopo il brunch di sabato, trascorriamo il resto del fine settimana da soli, facendo un mix di attività divertenti e lavorando. Vediamo un po' di arte moderna al MOMA, quindi affrontiamo il clima freddo per fare una lunga passeggiata a Central Park. Quando abbiamo fame, compro tacos da un chiosco ambulante e li mangiamo, mentre passeggiamo lungo Park Avenue, dove Marcus mi mostra il suo ufficio. La sera ci rilassiamo a casa con un film preso a noleggio, quindi lavoriamo un po', seduti con i nostri computer portatili sul divano fianco a fianco—cioè, fino a quando un certo qualcuno non decide che la mia canottiera del pigiama sia una provocazione sessuale e mi trascina a letto.

Domenica, un'altra gelida tempesta si abbatte sulla città, quindi non andiamo da nessuna parte, restando al caldo all'interno dell'attico con i miei gatti. Il ragazzo fa il suo solito allenamento in palestra dopo colazione e, dato che non ho niente di meglio da fare, lascio che m'insegni come sollevare correttamente i pesi. Successivamente, nuotiamo in piscina e pranziamo, quindi chattiamo su Skype per un'ora con i miei nonni. Nel pomeriggio, lavoriamo ancora un po', e scrivo di nascosto un altro capitolo del mio progetto segreto.

Sono arrivata a cinquemila parole, e mi sto davvero entusiasmando.

Nei giorni feriali, ripetiamo la routine della scorsa settimana, solo che Marcus mi convince a nuotare con lui la sera. All'inizio sono riluttante—sono sempre stata troppo stanca per allenarmi dopo essere tornata a casa dal lavoro—ma la piscina è così comoda e rinfrescante che a metà settimana non vedo l'ora di tornarci. Non che io sia un'abile nuotatrice o qualcosa del genere—faccio qualcosa a metà tra il cagnolino e una piacevole rana—ma è sufficiente per i miei muscoli pigri, perché martedì sono seriamente dolorante. Certo, potrebbe anche essere dovuto al sollevamento pesi di domenica; era la prima volta che mettevo piede in una palestra dopo anni.

"Povera gattina. Fammi vedere se posso aiutarti" sibila con fare comprensivo, quando mi lamento che mi fa male dappertutto. Poi, mi sdraia a faccia in giù sul nostro letto e inizia a lavorare, massaggiando ogni muscolo dolorante fino a quando non sembro uno spaghetto scotto—e a quel punto mi gira e mi fa provare un dolore completamente diverso.

È tutto così perfetto che mi spaventa. Se le cose dovessero andare male ora, non solo mi si spezzerebbe il cuore—mi devasterebbe completamente. Ogni giorno che passa, cado sempre più sotto il suo incantesimo, divento sempre più dipendente dalla sua presenza vitale e dal modo in cui mi fa sentire, come se fossi l'unica donna al mondo. Quando siamo insieme, la sua attenzione per me è così assoluta che mi sento come se notasse ogni battito di ciglia, ogni sottile cambiamento del mio umore. Anche quando lavoriamo entrambi sui nostri portatili, è sufficiente un cambiamento nel mio respiro perché quei freddi occhi azzurri si posino su di me... e mi riempiano con un familiare calore oscuro.

È così intenso con me che a volte dovrebbe essere un sollievo, quando siamo separati, ma non lo è— perché comincia a mancarmi entro i primi dieci secondi.

"Smetti di essere una gatta così spaventata. Perché le cose dovrebbero andare male?" dice Kendall, quando mi confido con lei durante l'ora di pranzo di mercoledì. "Voi due siete perfetti l'uno per l'altra. Non ho mai visto una coppia così innamorata."

"È questo il punto." Sollevo il telefono in modo da avere le mani libere per scartare il mio panino— un'altra fantasia di prosciutto su segale a fette sottili con rucola e marmellata di fichi. "Vedi, *amo* Marcus, ma non so se lui ami *me*."

Kendall sbuffa. "Sì, certo, per favore. Quell'uomo adora anche il tappeto di peli di gatto su cui cammini. Ne ho la prova: ha trovato il tempo per una serata con te, Janie e Mr. Leccaculo."

Faccio una smorfia. "Sì, non ricordarmelo." Mordendo il panino, borbotto su un boccone: "Ho accettato di andare la scorsa settimana, ma preferirei coccolare Marcus e i nostri gatti a casa."

"I *nostri* gatti?" Sorride. "Adesso sono anche i *suoi* cuccioli pelosi?"

"Potrebbero esserlo" dico, dopo aver finito di masticare. "Cottonball ha cambiato completamente le alleanze, e Queen Elizabeth si sta aprendo di più con Marcus giorno dopo giorno. Mr. Puffs è l'unico in disparte, ma penso che sia perché sta dalla parte di qualcun altro."

"Suo padre, Satana?" ipotizza la mia amica.

Scuoto la testa. "Geoffrey, il maggiordomo di Marcus. Quei due stanno facendo amicizia. Il mio gatto si comporta davvero bene in sua presenza. Non prova nemmeno a rubare il cibo, quando lui è in cucina, ci credi?"

"Assolutamente no." Sembra giustamente scioccata. "Forse gli piacciono gli uomini britannici."

"Così sembrerebbe" replico, poi ricordo il mistero che mi tormenta. "Parlando di uomini—americani, non britannici—come mai tu e Ashton—"

"Caspita, davvero astuta, Miss Furbizia. Ora, perché non finisci il tuo delizioso sandwich, mentre io vado a prendermi una noiosa insalata per pranzo?" E mentre riattacca, la sento mormorare con invidia: "Magari avessi io un maggiordomo che cucina."

Con mio sollievo, la cena con Janie e Landon

quella sera procede senza intoppi, con il consulente finanziario che arriccia solo brevemente il naso da patrizio davanti al mucchio di peli di gatto che si è attaccato al mio nuovo vestito elegante, quando Mr. Puffs ci ha teso un'imboscata, mentre uscivamo. Dopodiché, il ragazzo di Janie è tutto fascino, e anche se è decisamente un po' falso, noi quattro finiamo per divertirci—anche dopo che Marcus ha starnutito un'altra volta a causa del profumo di Janie.

"Mi dispiace così tanto" si scusa lei per la decima volta, mentre ci salutiamo, e io evito prudentemente di abbracciarla questa volta. "Giuro, non l'avrei mai indossato, se l'avessi saputo."

"No, basta così. È tutta colpa mia. Avrei dovuto avvisarti" dico, sentendomi responsabile. "A casa, abbiamo quasi tutto senza fragranza, quindi avevo dimenticato."

"Ci assicureremo di evitare qualsiasi profumo la prossima volta che ci incontreremo" annuncia Landon, stringendo la mano di Marcus con un grande sorriso a trentadue denti. Lo immagino lanciare dalla finestra il profumo di Janie quella stessa notte, per non ripetere l'errore con un altro importante contatto d'affari, e nascondo il mio sorriso.

L'allergia al profumo di un miliardario può risparmiare il pubblico—e Janie stessa—da almeno un odore troppo forte.

"Pensi che si libereranno di ogni bottiglietta di profumo che hanno?" chiede Marcus, quando siamo in macchina sulla strada di casa.

"Oh, sì" rispondo. È spaventoso come le nostre menti siano così spesso sulla stessa lunghezza d'onda ultimamente. "Faresti meglio ad acquistare azioni di qualsiasi azienda produca prodotti non profumati. Ora che Landon è d'accordo, sarà la prossima grande novità."

E mentre ridiamo come due persone perfettamente in sintonia, finalmente decido come gestire la situazione con il mio appartamento.

Mi libererò dei vecchi mobili e confiderò che ciò che abbiamo è reale.

41

Marcus

QUANDO EMMA M'INFORMA CHE STA INSERENDO annunci per vendere le sue cose rimanenti su Craigslist e rinunciando ufficialmente alla casa, mi sento trionfante e sollevato al contempo—e con mia sorpresa, un po' in colpa.

"Hai fatto *cosa*?" Ashton mi guarda a bocca aperta per l'incredulità, quando giovedì lo incontro per un caffè vicino al mio ufficio e gli parlo della situazione.

Mi strofino una mano sul viso. "Te l'ho appena detto. Ho fatto acquistare a Long l'appartamento in città della padrona di casa a Brooklyn a un prezzo superiore al mercato."

"Per costringere Emma a trasferirsi da te" chiarisce, fissandomi come se fossi impazzito.

"No, per *spingerla* a trasferirsi da me" scatto. Dannato Ashton; contavo davvero sul fatto che fosse dalla mia parte in questo. "Ha tutte queste fissazioni sui soldi e non vuole approfittare di me, e ho già fatto una cazzata con lei una volta, quindi ha problemi di fiducia... Le cose stavano andando per il verso giusto, e volevo solo accelerare le cose, okay? È così fottutamente sbagliato?"

"Non se sei Machiavelli." Appoggia i gomiti sul tavolo, sembrando affascinato. "Che cos'altro hai fatto a quella povera ragazza?"

"Niente." Poi, qualche creatura demoniaca—Mr. Puffs, forse—si aggrappa alla mia lingua, e ammetto a malincuore: "Potrei anche aver investigato su di lei all'inizio della frequentazione."

"Che cosa?" Si raddrizza. "Perché? Pensavi che fosse una specie di criminale?"

"Ovviamente no. Ha detto che non voleva vedermi dopo un appuntamento andato particolarmente bene, e avevo bisogno di alcune informazioni per capire come — Sai una cosa? Non importa." Non mi piace il modo in cui mi sta guardando—come se avessi confessato di aver commesso un omicidio.

Non è forse vero che tutti gli innamorati hanno fatto almeno un po' di stalking?

"Oh, no." Prende la sua tazza, con un oscuro divertimento che gli piega gli angoli della bocca. "Non te la caverai così facilmente. Se ho capito bene, hai praticamente perseguitato Emma fino a quando non l'hai spinta a uscire con te, e ora hai anche fatto in modo che non avesse altra scelta che trasferirsi da te."

"Stronzate. Lei *può* scegliere. Avrebbe potuto trovare un appartamento diverso. Ha deciso di vivere con me di sua spontanea volontà." Ecco perché non capisco come mai provo un senso di colpa per questa situazione.

"Sì, certo." Ashton sta ridendo a crepapelle ora, il bastardo. "Quindi, come la convincerai a sposarti? Ricattandola? Torturandola? Rapendola?"

"Vaffanculo, amico. Un giorno incontrerai una donna che non sopporterà le tue cazzate, e poi vedrai a quali *misure* ricorrere."

Una strana espressione attraversa il suo viso, ma sono troppo incazzato per soffermarmici. Raccogliendo la tazza, mando giù il caffè con un lungo sorso e mi alzo. "Devo andare."

"Marcus, aspetta." Ashton si alza in piedi e si mette di fronte a me, prima che io possa allontanarmi dal tavolo. "Ascolta, mi dispiace, amico." Sembra sinceramente contrito. "Mi hai solo preso alla sprovvista. Devi ammettere che è ridicolo che tu sia il miliardario più ambito di *The Herald,* e devi ricorrere a questo tipo di roba per convincere un'impiegata di libreria a stare con te. Ma"—alza il palmo della mano, prima che io possa piantargli un pugno in faccia"—avendo incontrato Emma due volte ora, e visto il modo in cui voi due state insieme, capisco perché sei così preso da lei."

Parte della mia rabbia si attenua. "Davvero?"

"Oh, sì." Ritorna al suo posto e, dopo un momento di riflessione, mi siedo anch'io. "Ho sempre ammirato la tua determinazione, sai" dice, prendendo la sua tazza di caffè. "Ricordi quella volta in cui siamo andati tutti in un bar, dopo il nostro esame di Finanza Aziendale? C'era anche Barry, con la sua ragazza, Lina? Ad ogni modo, avevamo bevuto un paio di birre, e poi ci hai detto che saresti diventato un miliardario. Ricordi?" Beve un sorso.

Mi sforzo di aprire la mano stretta a pugno. "Sì, certo." È stato qualche giorno dopo che io e lui eravamo stati associati al nostro progetto di Finanza Aziendale, prima che ci conoscessimo davvero e diventassimo amici.

Ashton posa la tazza. "Giusto. Beh, ecco il punto. Pur essendo ubriachi, nessuno ha riso del tuo annuncio. Nessuno ha nemmeno tentato di ridere, perché sapevamo tutti che l'avresti fatto accadere. Irradiavi ambizione; praticamente trasudava dai tuoi pori. Eri come un fottuto missile, caricato e in viaggio verso il suo obiettivo. Nessuno dubitava che ci saresti arrivato—né i nostri insegnanti, né i nostri compagni di studio, e certamente non io."

Mi acciglio. "E quindi?"

"Quindi, ti invidiavo." La sua faccia è seria come non mai. "Sapevi esattamente cosa volevi dalla vita, e io non ne avevo la minima idea. Ma di recente, dopo averti osservato negli ultimi due anni, ho realizzato qualcosa. Quella determinazione simile a un missile, quell'ambizione che ti ha spinto in avanti, non puoi spegnerla. Hai guadagnato i tuoi miliardi, e hai continuato ad andare avanti, incapace di fermarti, incapace di apprezzarli."

Il mio cipiglio si approfondisce. "Non è vero. Mi piace—"

"Sì, lo so, ti piace avere l'attico, l'aereo privato e tutti quei soldi in banca, ma tutto questo ti ha mai veramente soddisfatto? Non ti ho mai visto fare una pausa e accettarla, o apprezzarla a qualsiasi livello oltre quello più superficiale."

Lascio andare un respiro frustrato. "Che cosa vuoi dire?"

"Sto dicendo che dopo un po' ho smesso di invidiarti. Come quel missile, dovevi andare avanti, continuare a inseguire il tuo obiettivo in costante movimento—altrimenti saresti caduto. Togli l'inseguimento e finiresti schiacciato e bruciato. O forse sarebbe potuto accadere un paio di mesi fa. Ora non ne sono così sicuro."

Piego la testa. "Per via di Emma?"

Annuisce. "Presumo di sì. Sei diverso ultimamente. Ancora concentrato, ancora ambizioso, ma... meno simile a una macchina, se questo ha senso. Come se potessi davvero cambiare, se lo volessi." Un sorriso mesto appare sul suo viso. "Con lei, sei quasi umano... anche se da quello che mi hai appena detto, potresti aver semplicemente reindirizzato un po' di quella determinazione. La povera ragazza non ha alcuna possibilità, vero?"

"No" rispondo dolcemente. "Non ce l'ha."

Rinuncerei a ogni dollaro sul mio conto bancario per tenerla, farei mille affari segreti per assicurarmi che rimanga mia.

La sua espressione si addolcisce inspiegabilmente. "La ami, vero?"

"Sì, la amo." Prendo fiato e lo faccio uscire lentamente. Sta diventando più facile pronunciare le parole, accettarle per la verità incontrovertibile che rappresentano. "E hai ragione. *Sono* più umano con lei, felice come non sono mai stato. Ecco perché non voglio rovinare tutto. Se Emma scoprisse quello che ho fatto—"

"Come lo scoprirebbe?" ribatte ragionevolmente. "Non hai intenzione di dirglielo, vero?"

"No." Per quanto detesti l'idea di avere segreti tra noi, non posso rischiare di perderla.

Sorride. "Scelta giusta e intelligente. Le donne possono essere divertite dall'intera faccenda delle macchinazioni e dello stalking machiavellico. E puoi contare sul fatto che io tenga la bocca chiusa. Per quanto riguarda il senso di colpa che provi, questa è solo una prova in più della tua crescente umanità. A Marcus il Missile non sarebbe importato dei mezzi, ma solo del fine. Quindi, prendi quel senso di colpa, spingilo in profondità e concentrati sul futuro con la tua ragazza. Fa' quello che devi fare per renderla tua moglie."

~

RIFLETTO SULLA CONVERSAZIONE CON ASHTON PER IL resto della giornata, facendo del mio meglio per sopprimere lo scomodo senso di colpa. Aveva ragione? Ho costretto Emma a vivere con me piuttosto che spingerla a prendere la decisione giusta?

Ma no. La società di comodo di Long ha fatto l'offerta a Metz lo scorso venerdì, ed Emma non mi ha informato della sua decisione fino a questa mattina. Dato che presumo che la padrona di casa l'abbia chiamata subito, ciò significa che la mia gattina ha avuto il tempo di pensarci piuttosto che agire per disperazione. E ne sono felice.

Per quanto la bestia primitiva dentro di me desideri ingabbiare la ragazza nella sua tana, il pensiero che lei potrebbe stare con me solo perché non ha altra scelta è repellente.

Voglio che mi brami, che mi ami tanto quanto io amo lei. Quella che è cominciata come un'ossessione sessuale si è trasformata in un bisogno così potente che reca con sé tutti i segni della dipendenza. Solo che invece di distruggermi, come inizialmente temevo, ha arricchito la mia vita. Quando quell'operazione da 700 milioni di dollari è andata male nel fine settimana prima del Ringraziamento, ho dato la colpa ai miei sentimenti per lei per avermi distratto da ciò che è importante, invece di rendermi conto che stavo iniziando ad abbracciare le cose realmente importanti.

Le cose che desideravo da quando ero piccolo con un'alcolista indifferente come madre.

Le cose che non osavo ammettere di volere persino a me stesso.

Era stato facile riconoscere le privazioni fisiche della mia infanzia, dire a me stesso che il denaro avrebbe eliminato il vuoto dentro di me—quella sensazione di stare sempre in bilico, di essere a un passo da un disastro. Ma nonostante la ricchezza, la paura è rimasta con me, spingendomi a lavorare sempre più duramente, sempre più a lungo.

Ashton aveva ragione su di me. Non mi ero mai preso una pausa—perché la povertà non era mai stata ciò di cui avevo veramente paura, e il denaro non era quello che avevo davvero inseguito. Nelle ultime due settimane con Emma, la sensazione di appagamento che ho provato per la prima volta si è amplificata, l'ansia per il futuro capriccioso si è ritirata, fino a quando non è rimasto altro che una tenue ombra del passato. Ora posso vedere ciò che ho guadagnato e sapere—sapere davvero, con una certezza non contaminata da quella paura durata una vita—che un brutto trimestre non mi spazzerà via, che se mi allontanassi dal lavoro una sera, non perderei tutto quello che ho realizzato.

E questa consapevolezza è stata positiva per la performance del mio fondo. Sono stato più calmo, meno stressato, il che mi ha permesso di valutare gli investimenti con un occhio diverso. Nelle ultime due settimane, abbiamo assunto più rischi in alcune aree, mentre lo abbiamo ridotto in altre, e siamo saliti di un altro due percento in un mercato che oscilla come una montagna russa. Sto ancora lavorando molto, sforzandomi ancora di fare il meglio per i miei investitori, ma se devo prendermi una serata libera per andare a cena con lei e i suoi amici, lo faccio senza preoccuparmi di stare trascurando il lavoro della mia vita, di avvicinarmi a quel vago disastro incombente.

Certo, aiuta che Emma sia così comprensiva, quando tiro fuori il mio laptop durante il fine settimana o la sera—che, a modo suo, sia una maniaca del lavoro quanto me. All'inizio non avevo capito molto di lei, presumendo erroneamente che dal momento che non ha intrapreso una professione di alto livello come economia, medicina o legge, era probabile che fosse meno ambiziosa, più rilassata. E per certi versi, lo è—per esempio, le tariffe applicate per l'editing significativamente inferiori alla media del settore—ma per altri aspetti è altrettanto dedita al campo prescelto. Senza fare troppe storie, edita ogni settimana, oltre ad avere il suo lavoro in libreria a tempo pieno. Ogni volta che sollevo lo sguardo dal mio computer, la vedo lavorare—e non sembra mai stancarsene o lamentarsi.

Più conosco la mia gattina, più la desidero e la rispetto... e più voglio l'unica cosa che ora mi rendo conto mi era mancata.

Una vera famiglia.

Con lei.

~

CI STO ANCORA PENSANDO VENERDÌ. IERI SERA, OGNI volta che vedevo Emma stringere a sé i suoi gatti contro il petto, immaginavo un bambino al loro posto; ogni volta che sorrideva, vedevo un bambino con quelle stesse fossette. È troppo presto per questo, lo so, ma non posso farci niente.

Se mi desse il via libera, la metterei incinta in un batter d'occhio.

Non me l'ha dato, però, tutt'altro, quindi sono stato attento con i preservativi dal nostro ultimo errore. Anche se nessuna delle due pillole che ha assunto la mattina seguente l'ha fatta stare male, ho letto dei potenziali effetti collaterali, e non voglio che ne debba prendere un'altra. Così, ho cercato forme sicure ed efficaci di controllo delle nascite che fanno meno affidamento sulla mia forza di volontà nel calore del momento.

Per quanto mi piacerebbe un bambino con lei, si tratta del suo corpo, e la decisione spetta a lei. Il mio compito è convincerla che sono la "persona giusta," dimostrarle che sarò un buon marito e padre—che può fidarsi di me sul fatto che non me ne andrò mai o che non darò mai più priorità a qualcosa che non sia lei.

A tal fine, sebbene lunedì si tenga la conferenza sull'Alpha Zone, concludo la mia giornata lavorativa del venerdì in anticipo, alle cinque—solo un'ora dopo la chiusura del mercato—e decido di sorprenderla al suo posto di lavoro. Questa settimana ha lavorato per molte ore a causa delle festività natalizie, e non ho ancora visto la sua libreria, anche se mi ha raccontato un bel po' di storie divertenti sui loro eccentrici clienti abituali e sul suo capo perennemente a dieta.

Sono già le sei passate quando arrivo a Brooklyn, con il traffico molto intenso che sconfigge anche le capacità di guida di Wilson. La libreria è nascosta in una strada tranquilla nel quartiere di Prospect Heights, e il campanello d'ottone sopra la porta suona, mentre apro ed entro. All'interno, il luogo profuma di caffè e carta stampata, con l'odore fresco di nuovi volumi che si mescola con quello proveniente dalle edizioni più vecchie. Inalo tutto, apprezzandolo. Anche se la maggior parte delle mie letture in questi giorni avviene su uno schermo, adoro i libri cartacei.

Emma non è alla cassa—non c'è nessuno, in effetti —quindi cammino attraverso le file di scaffali per cercarla. Alcuni clienti rovistano tranquillamente nelle varie sezioni, ma lei non si vede da nessuna parte— cioè, fino a quando non arrivo alla piccola area salotto sul retro.

Sento le voci, prima di vederli. La risata della ragazza si mescola ai toni più profondi di un uomo, e il mio battito accelera ancora prima che io mi nasconda dietro l'angolo e li veda.

Emma e un giovane ragazzo biondo con gli occhiali sono seduti su due poltrone adiacenti, guardando fogli di carta sparsi sul tavolino di fronte a loro, con le loro teste così vicine che stanno quasi per toccarsi.

La mia pressione sanguigna va alle stelle, con una nebbia rossa che mi offusca la vista, mentre osservo il sorriso con le fossette sul viso della ragazza—e il rossore di risposta sulla carnagione chiara del ragazzo. Il suo piede sta battendo nervosamente sul pavimento, come se stesse cercando di calmarsi per qualcosa, e noto un rigonfiamento nel cavallo dei suoi pantaloni color kaki.

Un'erezione.

Una dannata erezione.

Sono così furioso che non riesco a muovermi—perché se lo facessi, potrei ucciderlo a mani nude.

"Quindi, sì, penso che la scena di combattimento iniziale sia fantastica, ma finisce lì"—Emma raccoglie uno dei fogli—"c'è troppa esposizione, specialmente per il primo capitolo. È importante non sopraffare il lettore con troppe informazioni; bisogna farlo entrare lentamente nel tuo mondo piuttosto che scaraventarcelo."

"Giusto." Il pomo di Adamo del ragazzo si muove, mentre si avvicina di un altro centimetro e odora furtivamente l'aria, come se le stesse annusando i capelli. "Lo... lo terrò a mente. Inoltre, volevo chiederti..." Aspetta che lei lo guardi. "Hai qualche programma per stasera?"

La mia paralisi indotta dalla furia scompare con un violento picco di rabbia. "Sì. Ce l'ha." La mia voce squarcia l'aria come una frusta, e mentre i due si separano, sollevando la testa in quel modo colpevole tipico delle persone spaventate, faccio del mio meglio per rimanere fermo, invece di schiacciare il pugno sul viso ormai incolore del ragazzo.

Non posso cedere alla violenza che si sta agitando

dentro di me, non quando il mio rivale è più basso di me di una spanna e metà della mia taglia.

Quello che posso fare, però, è chiarire a chi appartiene Emma. Mentre lei si alza in piedi con un sorpreso "Marcus! Che cosa ci fai qui?" faccio un passo avanti e l'avvolgo con un braccio intorno alle spalle, mettendo il suo piccolo corpo sinuoso contro il mio fianco.

"La mia *ragazza* trascorrerà la serata con me." Il mio tono è tagliente, mentre osservo il suo amico—che ora si sta allontanando con prudenza. "E ogni altra serata in futuro."

"Marcus!" Sembra scioccata, ma in realtà, dovrebbe essere grata che io sia solo scortese invece di pestare il ragazzo sul pavimento, come ogni istinto territoriale in me urla di fare.

Il coglione stava chiedendo a Emma di uscire.

Alla *mia* Emma.

E aveva una fottuta erezione.

"S-scusa" balbetta il ragazzo, sembrando aver voglia di sparire. "N-non lo sapevo—cioè... devo andare."

Voltandosi, corre via come il codardo che è, ignorando il grido della ragazza: "Ian, aspetta!"

Non appena il campanello sopra la porta suona, sperando che signifchi che è andato via, la lascio andare e mi giro per guardarla. Le sue guance sono di un rosso acceso, con i ricci che tremano follemente, mentre mi fissa, e le mani serrate in piccoli pugni ai fianchi. "Che diavolo ti è preso? Ian è un potenziale cliente. Lo stavo aiutando con il suo primo libro, e lui—"

"Ci stava provando con te." Le parole escono a denti stretti. "Lo stronzo era seduto abbastanza vicino da annusarti i capelli, e aveva una rabbiosa erezione."

Sgrana gli occhi, e fa un passo indietro, leggermente tranquillizzata. "Che cosa? No, non è vero."

"Sì, invece." Sono pronto a uccidere solo a pensarci.

Apre la bocca, poi la chiude, mentre il suo sguardo si dirige verso qualcosa dietro di me. Voltandomi, noto che alcuni dei clienti che stavano rovistando sono lì, ad assistere allo scontro con l'avida curiosità dei pettegoli.

"Scusateci" dice Emma, marciando verso di me. Afferrandomi per un braccio, mi conduce verso una porta sul retro contrassegnata con "Solo Dipendenti." Aprendola, mi trascina in una piccola stanza soffocante piena di scatole e chiude la porta dietro di noi.

Poi, si gira verso di me, con gli occhi grigi socchiusi e le mani sui fianchi. "Non m'importa che cosa stesse facendo o meno il pene di Ian" dice con voce bassa e furiosa. "È il nipote del mio capo, e non sapeva che avessi un ragazzo—"

"Perché cazzo non lo sapeva?" Insisto. "*Viviamo* insieme."

"Sì, ma è appena successo e—" Deglutisce, indietreggiando, mentre nota lo sguardo sul mio viso. "Marcus, sii ragionevole. Ho visto il ragazzo solo un paio di volte e—"

La spingo contro la parete, inchiodandola, mettendole i palmi delle mani su entrambi i lati della testa. Abbassando la testa, ringhio: "Hai appena detto che è il nipote del tuo capo."

Solleva coraggiosamente il mento. "Nemmeno il Signor Smithson sa di te. È stato così impegnato qui che non abbiamo avuto il tempo di parlarne. Gliel'avrei detto la settimana prossima, dopo aver cambiato ufficialmente il mio indirizzo, ma—"

L'interrompo con un bacio selvaggio, con la gelosia che si trasforma in un travolgente bisogno di rivendicarla, di marchiarla nel modo più primordiale possibile. Stringendo i capelli in un pugno, inarco la testa all'indietro, divorandole la bocca, e dopo un iniziale momento di sorpresa, reagisce con lo stesso feroce desiderio, avvolgendomi con le braccia attorno al collo, mentre la lingua duella con la mia.

Il calore dentro di me diventa vulcanico, con tutta la furia che si trasforma in ardente lussuria. *Mia. È fottutamente mia.* Con la mano libera, le strappo il bottone dei jeans, cieco a tutto tranne che alla voglia di essere dentro di lei, e lei ricambia, con le sue piccole mani che armeggiano sulla mia lampo, mentre la sollevo per sedermi sulla vicina pila di scatole e tirarle i jeans e la biancheria intima lungo le gambe.

È imbarazzante da morire con le sue caviglie avvinghiate e le scarpe da ginnastica che ostacolano il tutto, ma la mia attenzione è concentrata sul suo corpo, mentre spingo dentro di lei, sul suo gemito soffocato contro le mie labbra e su come le sue mani afferrano spasmodicamente i miei capelli. Le nostre lingue si aggrovigliano di nuovo, con il bacio che imita l'unione sfrenata dei nostri corpi. Ci comportiamo come animali, ignari di ciò che ci circonda, ed è solo all'ultimo secondo, quando sento che iniziano gli spasmi del suo orgasmo, che un frammento di razionalità taglia la nebbia della lussuria e ricordo di tirarmi fuori, mentre vengo.

Respirando pesantemente, guardo il mio seme scorrere sulla sua coscia nuda, con il denso liquido bianco che le decora la pallida pelle, e poi incontro il suo sguardo. I suoi occhi sono dolci e confusi, le pupille ancora dilatate dall'eccitazione, ma posso scorgere la chiarezza riaffiorare nelle profondità grigie, mentre la consapevolezza di dove siamo e di ciò che abbiamo fatto la colpisce.

"Ecco" mormoro, estraendo un fazzoletto dalla tasca della giacca, prima che possa farsi prendere dal panico. "Lascia che ti pulisca." Muovendomi rapidamente, ripulisco le prove visibili della nostra unione, anche se mi maledico mentalmente per l'ennesimo errore.

Essendomi tirato fuori, ho reso la gravidanza meno probabile, ma non impossibile.

"Gattina" comincio a scusarmi, ma lei sta già scuotendo la testa, con gli occhi spalancati e inorriditi, mentre solleva la mano per premerla contro la bocca.

"Non riesco a credere che abbiamo appena—oh mio Dio, sul mio luogo di *lavoro*. Ci sono clienti fuori e—" Il suo sguardo si abbassa sulle gambe nude, mentre il viso e la gola diventano rosa. "Oh, cazzo. Mettimi giù. Subito."

Faccio un passo indietro, e salta giù dalle scatole,

tirando freneticamente su jeans e mutande, mentre mi rimetto in tasca il fazzoletto usato e tiro su la cerniera. Il suo sedere deliziosamente tondo dondola, mentre infila i jeans attillati, coprendo le cosce cremose e, anche se dovrei essere completamente sfinito, il mio fallo tenta una dimostrazione di rinnovato interesse nei pantaloni.

Ora non è il momento di indulgere nel goloso bastardo che sono, dato che la mia gattina sembra più che un po' arrabbiata. Con cautela, tendo una mano verso di lei. "Emma..."

"Non parlare" sibila, indietreggiando. "Non emettere nemmeno un suono. Abbiamo appena... dove chiunque poteva sentire... Oh Dio, non posso nemmeno—"

"Shh, va tutto bene." Afferrandola per le braccia, la tiro contro il petto per un abbraccio rassicurante. "Siamo stati qui solo per pochi minuti, e non c'era praticamente nessuno." O almeno, così mi è sembrato; da quello che ricordo, le nostre bocche erano perlopiù occupate dai baci. Ad ogni modo, le dico rassicurante: "Non finirai nei guai, lo prometto."

"Non puoi prometterlo." Le sue parole sono attutite dal mio petto.

Le accarezzo la schiena. "Sì, posso. Da quello che ho visto di lui, quello stronzo di Ian sarà probabilmente troppo imbarazzato dalla sua gaffe per lamentarsi con suo zio, e se qualcuno dei clienti dirà qualcosa degli avvenimenti sul retro... Beh, me ne occuperò personalmente. Le mie scuse di persona, accompagnate da un assegno da un centinaio di dollari, dovrebbero essere sufficienti ad ingraziarmi le simpatie del tuo capo—sempre se qualcuno di loro dovesse ficcare il naso."

Invece di calmarla, la mia spiegazione fa riaffiorare la rabbia. Tirandosi indietro, m'inchioda con un'occhiataccia. "Pensi che il denaro sia la soluzione per tutto?"

"Non tutto." Non esistono soldi al mondo in grado di trasportarmi indietro nel tempo in modo da ricordarmi di usare un preservativo. Ma quello che è fatto è fatto, quindi faccio un respiro e dico senza mezzi termini: "Non ho indossato di nuovo la protezione."

"Lo so, ho visto!" Poi, si riprende e aggiunge in tono più calmo: "Penso che siamo al sicuro. Dovrebbe venirmi il ciclo questo fine settimana."

"Ah, bene." Sono felice che non dovrà prendere un'altra pillola del giorno dopo, anche se una parte di me si sente ancora irrazionalmente delusa. Spingendo quella parte in profondità, dico: "Ho esaminato alcuni dei metodi più infallibili di controllo delle nascite per noi. La spirale sembra particolarmente promettente, e ci sono anche—"

"Più tardi, okay?" Lancia un'occhiata preoccupata alla porta. Spingendomi via, cerca di domare i capelli— uno sforzo inutile, dato quello che le mie dita hanno fatto ai suoi ricci—poi si liscia i palmi sui vestiti.

"Stai benissimo, dolcezza" le assicuro e, stringendole forte la mano, la conduco alla porta.

42

Emma

Sono ancora furibonda, mentre ceniamo a casa un'ora e mezza dopo. Anche se nessuno dei clienti ha detto qualcosa o ha fatto un sorrisetto, quando siamo usciti dalla stanza sul retro, per i restanti quindici minuti del mio turno, mi sono sentita come se avessi una lettera scarlatta stampata sulla fronte—o forse un tatuaggio con la scritta "Proprietà di Marcus."

Sarebbe sicuramente in linea con il suo comportamento nei confronti di Ian. Marcus incazzato in un cerchio intorno a me—che poi mi ha letteralmente segnata con il suo sperma.

Spingendomi un boccone di pollo nella bocca, rivedo il panico sul viso del giovane, mentre Marcus veniva verso di noi, quindi gli ovvi versi sessuali che devono essere usciti dalla stanza sul retro, nonostante ciò che lui ha detto sul fatto che fossimo soli, e anche se vorrei ancora morire per l'imbarazzo, una risata mi sfugge dalla gola, facendomi soffocare sul cibo.

"Va tutto bene, gattina?" chiede, immediatamente preoccupato, e per qualche ragione, questo mi fa impazzire. Strillando istericamente tra attacchi di tosse, spingo via il mio piatto e salto in piedi.

"Tu—lui..." sto ridendo così tanto che mi scorrono lacrime sul viso. "Oh Dio, abbiamo fatto sesso nella fottuta *stanza sul retro*."

Queen Elizabeth, che stava facendo un sonnellino su una delle sedie libere della sala da pranzo, alza la testa e mi rivolge un'occhiata insinuando che sono fuori di testa—e non posso darle torto. Il comportamento di Marcus è stato atroce, per niente divertente. E il mio non è stato migliore. A cosa stavo pensando, trascinando il mio insaziabile pirata nella stanza sul retro, quando l'aria tra noi era densa di carica sessuale?

Se lunedì verrò licenziata per comportamento inappropriato sul lavoro, me lo sarò meritata.

Il pensiero mi dilania, e torno a sedere, asciugandomi le lacrime, mentre Marcus mi fissa divertito. Non posso dare la colpa neanche a lui. Ho pronunciato a malapena due parole da quando siamo usciti dalla stanza sul retro, anche se ha aspettato che terminassi il mio turno, e siamo tornati a casa insieme. Ha persino tentato di scusarsi per essersi comportato come uno stronzo sul mio posto di lavoro, ma non credo fosse davvero pentito.

Pensa di essere in qualche modo nel giusto su questo—come se sceglierei mai il povero Ian.

"Sai che non ti tradirei mai, vero?" dico, immaginando di poter affermare l'ovvio. "Né con Ian, né con nessun altro."

Il suo sguardo si acuisce, e abbassa la forchetta. "Lo so. Mi fido di te."

"Allora, perché—"

"Perché non mi fido di *loro*."

Sbatto le palpebre. "Loro?"

Serra la mascella. "Uomini. Soprattutto di quelli disperati, come quel coglione biondo. Arrossirebbe e balbetterebbe, e tu staresti male per lui, come per un cucciolo triste. Si farebbe strada nel tuo cuore, diventerebbe tuo amico, e ti ritroveresti con la sua erezione strofinata dappertutto su di te."

"Marcus!" Non riesco a credere che sia così volgare. "Ian non farebbe—"

"Oh, sì, lo farebbe" dice cupamente. "Semplicemente non sai come ragionano gli uomini e fino a che punto si spingerebbero per avere quello che ho io."

"Che cosa, il sesso?"

"Te." Il suo sguardo mi trafigge. "Tu, Emma, sei una fottuta delizia, e non lo sai nemmeno. Ogni volta che sorridi, uno stronzo s'indurisce—e non sto solo parlando di me."

Rido, incredula. "Sì, va bene, ora che è—"

"Nient'altro che la verità. Uccidi loro—e me—senza

nemmeno provarci. E non solo perché quel tuo bel sederino potrebbe far salpare un migliaio di navi. Sei tu, gattina, tutto di te."

Smetto di ridere, con il respiro che mi si blocca nel petto per l'oscura intensità nel suo sguardo. Intende sul serio—non sono solo parole vuote—e per la prima volta mi chiedo se Kendall potrebbe aver ragione.

Il miliardario che amo potrebbe già essere innamorato di me?

Con il cuore che mi batte all'impazzata nel petto, raccolgo ogni grammo del mio coraggio e mi preparo a correre il rischio più grande di tutti. "Marcus, io—"

"Scusate, Signor Carelli, Signora Walsh... Avete finito il secondo piatto?"

L'interruzione di Geoffrey è come essere sgarbatamente svegliati da un sogno. Sbattendo le palpebre, tiro indietro la mano che stavo per appoggiare sul suo braccio e mi sforzo di sorridere. "Sì. Credo di sì. In realtà, sono abbastanza sazia, quindi penso che salterò il dessert." Lancio un'occhiata interrogativa a Marcus, che annuisce.

"Lo stesso per me, Geoffrey." La sua voce è uniforme, mentre si alza in piedi. "Grazie per la cena, e ci vediamo domani. Ora, andiamo a letto."

E raccogliendo la mia mano nel suo grande palmo, mi porta di sopra, dove dimostra esattamente quanto il mio sorriso lo renda duro.

～

Per tutto il weekend, cerco di trovare il coraggio di pronunciare le parole, ma non riesco mai a trovare il momento giusto. In parte, è perché Marcus trascorre molte ore a prepararsi per la presentazione dell'Alpha Zone, che dovrà tenere alle otto di lunedì, controllando due volte tutti i fatti nelle cento diapositive che i suoi analisti hanno creato. Ma soprattutto, è perché sono di nuovo incerta, chiedendomi se non abbia solo immaginato tutto, ripensando a quello che ha detto a cena.

Sicuramente mi vuole—di questo, non ne dubito. Invece di svanire, il fuoco tra di noi brucia più caldo ogni giorno che passa, con la chimica sessuale che diventa più intensa con il passare del tempo. Ora che viviamo insieme, sembra che tutto quello che devo fare per eccitarlo sia respirare—e tutto ciò che lui deve fare è guardarmi. E a prescindere da quante volte mi prenda, o da quanto siano emozionanti i nostri incontri, non è mai abbastanza. Anale, orale o semplice missionario; scopata dura o tenero sesso—facciamo tutto, e vogliamo ancora di più l'uno dall'altra.

Potrebbe essere quello che intendeva, quando mi ha definita una delizia? Si riferiva a questa chimica fuori dagli schemi tra noi?

Domenica sera, sono quasi convinta di pronunciare quelle parole a prescindere, ma all'ultimo momento, entro nel panico. Invece, gli mostro come mi sento, adorando ogni centimetro del suo corpo nel modo in cui lui adora il mio, e poi facendogli un massaggio per rilassarlo prima della presentazione di domani mattina.

"Quante persone ci saranno?" chiedo, spargendo olio di cocco sull'ampio piano muscoloso della sua schiena. "In generale, quant'è grande quest'organizzazione Alpha Zone?"

"Sono solo poche centinaia di persone" risponde, distendendosi nel mio tocco come un gatto pigro—il grosso tipo della giungla, non i miei soffici gattini. "Ma sarà trasmessa in diretta e i giornalisti di tutti i principali notiziari saranno presenti."

Massaggio i muscoli tesi delle sue spalle. "È lì che hai tenuto la famosa presentazione sulla società di pneumatici? Quella che ha distrutto il titolo azionario?"

"Sì, un paio d'anni fa." Sbadiglia. "Lo sai?"

"Certo, chi non lo sa?" Avevo approfondito nei giorni scorsi e, a quanto pare, Marcus non aveva solo setacciato i documenti pubblici riguardanti il suo obiettivo e intervistato centinaia di rivenditori di pneumatici; per conoscere i difetti di fabbricazione e l'uso della manodopera da parte della società, aveva messo sotto copertura persone nelle fabbriche della Cina. I suoi metodi erano stati al tempo stesso brillanti e al limite dell'illegalità, il suo attacco all'azionariato senza precedenti sia per portata che per ferocia.

Il documentario di Netflix ha definito la sua presentazione "un siluro mirato al cuore di una cittadella marcia" e ha etichettato Marcus come "un bucaniere dei tempi moderni"—una descrizione che ho trovato perversamente accattivante, adatta alle mie fantasie piratesche più estreme.

Quando guardo in basso, però, trovo il bucaniere

stesso fuori combattimento, con il mio massaggio che è riuscito nell'impresa di far addormentare il mio inesauribile robot sessuale davanti a me.

Sorridendo, scendo giù, mi asciugo l'olio dalle mani con un fazzoletto di carta, spengo le luci, e mi distendo accanto a lui. Mi sto già addormentando, quando sento le sue potenti braccia avvolgersi attorno a me, tirandomi contro il suo corpo duro. Espirando soddisfatta, scavo più in profondità nel suo caldo abbraccio e giuro che domani è il giorno giusto.

Quando tornerà dalla sua presentazione, qualunque cosa accada o a prescindere dalla mia paura, gli confesserò cosa provo.

arcus

NON HO MAI AVUTO PAURA DI PARLARE IN PUBBLICO—PER me fare una presentazione di fronte a centinaia di persone è facile come parlare con alcuni dei miei PM— ma non posso negare che i miei livelli di adrenalina aumentino prima di ogni Alpha Zone, con la consapevolezza di ciò che è in gioco che aumenta la mia frequenza cardiaca e affina la mia attenzione.

Dal momento che il massaggio di Emma mi ha fatto addormentare prima del previsto, mi sveglio alle quattro e passo le successive due ore a esaminare tutti i numeri della mia presentazione. Il mio discorso odierno si baserà su un titolo biotech sottovalutato. Se la ricerca dei nostri analisti è giusta, sarà alle stelle tra sei mesi, quando la FDA approverà il suo rivoluzionario farmaco per la regolazione della pressione sanguigna. L'approvazione è lunga—o almeno così la pensa la comunità di Wall Street—ma i dati che abbiamo raccolto intervistando i partecipanti alla sperimentazione clinica e la loro documentazione medica suggeriscono il contrario, e abbiamo costruito una posizione sostanziale delle azioni nelle ultime settimane.

È un investimento ad alto rischio e ad alto rendimento—il tipo che, se si svolgerà come previsto, potrebbe far guadagnare il primo premio nell'Alpha Zone il prossimo anno.

Per oggi, tuttavia, il mio compito è convincere diverse centinaia di partecipanti all'Alpha Zone e dozzine di giornalisti che la mia idea ha valore—il che significa che devo conoscere la società accuratamente, e assicurarmi che ogni nota a piè di pagina nella mia presentazione di cento diapositive sia corretta.

Cottonball mi tiene compagnia mentre lavoro, e con mia sorpresa, dopo un'ora, Mr. Puffs si unisce a lui. Facendo le fusa, l'enorme gatto si distende sulla mia scrivania e mi guarda come se fossi un topo particolarmente gustoso. È molto probabile che stia pianificando qualche danno, ma sono troppo occupato per preoccuparmene.

La metà della mia inestimabile arte è comunque distrutta, a questo punto.

Ho quasi finito la mia presentazione, quando mi allontano per una pausa bagno. Quando torno, la tazza di caffè mezza piena che ho lasciato sulla scrivania è rovesciata su un lato, il suo contenuto liquido su tutta la tastiera del mio laptop.

"Fanculo!" Non ho bisogno di cercare un colpevole; è proprio lì sulla mia scrivania, e mi sta guardando con un'espressione compiaciuta. Il malvagio gatto sa esattamente cos'ha fatto. Non penso nemmeno per un momento che potrebbe essere stato suo fratello; Cottonball si comporta benissimo per essere un gatto.

No, è stato Puffs a fare questo—e di proposito.

Sa quanto sia importante per me.

"Vattene" gli dico, puntando il dito contro la porta. "Fuori. Subito. O ti trascinerò fuori per la coda arruffata."

Il gatto agita sdegnosamente la coda e si alza pigramente in piedi. Saltando giù dalla mia scrivania, si allontana, con il suo compiaciuto comportamento che quasi grida: "Missione Compiuta."

Beh, purtroppo per lui, il dispetto non è andato a buon fine, perché il disco rigido sul mio portatile esegue sempre il backup su una chiavetta collegata. Userei il cloud, ma qui ho troppe informazioni riservate—e le soluzioni a bassa tecnologia sono sempre più sicure.

Facendo un respiro profondo, mi assicuro che tutto vada bene con la chiavetta—è così, noto con sollievo—e poi tiro fuori il mio laptop e finisco di ripassare la presentazione, con solo Cottonball che ha il permesso di stare nel mio ufficio.

Poco dopo le sei, Emma si sveglia, quindi chiudo il mio portatile e l'unità collegata, e mi unisco a lei per colazione. Rinuncio al mio allenamento per oggi—voglio risparmiare tutta l'adrenalina per il palco—quindi, appena abbiamo finito, mi vesto e mi preparo per dirigermi verso The Plaza, l'hotel dove si svolgerà la conferenza.

"In bocca al lupo. So che andrà alla grande" dice la ragazza, sorridendomi raggiante, mentre la bacio alla porta, e il mio petto si riempie di calore per la consapevolezza che sarà ad aspettarmi, quando tornerò a casa.

Stasera, decido mentre salgo in macchina.

Dopo la mia presentazione, le rivelerò cosa provo, e se lo stesso vale per lei, le farò la proposta.

Il calore rimane con me per tutto il tragitto fino a Midtown, e mentre entro nella scintillante hall verso l'area conferenze sul retro, porto la borsa del laptop sulle mie spalle. Rimane lì, mentre saluto conoscenti e sconosciuti, stringendo la mano ad amici e rivali.

La mia presentazione è la prima, con la reputazione che mi ha fatto guadagnare l'onore di essere il primo relatore alle 8:00. Alle 7:20, mi dirigo nel salone per sistemarmi, e quando salgo sul palco, apro la custodia del portatile per estrarre il mio computer.

Solo che noto un pezzo mancante—nello specifico la chiavetta che avevo lasciato inserita nel lato.

L'unità che contiene la mia presentazione, con tutte le mie note di questa mattina, poiché non mi sono preoccupato di caricare i file dalla chiavetta sul disco rigido del laptop.

Che cazzo è successo? Dove potrebbe essere finita?

Sto rovistando nella mia borsa, sperando che sia caduta da qualche parte sul fondo, quando il mio telefono vibra nella tasca. È Emma, quindi anche se la mia pressione sanguigna sta salendo alle stelle, rispondo subito. "Gattina? Va tutto bene?"

"Non ne sono sicura." Sembra senza fiato. "Puffs ha quasi ingoiato qualcosa—una specie di chiavetta USB. L'ho trovato che stava soffocando in un angolo. Gatto cattivo! Cattivo! Non so dove l'abbia presa, ma per ogni evenienza, ho pensato di chiamarti."

Quel demone di gatto. Era davvero determinato a rovinarmi tutto questa mattina.

Socchiudendo gli occhi, conto fino a tre, poi chiedo con tono calmo: "Mr. Puffs sta bene?"

"Sì, starà bene—non che lo meriti." Il gatto dev'essere ancora nelle vicinanze, perché lei sibila di nuovo: "Gatto cattivo! Cattivo!" prima di aggiungere con voce normale: "Quindi, per quanto riguarda la chiavetta..."

Apro gli occhi e faccio un respiro per tranquillizzarmi. "Hai fatto la cosa giusta chiamandomi. La mia presentazione è su quella chiavetta. Puffs deve averla rubata dalla mia borsa, mentre mangiavo. Geoffrey è lì? Ho bisogno che la colleghi a un computer per assicurarsi che sia ancora funzionante e, in tal caso, deve salire su un taxi e portarmela. Digli di andare alla Grand Ballroom presso The Plaza."

La ragazza sussulta. "Oh, no. Geoffrey è appena

uscito per fare la spesa. Ma posso farlo io—non ho bisogno di essere al lavoro fino alle dieci di oggi."

Espiro. "Sarebbe fantastico, grazie. Chiamami appena saprai se funziona."

"Lo farò." Riattacca, e apro la mia e-mail per recuperare una versione precedente della mia presentazione. Mancano tutti i cambiamenti degli ultimi due giorni, ma se la chiavetta è troppo masticata, dovrò arrangiarmi.

Sei minuti dopo, il mio telefono vibra. "Funziona" riferisce Emma, con voce stranamente piatta. "La collegherò subito."

Aggrottando le sopracciglia, comincio a chiederle cosa c'è che non va, ma lei ha già riattaccato, e a prescindere da quante volte la chiami, non risponde più, mandando un sms solo per avvisare che sta arrivando. Solo venti minuti dopo, quando mi scrive che sta entrando nell'hotel, mi rendo conto di cos'altro era stato caricato sulla chiavetta—e mi maledico in una dozzina di modi diversi.

44

Emma

STO TREMANDO, LETTERALMENTE, MENTRE ATTRAVERSO l'elegante hall, con la chiavetta stretta nel pugno. La sensazione di tradimento è così acuta che non posso nemmeno iniziare a elaborarla, senza pensare a tutte le implicazioni.

Emma Walsh.

Era quello il nome della cartella nella chiavetta che ha attirato la mia attenzione, mentre la collegavo al mio laptop per assicurarmi che funzionasse. C'era anche la presentazione di Marcus, insieme a molte altre cartelle, ma ho visto l'etichetta "Emma Walsh" ed è stato sufficiente cliccarci sopra.

La cartella conteneva molti file, ma il primo che ho

aperto era nominato semplicemente "Rapporto." E all'interno ho trovato davvero un rapporto su di me. Era accurato, conteneva così tanti fatti sul mio conto che alcuni nemmeno li conoscevo—come il nome dell'ospedale in cui sono nata. Ho trovato informazioni sulla mia famiglia e su dove andavo a scuola, elencava tutti i posti in cui sono vissuta e dove ho lavorato, menzionava tutti gli amici che avessi mai avuto e tutti gli uomini frequentati. Aveva schermate tratte dai miei profili sui social media risalenti agli anni dell'adolescenza, e tutto ciò che abbia mai aggiunto alla mia lista dei desideri di Amazon.

Stordita, ho esaminato tutto, quindi ho aperto alcuni degli altri file. Uno era il contratto di locazione per il mio appartamento; un altro era il mio saggio di ammissione al college. Alcuni altri erano incarichi scolastici che avevo svolto al college, inclusi alcuni racconti per il mio corso di Scrittura Creativa. Ignorando la nausea che mi torceva le viscere, ho continuato a cliccare. Le mie domande di prestito studentesco, estratti conto bancari, registri delle vaccinazioni, storia medica—c'era tutto, tutta la mia vita era racchiusa in quella cartella, dai miei sogni e speranze a quante carie ho avuto da piccola.

Agendo esclusivamente con il pilota automatico, ho chiamato Marcus per dirgli che la chiavetta funzionava. Poi, mi sono vestita e ho preso un taxi, con lo stomaco nauseato e i pensieri che vorticavano come un tornado.

Il ragazzo ha fatto indagare su di me. Quando? Perché? Pensava che fossi una specie di truffatrice intenta a rubargli i soldi? Era perché adesso mi stavo trasferendo, una precauzione per assicurarsi che non fossi una sfruttatrice come mia madre?

Ma no, mi sono resa conto a metà strada verso la mia destinazione. Mi sono ricordata dei libri della prima edizione che mi aveva regalato settimane fa—i miei tre preferiti di sempre—e di come sapeva esattamente quali fiori amassi. E la sciarpa bianca, quella che assomigliava in modo sospetto a quella sulla mia lista dei desideri di Amazon—mi aveva persino detto che avrei dovuto modificare le mie impostazioni sulla privacy lì, spiegando di conoscere cose su di me dai miei social media.

Allora, l'avevo accusato di essere uno stalker, ma non immaginavo potesse spingersi a tanto.

Non ne avevo la minima idea.

Ha continuato a chiamarmi durante tutto il percorso fin qui, ma non potevo sopportare di rispondere al telefono. Rabbia e tradimento sono un grosso nodo nella mia gola, con la cassa toracica così stretta che devo davvero sforzarmi per fare respiri superficiali e rapidi.

Marcus—l'uomo che amo, l'uomo con cui ho accettato di vivere—aveva commissionato questo rapporto orribilmente invasivo su di me, quando avevamo appena iniziato a frequentarci, e non riesco a immaginare il perché.

Le mie dita sono gelate, le orecchie mi fischiano, mentre esco dalla hall ed entro nell'area conferenze sul retro. *Conferenza Alpha Zone*, leggo sul cartello in mezzo al corridoio principale, con uomini e donne d'affari che vanno avanti e indietro freneticamente. La Grand Ballroom è alla mia destra, e mi affretto per raggiungerla, ignorando il tamburo nauseabondo del mio polso.

Consegnerò la chiavetta e me ne andrò—è questa la mia missione. Non posso restare, non posso fare altro che mettere un piede davanti all'altro. Una volta che la chiavetta sarà al sicuro nelle mani di Marcus, mi preoccuperò dei prossimi passi, di cosa significhi questa scoperta per noi e del futuro della nostra relazione... se ce ne sarà uno.

Sono le otto meno sei, e il salone è già strapieno, con telecamere e troupe televisive ovunque. Intorno a me ci sono abiti su misura e borse a cinque cifre, uomini e donne che gestiscono più ricchezza dei vecchi re. In circostanze diverse, mi sentirei intimidita, fuori posto nei miei jeans e scarpe da ginnastica casual, ma in questo momento non me ne potrebbe fregare di meno.

Marcus è accanto al palco, attaccato al suo microfono, e il cuore mi sale in gola alla vista familiare dei suoi lineamenti forti, al modo in cui le sue spesse sopracciglia scure si sollevano, mentre parla al tecnico a bassa voce. Ricordo quella voce profonda e dolce che mormorava affetto per me la scorsa notte, ricordo quanto fossero calde e tenere le sue labbra, mentre baciavano le mie stamattina, e il dolore che mi attraversa è così paralizzante che per un secondo non riesco a trovare la forza di muovermi.

Come se avvertisse la mia presenza, si gira e mi guarda in faccia, col suo freddo sguardo che mi fissa con precisione soprannaturale. Con una brusca parola al tecnico, stacca il microfono e si dirige verso di me, scendendo dal palco con falcate lunghe e determinate.

Il gelo dentro di me s'intensifica fino a quando mi vengono i brividi, con i tremori che mi scuotono mentre sto lì, aspettando che mi raggiunga. Anche ora, la sua presenza è magnetica, il suo effetto su di me più potente che mai.

Marcus Carelli.

Il mio ragazzo.

Il mio amante.

Il mio stalker.

Tutto in lui è dolorosamente familiare, dall'orgogliosa inclinazione della testa scura alla potente ampiezza delle spalle in quel completo perfettamente su misura. Ma lo conosco davvero? Chi è l'uomo di cui mi sono innamorata?

Qualcosa tra noi è mai stato reale?

"Emma." Ora è a soli pochi metri di distanza, e scorgo le linee di tensione impresse sul suo viso, la colpa e la preoccupazione in quegli intensi occhi azzurri. Deve aver realizzato ciò che ho scoperto, deve aver ricordato cos'altro c'è sulla chiavetta. Non appena si ferma accanto a me, dice a bassa voce: "Emma, gattina, ascoltami. Posso spiegare."

"Ecco." Metto la chiavetta nella sua mano. "Buona fortuna con la presentazione e addio."

E prima di poter esplodere o cadere a pezzi, giro i tacchi e corro via.

45

Marcus

Fanculo. La chiavetta forma un buco nel mio palmo, mentre guardo Emma fuggire, con i suoi capelli luminosi come un raggio di sole in una stanza piena di gente vestita principalmente di grigio e nero. Alla mia destra, un conoscente d'affari inizia a parlarmi; alla mia sinistra, due giornalisti si contendono la mia attenzione. Ma le parole che escono dalla loro bocca sono rumore bianco, così come il frastuono del pubblico in attesa della mia presentazione.

Non avevo mai visto Emma così pallida, così dannatamente *ferita*. È come se la vita le fosse stata strappata, con tutto il calore e il fuoco ormai svaniti.

Nel momento in cui mi sono reso conto di quello che era successo, ho desiderato tornare indietro nel tempo ed evitare di chiederle di portarmi la chiavetta USB. Avrei potuto cavarmela con la versione precedente della mia presentazione; che cosa sarebbe successo, se alcune diapositive non fossero state così dettagliate come avrei voluto? Ma tutto ciò che ho potuto fare era aspettare che arrivasse, e proseguire con i preparativi per il mio discorso—come se me ne fregasse ancora qualcosa delle azioni del settore biotecnologico o della mia reputazione... come se il mio mondo non stesse per crollare.

Tuttavia, per quanto temessi questo confronto, la sua realtà si è rivelata infinitamente peggiore, il dolore negli occhi della ragazza più devastante di qualsiasi sfogo verbale. Ero preparato per la sua rabbia, ma non per quei "buona fortuna" e "addio" senza vita.

La sua testa brillante scompare attraverso le porte del salone, ed è come se il sole fosse appena tramontato, rubando tutto il calore. E so che se uscisse dalla mia vita, questo freddo crescerebbe e mi avvolgerebbe, ricoprendomi con uno strato di ghiaccio che nessuna gioia o felicità potrebbe mai penetrare.

Non decido consapevolmente di iniziare a camminare; i miei piedi si muovono da soli. Tutt'intorno a me noto sguardi e mormorii confusi, con il mio nome che viene gridato da tutte le parti. L'organizzatore della conferenza mi corre incontro, sibilando: "Sono quasi le otto. Abbiamo bisogno di te lassù, Carelli" ma lo ignoro, accelerando il passo.

La folla sta aumentando con gli arrivi dell'ultimo minuto, e io mi faccio strada tra loro, mormorando "scusatemi" a destra e a sinistra. Non appena metto piede nel corridoio, inizio a correre.

Emma sta già attraversando la strada, quando mi precipito fuori dall'hotel, con l'organizzatore della conferenza alle calcagna.

"Emma, aspetta!" grido, ma lei non sente, con la sua piccola figura che si muove in mezzo al traffico, ignara delle macchine che si muovono lentamente. È così arrabbiata che non si rende conto che la luce del semaforo è appena diventata rossa, realizzo in un impeto di terrore, e ignorando il tentativo dell'organizzatore di afferrare la mia manica, mi precipito verso l'incrocio dopo di lei.

È l'ora di punta, con la solita follia sulla Fifth Avenue—il che significa che qualsiasi allargamento di spazio oltre la solita distanza di sessanta centimetri tra le macchine è ben accolto dai conducenti che si muovono follemente in avanti, nel disperato tentativo di tagliare la strada agli altri. E vedo un simile allargamento accadere davanti a lei, mentre un furgone bianco accelera molto più lentamente dell'agile auto sportiva che sta seguendo.

"Emma!" grido a squarciagola, ma con il rumore del traffico, non riesce a sentirmi. Ha la testa abbassata, mentre cammina davanti al furgone, stringendo le mani sui risvolti del suo vecchio cappotto per proteggere il collo dal vento gelido. Non vede il pericolo, non nota il taxi giallo con il motore su di giri accanto al furgone—e con esso che blocca la visuale del conducente, dubito che la veda.

Con la frequenza cardiaca alle stelle, mi lancio in uno sprint, ignorando il frastuono del clacson tutto intorno a me. I miei polmoni si gonfiano come se fossi negli ultimi tratti di una maratona, la mia visione si restringe fino a quando tutto quello che vedo è quella piccola figura dai capelli rossi e il taxi che sta per investirla.

"Emma!"

Ormai sono abbastanza vicino affinché il mio frenetico ruggito possa raggiungerla, e lei si gira, solo per bloccarsi, con gli occhi spalancati, quando mi vede —e il taxi si dirige verso di lei. In un lampo, noto il volto terrorizzato del guidatore, mentre si accorge della sua presenza; sento lo stridio dei freni, e capisco che non si fermerà in tempo.

È fisicamente impossibile.

Il tempo sembra rallentare a passo d'uomo, con ogni millisecondo sorprendentemente vivido, mentre il rombo assordante del mio polso si separa in distinti battiti del cuore.

Bum-bum. Accelero.

Bum-bum. Mi lancio in aria, con le braccia aperte.

Bum-bum. Il viso di Emma, bianco come un lenzuolo, le sue labbra che formano il mio nome, mentre le mie mani si scontrano con il suo petto, l'impatto che la getta un metro e mezzo indietro—e fuori pericolo.

Bum. Un'enorme forza si abbatte su di me, e l'oscurità mi avvolge.

LA MIA SCHIENA COLPISCE L'ASFALTO COSÌ FORTE CHE PER alcuni lunghi secondi non riesco a respirare, con la vista che va e torna. Quindi, con un respiro sibilante, i miei polmoni mandano giù aria, e salto in piedi, spinta da un terrore così orribile che dimentico qualsiasi dolore.

"Marcus!" Ignorando le vertigini che cercano di tradirmi, mi precipito verso la figura ben vestita distesa sull'asfalto a pochi metri di distanza.

Tutte le macchine ora sono ferme, con i conducenti che saltano fuori e urlano. Il tassista inizia a imprecare contro di me, ma lo ignoro. Tutta la mia attenzione è rivolta all'uomo disteso sulla schiena di fronte al taxi, con il viso parzialmente girato e il braccio inclinato in modo strano.

Inginocchiandomi davanti a lui, controllo freneticamente le pulsazioni nel suo collo, e un singhiozzo di sollievo mi esplode nella gola, mentre lo sento, forte e costante. Ma poi noto un po' di sangue attorno alla sua testa, e l'orribile paura riaffiora con una vendetta.

"Ha bisogno di un'ambulanza!" Mi guardo intorno, rovistando nella tasca per tirare fuori il mio telefono. Non riesco a trovarlo, e il mio panico aumenta. "Qualcuno chiami il 911!"

"Stanno già arrivando" m'informa un uomo con il completo grigio, senza fiato, mentre s'inginocchia accanto a me. "Non riesco a credere che Carelli sia saltato davanti a quello—santo cielo, stai per svenire."

Non mi rendo conto che sta parlando di me, fino a quando qualcuno non mi afferra per le braccia e mi fa sdraiare accanto a Marcus, dicendo qualcosa sullo shock e sulle possibili lesioni. In lontananza, le sirene suonano, e le mie vertigini s'intensificano, portando con sé un'ondata di nausea.

Rotolando su un fianco, vomito, e quando il mio stomaco è vuoto, siamo circondati da uno sciame di paramedici.

Emma

"EMMA? GATTINA?"

Il suono rauco della voce di Marcus mi fa sussultare, e mi alzo in piedi, facendo quasi rovesciare la sedia su cui mi ero addormentata.

"Sei sveglio! Grazie a Dio, finalmente." Afferro la sua mano destra in entrambe le mie, così sopraffatta dal sollievo che quasi non faccio caso al dolore alla schiena. "Come ti senti?"

Sbatte le palpebre lentamente, e capisco che sta ancora collegando i punti, chiedendosi perché i miei occhi siano bagnati pur sorridendo. Ma questa confusione è normale, prevista. L'importante è che, dopo diciotto ore senza aver ripreso conoscenza, il ragazzo sia sveglio e mi riconosca.

"Che cosa..." Inumidisce le labbra secche, mentre mi appollaio sul bordo del letto. "Che cos'è successo?" Il suo sguardo si acuisce. "Aspetta. Il taxi. Stai—"

"Sto bene. Ecco, bevi questo." Rilasciando la sua mano, porto un bicchiere d'acqua con una cannuccia alla sua bocca e lo guardo bere un grande sorso, con i muscoli della potente gola che si muovono, mentre deglutisce. Il mio petto si stringe alla vista, con una gioia così intensa che rasenta l'agonia. Con una folta barba che gli copre le guance magre, il lato destro della mascella gonfio e un'enorme benda bianca avvolta intorno alla testa, sembra avere l'aspetto peggiore che un uomo magnetico come lui possa avere, ma è sveglio e con buona funzionalità cognitiva.

Andrà tutto bene.

"Che cos'è successo?" ripete, dopo essersi riempito d'acqua. Parla come se la sua gola fosse stata massaggiata con la carta vetrata, ma gli occhi azzurri sono chiari e aguzzi, mentre nota il gesso sul suo braccio sinistro e tutte le flebo e i monitor attaccati a lui.

Poggio il bicchiere sul comodino. "Per prima cosa, dimmi come ti senti."

"Come se il mio cranio fosse stato aperto e riempito di vetri rotti." Si tocca la benda sulla testa con la mano sana, sussultando, quando le dita gli sfiorano la mascella gonfia. "Oppure come se fossi stato investito da un'auto. È quello che è successo?"

"Sì." Faccio un respiro per stabilizzarmi. "Mi hai spinta fuori dal percorso del taxi e hai assorbito l'impatto da solo. Nel farlo, ti sei rotto il braccio e hai sbattuto la testa sul marciapiede. Hai graffi e lividi dappertutto. I medici hanno detto..." La mia voce sta iniziando a tremare, la gola si sta chiudendo, così faccio un altro respiro. "Hanno detto che è stato un miracolo che non abbia riportato lesioni interne o altre ossa fratturate, e che non pensavano avessi subito qualche danno al cervello, anche se dopo le prime ore hanno iniziato a preoccuparsi per il tuo mancato risveglio." Socchiudo gli occhi per trattenere le lacrime, ma è uno sforzo inutile. Sfuggono da sotto le palpebre chiuse e quando apro gli occhi, trovo Marcus che mi sta guardando teneramente.

"E tu, gattina?" Premendo un pulsante per sollevare il letto in posizione semi-seduta, mi posa delicatamente una mano sul ginocchio. "Sei rimasta ferita? Ti ho spinta piuttosto forte."

Un mezzo singhiozzo e una mezza risata m'inondano la gola. "Sì, mi hai praticamente placcato in stile football. Ci giocavi al college o qualcosa del genere?"

"No, solo al liceo. Il primo anno. Poi, sono passato al lacrosse e al calcio. Ho pensato che tutti quei colpi alla testa non potessero far bene al cervello, e avevo bisogno di ogni neurone per il futuro che avevo programmato." Sorride; poi, la preoccupazione riaffiora nei suoi occhi. "Quindi, ti *sei* fatta male?"

Scuoto la testa, con un sorriso languido sulle labbra. "No, non proprio. Ho colpito il terreno abbastanza duramente, ma la mia schiena è solo un po' dolorante e contusa. Lo shock è stata la cosa peggiore; continuavano a nutrirmi con liquidi zuccherati nell'ambulanza, per far sì che non svenissi o vomitassi di nuovo." Il mio sorriso svanisce, e deglutisco, mentre la gola si gonfia di nuovo. "Hanno detto che potresti avermi salvato la vita. Con la velocità con cui stava guidando quel taxi e l'angolazione da cui mi veniva incontro—" La mia voce si spezza. "E *tu* saresti potuto morire o rimanere gravemente ferito. Se avessi colpito la testa più forte o fossi caduto in modo diverso..." Un brivido mi attraversa la schiena. "Non farmi mai più una cosa del genere, chiaro?" Gli afferro la mano, con il ricordo della paura che mi congela le viscere. "Promettimelo, Marcus. Prometti che non farai mai più qualcosa di così folle."

La sua mascella si flette. "Non posso. Quando ho visto quella macchina che ti veniva incontro e ho capito che non sarebbe riuscita a fermarsi..." Strizza gli occhi, stringendo le dita sulle mie, mentre rivive quello che dev'essere un ricordo orribile. E so esattamente come si sente. Non mi toglierò mai dalla mente l'immagine di lui sdraiato a terra incosciente e con il sangue che gli colava dalla fronte, non dimenticherò mai cos'ho provato in quei momenti terrificanti, prima di sentire il suo polso e capire che era vivo. Se l'avessi perso, se fosse morto per colpa mia... Accidenti, non posso nemmeno immaginare quell'agonia; il solo pensiero è così doloroso che è come se la mia anima fosse stata squarciata.

"Marcus..." Aspetto che apra gli occhi, poi chiedo

con voce tesa: "Perché non hai fatto la tua presentazione? L'uomo che è corso dietro di te ha detto che sei fuggito, che sei andato via senza dare spiegazioni a nessuno."

Il suo sguardo si rabbuia. "Secondo te? Gattina, a proposito di quel rapporto..." Allontana la mano e preme il pulsante per sedersi in posizione verticale. "Non l'ho fatto con cattive intenzioni, lo giuro."

Faccio un respiro e lascio uscire l'aria lentamente. "Perché l'hai fatto, allora?" Ero così preoccupata per lui che non avevo quasi pensato a quei file, ma ora che so che andrà tutto bene, il dolore del tradimento sta tornando, anche se non è più affilato come prima.

Avendo rischiato di perderlo—perderlo *davvero*—so che a prescindere da quello che dirà, non me ne andrò.

"Perché?" Marcus riprende possesso della mia mano, con le dita piegate strettamente attorno alla mia. "Perché ti volevo, Emma. Perché quando mi hai mandato via dopo quella serata con la porta abbattuta, non riuscivo a smettere di pensare a te, a prescindere da quanto ci provassi. Lavoravo, mangiavo, dormivo, mi allenavo, uscivo con amici e colleghi di lavoro, ma facevo tutto questo automaticamente, perché per tutto il tempo non facevo che pensare a te. Quando mi hai mandato il messaggio, scrivendomi "Ehi," è stato come se il mio mondo passasse dal bianco e nero al colore HD. Ma poi hai detto che il messaggio non era stato pensato per me, implicando che stavi frequentando qualcun altro, e io..." Serra la mascella. "Beh, sono uscito di testa."

"Come hai fatto con Ian?" chiedo ironicamente, e annuisce, sebbene non ci sia traccia di divertimento sul suo viso.

"Così" risponde cupamente. "Ancora peggio, perché non eri ancora mia—e sapevo che se non avessi fatto qualcosa, forse non avrei mai saputo come sarebbe stato averti con me."

"E così, cosa... hai commissionato quel rapporto?"

"Sì." Non batte ciglio. "Ho un investigatore che utilizzo per tenere d'occhio importanti dirigenti delle aziende in cui investiamo. Non l'avevo mai fatto indagare su qualcuno con cui uscissi prima di te, ma dopo quel messaggio, dovevo sapere se stessi realmente vedendo qualcuno—e, cosa più importante, cosa potessi fare per riconquistarti." Respira, poi aggiunge senza mezzi termini: "Avevo bisogno di sapere cosa ti piacesse, gattina, e fare lo stalker era l'unico modo."

"Wow." Staccando la mano dalla sua presa, mi alzo e inizio a camminare, con i pensieri che vorticano come vestiti in un'asciugatrice. Ci sono molti nodi da sciogliere, così tanti strati di emozioni contrastanti tra cui scavare. Ciò che ha fatto è terribilmente sbagliato, l'invasione della mia privacy è deplorevole. È anche spaventoso il fatto che abbia *potuto* farlo—sia che ne avesse i mezzi sia che fosse disposto a spingersi fino a quel punto per ottenere ciò che voleva.

Cioè me.

E questo è ciò che complica le cose... perché non posso dire che mi dispiaccia che l'abbia ottenuto. Se non fosse venuto da me con tutti quei doni perfettamente selezionati, se non fosse stato così spietato e insistente, avrei potuto trovare la forza di stargli lontano—e allora non saremmo qui oggi.

Non avrei mai conosciuto la terrificante, entusiasmante estasi dell'essere innamorata di quest'uomo.

Mi osserva camminare con l'intensità di un gatto che insegue una lucertola vagante, e so che è perché ha deciso che questo è l'approccio migliore, che ha bisogno di darmi il tempo di elaborare queste rivelazioni. Anche ora, la sua mente subdola sta lavorando su un modo per affrontare questa situazione, per trasformarla a suo vantaggio, in modo che possa ottenere ciò che vuole.

Che, presumibilmente, sono ancora io.

"C'è dell'altro?" chiedo, fermandomi davanti al letto. "C'è altro che dovrei sapere?" Esita per un lungo momento, e una risata incredula mi sfugge dalla gola. "C'è, non è vero? Di cosa si tratta?"

Un muscolo si flette nella sua mascella. "Potrei aver ritardato il tuo aereo il giorno in cui stavi volando in Florida. Inoltre, ho chiesto a un'agente immobiliare di parlare con la tua padrona di casa per mettere sul mercato la casa di città e, più recentemente, ho fatto in modo che Weston Long l'acquistasse."

Sono così sbalordita che sprofondo sul letto, con le ginocchia che si piegano sotto di me. "Per l'amor di Dio, perché?"

I suoi occhi azzurri brillano ferocemente. "L'aereo, perché ero bloccato nel traffico, e altrimenti non avrei potuto raggiungerti all'aeroporto. E la casa di città, perché..." Il suo petto si alza e si abbassa con un respiro instabile. "Perché sono follemente, ossessivamente innamorato di te, gattina... al punto che non riesco a sopportare l'idea di passare una notte lontano da te. Ti voglio con me ogni momento di ogni giorno. Voglio addormentarmi con te nel mio abbraccio e svegliarmi con l'odore dei tuoi capelli sul mio cuscino; voglio vedere il tuo sorriso a colazione ogni mattina e parlarti a cena ogni sera. Sei la mia dipendenza, la mia ossessione, la mia ragione d'esistere—e non c'è niente che non farei per guadagnarmi il tuo amore. Emma, gattina..." Mi stringe di nuovo la mano. "Ti amo, e voglio che mi sposi. Ti voglio per sempre nella mia vita."

La mia bocca si muove, ma non escono parole, con il petto che sembra mi stia per scoppiare. Il forte desiderio nella sua voce, la vulnerabilità nascosta nel suo sguardo—mi fa cedere completamente, tagliando il groviglio di emozioni contrastanti come farebbero le forbici con un nodo.

Marcus vuole sposarmi. Mi ama. Mi ama davvero —così tanto che è saltato davanti a un'auto per salvarmi... e prima ancora, non si è fermato davanti ad alcun ostacolo per portarci dove siamo. E con il senno di poi, che cosa mi aspettavo? Un uomo così spietato lascerebbe al caso qualcosa di così importante come le questioni del cuore? Sinceramente, pensavo che sarebbe rimasto docilmente ad aspettare nella speranza che superassi le mie insicurezze prima della fine del prossimo decennio?

No, non è così che funziona Marcus Carelli. Insegue ciò che vuole, e più lo desidera, più lotta per quello.

Avevo ragione a immaginarlo come un pirata moderno.

Lo è—e sono sempre stata il suo bottino desiderato.

"Emma." Socchiude gli occhi, stringendo la presa sulla mia mano. "Gattina, di' qualcosa."

Cerco di far lavorare la mia lingua paralizzata. "E i tuoi criteri? Non vuoi sposare una donna socievole, elegante e sofisticata? Una donna che sappia tutto sulle ultime mode, sulla politica, e che possa—"

"No." Percepisco assoluta sicurezza nella sua voce. "Questo è quello che pensavo di volere, ma mi sbagliavo. C'era solo un criterio che importasse davvero per me, volevo che un solo particolare fosse presente nella mia futura moglie."

"E sarebbe?"

"La mia famiglia. Qualcuno su cui poter contare." Fa una pausa, poi aggiunge piano: "Una donna diversa da mia madre."

Il mio cuore si stringe fino a diventare delle dimensioni di uno spillo, con i polmoni che si bloccano, mentre delle lacrime mi bruciano di nuovo il retro della gola. Marcus non ha parlato molto della sua infanzia, accennandone solo qua e là, ma non ho bisogno di molta fantasia per immaginare come fosse. Sua madre era un'alcolizzata, mi aveva detto, ubriaca ventiquattr'ore su ventiquattro. Ovviamente non poteva contare su di lei; qualunque amore avesse provato per suo figlio sarebbe stato sommerso dalla sua dipendenza dalla bottiglia.

Non mi stupisce che abbia accolto i miei nonni così avidamente. Mentre io ho sempre avuto il loro affetto per sostenermi, lui non ha mai avuto qualcosa di simile a una vera famiglia, a persone su cui poter contare e di cui fidarsi.

Guardandolo ora, quest'uomo meraviglioso e potente che ho sempre visto fuori dalla mia portata, mi rendo conto per la prima volta che *posso* essere ciò di cui ha bisogno.

Posso dargli amore e famiglia... e tutto il mio cuore.

Mi sta osservando acutamente, aspettando la mia risposta, quindi respiro e dico: "Sai che dovrai accettare i miei gatti, vero? Sono tre adesso, ma potrei volerne adottare altri in futuro. Ce ne sono così tanti nei gattili che di sicuro preferirebbero una bella casa. E un giorno, potrei voler prendere anche un cane o due."

I suoi occhi brillano trionfanti, ma la voce è uniforme. "Più siamo, meglio è. Riempi l'intero attico con tutti gli animali domestici che vuoi. Accidenti, te ne comprerò uno più grande—un palazzo, un castello, un'isola... Avremo un intero zoo, se è quello che desideri."

Mi mordo l'interno della guancia. Stavo scherzando sugli altri animali, ma sono felice di sapere che è dalla mia parte. "E i bambini?" chiedo. "Penso di volerne tre."

"Perfetto." Il suo sguardo diventa rovente. "Iniziamo subito col primo."

"Aspetta" grido, mentre mi tira verso di lui, con la forza per nulla ridotta dalle sue ferite. "Marcus, aspetta, sei ferito, e i dottori—saranno qui da un momento all'altro. Inoltre"—metto la mano sul suo cuscino, evitando che le nostre labbra si uniscano—"devo dirti una cosa."

Si ferma, con la diffidenza negli occhi. "Che cosa c'è?"

Spingo il cuscino, costringendolo a farmi sedere. Appoggiando il palmo sul suo ginocchio, dico fermamente: "Ti amo, Marcus. Fin dalla Florida. Quando mi hai lasciata quella domenica, mi è sembrato che mi fosse stato strappato un pezzo di cuore, e da allora ho avuto paura di rimanere ferita. Ma le cose non stanno più così. Te l'avrei detto al tuo ritorno a casa dopo la presentazione—e sono così dispiaciuta che non abbia potuto farla a causa mia."

Un sorriso dolorosamente tenero gli appare sul viso. "Gattina, io—"

"No, aspetta, lasciami finire." Prendo fiato. "Ti amo, Marcus, e voglio stare con te—ma non sono contenta di quello che hai fatto. Se vogliamo sposarci, ho bisogno che tu prometta che non mi spierai mai più né manipolerai la mia vita in alcun modo. Puoi farlo? Puoi farmi questa promessa?"

I suoi occhi brillano. "Sì, dolcezza. Purché tu prometta di non lasciarmi mai e di sposarmi prima della fine dell'anno."

"Che cosa?" Resto a bocca aperta. "Oggi è il 17 dicembre!"

"Lo so." Senza pietà, mi avvicina a sé.

"La fine dell'anno è tra due settimane!"

Le sue labbra sfiorano le mie. "Lo so."

"Marcus, dobbiamo parlare di—"

Afferma le mie labbra con un bacio appassionato, sconvolgente, e quando mi solleva in aria, il suo cardiofrequenzimetro emette un segnale acustico, facendo entrare le infermiere.

mma

IL DIAMANTE CON TAGLIO PRINCESS BRILLA SUL MIO DITO, mentre mi liscio i palmi sul davanti del vestito nero, meravigliandomi di come il setoso tessuto metta in risalto le mie curve post-partum. Ho ancora un piccolo accenno di pancia, ma con questo abito perfettamente su misura, è impossibile notarlo.

"Sei bellissima" dice Marcus con voce roca, avvicinandosi allo specchio dietro di me. "Assolutamente stupenda." Mi afferra il seno, che ora è più grande di due taglie, grazie al latte che il nostro vorace piccolo mostro richiede. L'indumento mostra solo un accenno di scollatura, ma è sufficiente per attirare l'attenzione di mio marito.

Che cosa sto dicendo? Esistere è abbastanza per

attirare l'attenzione di mio marito. Ce l'ho. L'attiro sempre, a prescindere dal mio aspetto o da cosa indossi. Quando ero incinta, trascorreva ore ogni giorno esplorando il mio corpo che cambiava, accarezzandomi, amandomi e facendomi sentire come se fossi la donna più bella del mondo. E nelle sei settimane dopo il parto, ha fatto il conto alla rovescia dei minuti, fino a quando il medico non mi ha autorizzata a riprendere la nostra attiva vita sessuale—non che non abbiamo trovato modi per aggirare i divieti.

Per un uomo la cui carriera si basa su numeri e fatti, Marcus sa essere abbastanza creativo.

Questa è una settimana emozionante per noi. Ieri, l'idea dell'investimento di mio marito dell'anno scorso —il titolo biotecnologico, che era stato oggetto della sua sfortunata presentazione—ha ottenuto il primo premio nell'Alpha Zone di quest'anno. Marcus non ha potuto fare il discorso personalmente a causa dell'incidente, così l'ha fatto al suo posto il Direttore degli Investimenti, Jarrod Lee, qualche giorno dopo. Come aveva sperato Marcus, la società ha ottenuto l'approvazione del farmaco per la regolazione della pressione sanguigna, e il prezzo del titolo si è più che quadruplicato nell'ultimo anno, generando enormi rendimenti per il fondo di mio marito e di tutti gli altri che avevano avuto la saggezza di acquistarlo su suo consiglio.

Stasera è un'altra grande serata, e non solo perché ho ricevuto il via libera dal mio ginecologo questo pomeriggio—cosa che ho intenzione di dire a Marcus dopo la firma del libro, a meno che non finiamo tremendamente tardi. E non posso fare tardi, perché questa è la *mia* firma del libro, organizzata su mia richiesta alla Smithson Books. Il mio pubblicista voleva che lo facessi alla Barnes & Noble, ma ho insistito.

Avrò anche lasciato il mio lavoro a tempo pieno, quando il mio thriller romantico—il secondo libro che ho auto-pubblicato—è apparso sulla lista dei bestseller del *New York Times*, ma la libreria del Signor Smithson sembra ancora essere la mia seconda casa.

"Faremo meglio ad andare prima che si svegli" dico, con voce più roca del solito, quando incontro lo sguardo di Marcus allo specchio. La vista delle sue grandi mani spalancate in modo possessivo sul mio seno è al di là dell'erotismo, così come il calore che gli esce dai palmi. Posso sentirlo anche attraverso il mio vestito e il reggiseno, e la biancheria intima diventa umida, mentre immagino che cosa succederà tra poche ore, quando gli dirò che mi sono state tolte ufficialmente tutte le restrizioni.

Oh sì, sarà una grande serata—supponendo che il nostro piccolo mostro cooperi. A Joshua Reed Carelli non piace aspettare, e preferisce essere nutrito direttamente dal seno. Se non ce ne andiamo al più presto, ci farà sapere—a gran voce—che ha fame, e dovunque io sia nell'attico, non si calmerà finché non l'avrò allattato personalmente. Quando sono via, comunque, si accontenta perfettamente della tata che lo alimenta con il latte che ho pre-tirato.

È spaventoso quanto possa essere manipolatore e decisamente sensitivo il nostro bambino di sei settimane.

Deve aver ripreso da suo padre.

"Va bene" dice Marcus, riluttante a rilasciare il mio seno. "Ma diamo un'occhiata a lui per un secondo, okay?"

"D'accordo. Ma se si sveglia, sarà colpa tua" replico con un tenero sorriso, mentre lo seguo nella stanza del bambino. Ci sono padri premurosi, e poi c'è Marcus. Mio marito è ossessionato da nostro figlio neonato come lo è da me, al punto che la nostra tata si lamenta che ogni volta che lui è a casa, lei non ha niente da fare.

Il mio ordinato miliardario potrà evitare di pulire le lettiere per gatti, ma cambia i pannolini come un professionista.

Con mio sollievo, quando entriamo nella cameretta, troviamo il piccolo Reed—per qualche ragione, abbiamo difficoltà a chiamarlo Josh o Joshua—che dorme profondamente, circondato dai suoi soliti compagni: i nostri gatti.

Mr. Puffs è il suo preferito al momento, e nostro figlio sta dormendo con la soffice coda del gatto stretta nel suo piccolo pugno. Ero preoccupata, quando ha iniziato ad afferrarlo a due settimane di età; Puffs non è esattamente noto per la pazienza. Ma per qualche motivo, il mio gatto più grande e più cattivo ha deciso che il bambino è autorizzato a tormentarlo come vuole, e invece di scappare o graffiare il piccolo con le unghie, rimane fermo e soffre in silenzio.

"Si è autoproclamato custode di tuo figlio" ci ha detto Geoffrey, e sono abbastanza sicura che il maggiordomo abbia ragione. Lo stesso deve valere anche per gli altri miei gatti, perché ora trascorrono gran parte della giornata con il bambino. In questo preciso istante, Cottonball gli sta scaldando i piedi, Queen Elizabeth sta facendo la guardia alla sommità della sua testa, e Mouse—il calicò di nove mesi che è l'ultima aggiunta alla nostra famiglia—è raggomitolata al suo fianco.

Marcus l'ha trovata e l'ha portata a casa. Aveva una riunione di lavoro a Greenwich, nel Connecticut, quattro mesi fa, e mentre aspettava il treno per tornare in città, Mouse si è avvicinata a lui, miagolando a tutto volume. Era terribilmente magra, chiaramente malnutrita, quindi lui le ha dato da mangiare un po' di tonno dal suo sandwich, ed è nata una relazione amorosa.

"Mi ha seguito sul treno" ha spiegato scusandosi, quando ha portato la gattina a casa dopo essere passato dal veterinario. "Non potevo lasciarla così, come avrei potuto? E il veterinario ha detto che i gattili sono pieni..."

"Hai fatto la cosa giusta" ho replicato fermamente, anche se ero un po' preoccupata di presentare la micina ai miei gatti. Accanto a loro, era minuscola, come un topo, e avevo paura che la trattassero come tale. Ma dopo un paio d'ore di occhiate diffidenti e spalle arcuate, Queen Elizabeth ha accolto la nuova arrivata, e i suoi fratelli hanno seguito l'esempio, accogliendo la gattina—ora ufficialmente chiamata Mouse—nella nostra casa, dove si è ripresa, e ama Marcus da allora.

Sì, il mio maritino un tempo anti-animali domestici ora ha due gatti—Cottonball e Mouse—follemente innamorati di lui, e non gli dispiace affatto.

"Guarda. Penso che il mio cuore si stia sciogliendo" sussurra Marcus, fissando il quadro vivente di neonato e gatti, e annuisco, troppo soffocata per poter parlare. In questi giorni mi sento sempre così, e penso che solo parzialmente siano gli ormoni post-partum.

Non ci siamo sposati lo scorso dicembre—una vittoria che ho ottenuto sostenendo che non volevo che indossasse un gesso al nostro matrimonio. Invece, abbiamo pronunciato le nostre promesse alla fine di gennaio, circa sei settimane dopo la sua proposta in ospedale, sul molo di Flagler Beach. È stata una cerimonia piccola e intima, con solo i miei nonni e i nostri amici più cari, che Marcus è andato a prendere in Florida con il suo aereo privato. Successivamente, siamo partiti per la luna di miele alle Isole Figi, dove mio marito si è spinto al massimo, affittando un lussuoso bungalow sull'acqua in un'isola privata. Per tre settimane di fila, abbiamo nuotato nelle acque cristalline, banchettato con frutta tropicale, e oziato—o la nostra versione di ozio, che ha coinvolto i nostri laptop e una buona dose di lavoro. È stato durante quelle settimane che ho scritto la maggior parte del mio primo libro, un altro thriller romantico, che ho auto-pubblicato segretamente due mesi dopo con uno pseudonimo e con zero aspettative di successo commerciale.

Con mia sorpresa, ha venduto. Qualche dozzina di copie la prima settimana, alcune centinaia la seconda, quando sono entrati in gioco alcuni favorevoli algoritmi di vendita. Poi, alcuni famosi blogger l'hanno recensito, e una settimana dopo, ho portato Marcus nel suo ristorante preferito, quello con un singolo frutto di bosco, e ho vuotato il sacco sul mio progetto segreto e sul suo successo. Si è sentito orgoglioso di me, se non un po' ferito per non averglielo detto prima, e ho promesso di non nascondergli mai più nulla.

Ora è il mio fan più accanito, leggendo ogni scena mentre la scrivo, offrendo suggerimenti, e parlando dei miei libri a tutti quelli che incontriamo. Ha anche finanziato la campagna pubblicitaria per il mio secondo romanzo, aiutandolo ad apparire su tutte le liste dei bestseller. O meglio, *noi* l'abbiamo finanziato, poiché poco dopo esserci sposati, ho accettato di unire i nostri conti.

Siamo una famiglia, e non esiste più qualcosa di suo o mio.

Quindi sì, ora sono una scrittrice a tempo pieno, anche se continuo a editare per alcuni dei miei vecchi clienti—principalmente perché mi diverto. La flessibilità della mia nuova carriera è adatta a me, soprattutto da quando abbiamo deciso di non aspettare per avere figli, e il nostro piccolo divoratore di latte è stato concepito quasi subito.

Avevo ragione sugli spermatozoi di Marcus; *sono* spietati e determinati come lui stesso.

In piedi accanto a lui, vedendo l'amore e la tenerezza sul suo viso forte e bello, provo un'ondata di felicità così intensa che il mio petto sembra troppo piccolo per contenerla. "Ti amo" sussurro, intrecciando le dita, e mentre il suo sguardo si sposta su di me, i suoi freddi occhi azzurri si accendono con quel desiderio oscuro e feroce, capisco che per lui sarò sempre un premio per cui vale la pena lottare—per cui vale la pena oltrepassare ogni linea.

E non vorrei mai che le cose stessero diversamente.

ANTEPRIME

Grazie per la lettura! Se poteste lasciare una recensione, ve ne sarei molto grata. La storia di Marcus ed Emma è finita, ma ho tanti altri sexy romance in arrivo per voi! Per sapere quando verrà pubblicato un mio nuovo libro, vi invito ad iscrivervi alla mia newsletter sulla pagina www.annazaires.com/book-series/italiano/.

Desiderate leggere storie che vedono come protagonisti questi personaggi? Allora, non perdetevi:

• *La Trilogia Strapazzami* - La storia di Julian & Nora
• *La Trilogia Catturami* - La storia di Lucas & Yulia
• *La Trilogia su Mia & Korum* - Una storia d'amore dark-fantascientifica
• *Il Mio Tormentatore* - la storia di Peter & Sara.
• *Più Oscuro dell'Amore* – un dark romance standalone e

avvincente su Yan e Mink, scritto insieme a Charmaine Pauls
• *La Prigioniera dei Krinar* - Uno standalone fantascientifico

Collaborazioni con mio marito, Dima Zales:

• *La Serie Le Dimensioni della Mente* – Urban fantasy
• *La Veggente* – l'emozionante storia di Sasha Urban, un'illusionista teatrale che scopre poteri segreti inaspettati

E ora, voltate pagina per un assaggio di *Più Oscuro dell'Amore* e *Il Mio Tormentatore*.

ESTRATTO DA PIÙ OSCURO DELL'AMORE

Una notte buia e fredda, un assassino russo mi ha rapita in un vicolo.

Sono pericolosa, ma lui è letale.

Sono fuggita una volta.

Non me lo lascerà fare due volte.

La vendetta è sua.

Il tradimento è mio.

Ma lo stesso vale per le bugie che racconto per proteggere coloro che amo.

Siamo fatti della stessa pasta. Entrambi spietati.

Entrambi danneggiati.

Nel suo abbraccio, trovo l'inferno e il paradiso, il suo tocco crudelmente tenero capace di distruggermi e di darmi sollievo al contempo.

Dicono che un gatto abbia nove vite, ma un assassino ne ha solo una.
E Yan Ivanov ora possiede la mia.

"Allora, da quanto tempo lavori al bar?" chiede il tizio con i tatuaggi—quello apparentemente più gentile—quando rimuovo la giacca invernale e ci sediamo nel salotto. Con la sua carta da parati arancione in stile sovietico e le tende marroni, questo posto sembra non essere stato rinnovato dagli anni Ottanta, ma il divano logoro su cui siamo seduti è sorprendentemente comodo. Forse *accetterò* la sua offerta di dormire qui. Questo, se non mi uccidono e scaricano il mio corpo nel fiume prima dell'alba.

Penso che il mio rapitore stesse solo testando le mie abilità linguistiche con quella proposta, ma non posso esserne sicura.

"Mina?" chiede l'uomo, e mi rendo conto di essere rimasta in silenzio, invece di rispondere alla sua domanda. Ora che parte dell'adrenalina sta svanendo, l'estrema stanchezza è tornata, confondendo i miei pensieri e rallentando le mie reazioni. Non voglio altro che stendermi su questo divano e addormentarmi, ma potrei non svegliarmi, se lo facessi.

I russi potrebbero decidere che ciò che ho sentito merita di uccidermi piuttosto che tenermi prigioniera durante la notte.

"Lavoro lì da alcuni mesi" rispondo, con voce

tremante. È facile sembrare terrorizzata, perché lo sono.

Mi ritrovo con due uomini che potrebbero uccidermi, e non sono in grado di difendermi.

L'unica cosa che mi dà speranza è che non l'hanno ancora fatto. Potevano facilmente uccidermi nel vicolo; non avevano bisogno di portarmi qui per quello. Certo, c'è un'altra possibilità, quella che ogni donna deve considerare.

Potrebbero aver intenzione di violentarmi, prima di uccidermi, nel qual caso l'avermi portata qui ha perfettamente senso.

Il pensiero mi fa contorcere lo stomaco, con i vecchi ricordi che minacciano di prendere il sopravvento, ma sotto la paura e il disgusto provo qualcosa di più oscuro, di infinitamente più incasinato. Il breve brivido di eccitazione che avevo sperimentato al bar non era niente in confronto a come mi sono sentita, quando il pericoloso sconosciuto mi ha ingabbiata contro la parete, accarezzandomi il viso con quella crudele dolcezza. Il mio corpo—quello debole e danneggiato che ho odiato per tutto l'anno scorso—è tornato in vita con una tale forza che era come se i fuochi d'artificio si fossero accesi sotto la mia pelle, incenerendo il mio nucleo e bruciando le mie inibizioni.

È riuscito a percepirlo?

Sapeva quanto volevo che continuasse a toccarmi?

Penso di sì. E, inoltre, penso che lo volesse. I suoi occhi—di un verde acceso e simile a una gemma—mi hanno guardata con l'intensità di un predatore, osservando ogni contrazione delle mie ciglia, ogni sussulto del respiro. Se fossimo stati soli, avrebbe potuto baciarmi... o uccidermi sul posto.

È difficile dirlo con lui.

"Ti piace? Lavorare al bar, intendo" chiede l'uomo tatuato, riportando la mia attenzione su di lui. Lui *è* facile da leggere. Noto un inconfondibile interesse maschile nel modo in cui mi guarda, un evidente bagliore nei suoi occhi verdi.

Aspetta un secondo. *Occhi verdi?*

"Siete fratelli?" azzardo, poi mi maledico in silenzio. Sono così stanca che non sono lucida. L'ultima cosa di cui ho bisogno è che immaginino che sto raccogliendo informazioni su di loro, oppure—

"Lo siamo." Un sorriso illumina il suo grosso viso, addolcendogli i lineamenti duri. "Gemelli, in realtà."

Cazzo. *Non* avevo bisogno di saperlo. Ora mi dirà il suo—

"A proposito, sono Ilya" dice, tendendo una grande zampa verso di me. "E mio fratello si chiama Yan."

Oh, cazzo. Sono rovinata. Mi *uccideranno*. "Piacere di conoscervi" dico debolmente, stringendo la mano automaticamente. La mia stretta è debole come la voce, ma va bene. Devo fingere di essere una damigella in pericolo, e più sono convincente, meglio è.

Peccato che la recita sia perlopiù reale ultimamente.

Ilya mi stringe la mano con cautela, come se avesse paura di schiacciarmi inavvertitamente le ossa, e la speranza prende vita dentro di me. Non sarebbe così attento con me, se avessero intenzione di violentarmi brutalmente e uccidermi, no?

Come se mi leggesse nel pensiero, mi rivolge un altro sorriso, ancora più gentile questa volta, e dice burbero: "Mi dispiace per mio fratello. È abituato a vedere nemici dietro ogni angolo. Te ne *andrai* via di qui incolume, te lo prometto, *malyshka*. Dobbiamo tenerti durante la notte per precauzione, tutto qui."

Stranamente, gli credo. O almeno credo che *lui* non intenda farmi del male. Non ne sono altrettanto certa per quanto riguarda suo fratello—che sceglie il momento esatto in cui entrare, portando una tazza di tè in una mano e due birre nell'altra.

Il respiro mi si blocca nella gola, mentre lui—Yan—poggia i drink sul tavolino davanti a noi e si siede tra me e Ilya, infilandosi nello spazio troppo piccolo. Istintivamente, mi sposto di lato, per quanto il divano lo consenta, ma sono solo circa sei centimetri, e la mia gamba finisce premuta contro la sua, con il calore del suo corpo che mi brucia nonostante gli strati dei nostri vestiti.

Si è tolto la giacca invernale in pelle scamosciata che indossava, e ora è vestito come prima al bar, con i pantaloni eleganti e la camicia. A parte le maniche tirate su, esponendo avambracci muscolosi leggermente ricoperti da peli scuri.

È forte, questo mio spietato rapitore. Forte e perfettamente in forma, con il corpo che è un'arma micidiale sotto quegli indumenti perfettamente su misura.

"Tè" dice con quella sua voce profonda, così diversa dai toni più rudi di suo fratello. "Come richiesto dalla principessa."

"Grazie" mormoro, allungandomi verso la tazza. Le mie mani tremano visibilmente, il mio respiro è superficiale, e sudo—e nulla di tutto ciò è una recita. Sento il profumo virile della sua acqua di colonia—qualcosa di sensuale, come pepe e legno di sandalo—e la sua vicinanza mi sconvolge, facendomi ribollire le viscere con un confuso mix di paura e desiderio. Anche se non fosse il pericolo in persona, sarei attratta dal suo bell'aspetto magnetico, ma sapendo quello che so di lui —quello che fa e quello che potrebbe farmi—non posso controllare la mia reazione indifesa.

Anche la mia stanchezza si attenua, lasciandomi nervosa e agitata, come se avessi bevuto due litri di caffè espresso.

Sono profondamente consapevole del suo sguardo su di me, mentre mi porto la tazza alle labbra e ne bevo un sorso, sopprimendo un sibilo per la temperatura bollente dell'acqua. Sto cercando di non guardarlo, di concentrarmi solo sul mio tè, ma non posso fare a meno di fissarlo, mentre si allunga e prende una birra. Le sue dita sono lunghe e mascoline, e sebbene le unghie siano ben curate, i calli ai bordi dei pollici contraddicono l'eleganza del suo aspetto.

È un uomo abituato a fare cose con le mani.

Cose terribili e violente.

Una donna normale proverebbe repulsione al solo pensiero, ma il mio cuore batte più forte, e qualcosa di dolorante inizia a pulsarmi tra le gambe, con gli slip che s'inumidiscono di calore liquido. La sua oscurità mi attrae, facendomi sentire viva in un modo che non avevo mai sperimentato.

È come se il simile riconoscesse il suo simile, con ciò che è sbagliato in me che brama lo stesso in lui.

Ilya afferra la bottiglia rimasta; ha le mani grosse e ruvide, con alcuni tatuaggi sulla schiena. Non scorgo finzione in lui, nessun tentativo di nascondere ciò che è dietro un'elegante maschera. "Ai nuovi amici" dice, facendo tintinnare la bottiglia contro quella di suo fratello e poi, più delicatamente, contro la mia tazza di tè. Azzardo un'occhiata, ma noto il duro sguardo di Yan.

Distolgo rapidamente il mio, ma non prima che un rossore traditore s'insinui nel mio collo e mi copra la faccia. "Ai nuovi amici" ripeto, fissando la tazza come se potessi vedere il mio destino scritto sulle foglie di tè. Non sono sicura di volere che Yan scopra l'effetto che ha su di me—anche se probabilmente ne è già consapevole.

Stasera non sono esattamente al massimo della forma.

"Sì, ai nuovi amici" mormora Yan, poggiando la grossa mano sul mio ginocchio per stringerlo leggermente.

Sorpresa, lo guardo e lo vedo trangugiare la birra, con la gola forte che si muove, mentre deglutisce. È uno spettacolo stranamente sensuale, e le mie viscere si stringono, mentre abbassa la bottiglia e incontra il mio sguardo, con gli occhi cupamente intenti, mentre la mano sul mio ginocchio si sposta di un paio di centimetri sulla coscia, più vicino a dove sono bagnata e dolorante.

Oh, Dio.

Lo sa.

Lo sa sicuramente.

"Ilya" dice piano, sostenendo ancora il mio sguardo. "Ti dispiace prepararci un paio di panini? Credo che Mina abbia fame."

"Davvero?" Ilya sembra confuso, mentre si alza, e lo guardo per trovarlo accigliato—in particolare a causa della mia coscia, dove la mano di Yan è poggiata così possessivamente. Lentamente, la tensione permea il suo grande corpo, con le mani che si flettono ai fianchi, mentre lo sguardo si sposta sul viso di suo fratello.

"Non credo che abbia fame" sbotta, con voce bassa e dura. I suoi occhi mi trafiggono. "È vero, Mina?"

Deglutisco duramente, incerta su quale sia la risposta giusta. Se sto interpretando le cose nel modo giusto, Yan ha appena rivendicato la propria esclusiva su di me, una cosa che rafforzerei, se ammettessi questa fame inventata.

È quello che voglio?

Per mandare via il fratello che è stato gentile con me, in modo da poter stare da sola con l'uomo che ha proposto di scaricare il mio corpo nel fiume?

"Un... un panino andrebbe bene." Le parole non sembrano appartenere a me, ma è la mia voce a pronunciarle, mentre il cervello cerca di comprenderne le implicazioni. "Cioè, se non crea troppo disturbo."

La bocca di Ilya si assottiglia. "Bene. Vedrò che cos'abbiamo nel frigo."

E voltandosi, si allontana, lasciandomi sul divano con suo fratello.

Volete continuare a leggerlo? Visitate il mio sito web all'indirizzo www.annazaires.com/book-series/italiano/ per saperne di più e per iscrivervi alla mailing list delle nuove pubblicazioni.

Un crudele sconosciuto inquietantemente bello è
venuto da me nel cuore della notte, dagli angoli più
pericolosi della Russia. Mi ha tormentata e distrutta,
facendo a pezzi il mio mondo in nome della sua sete di
vendetta.

Ora è tornato, ma non è più in cerca dei miei segreti.

L'uomo che invade i miei incubi vuole me.

"Mi ucciderai?"

Sta cercando—senza riuscirci—di mantenere la
voce ferma. Eppure, ammiro il suo tentativo di
compostezza. Mi sono avvicinato a lei in un luogo
pubblico per farla sentire più al sicuro, ma è troppo
intelligente per abboccare. Se le hanno raccontato

qualcosa sul mio background, avrà capito che potrei torcerle il collo prima che possa gridare aiuto.

"No" rispondo, avvicinandomi, mentre inizia una canzone più forte. "Non ti ucciderò."

"Allora, che cosa vuoi da me?"

Trema nella mia presa, e qualcosa nella sua reazione mi intriga e mi disturba. Non voglio che abbia paura di me, ma al tempo stesso mi piace averla alla mia mercé. La sua paura stuzzica il predatore dentro di me, trasformando il mio desiderio per lei in qualcosa di più oscuro.

È la mia preda delicata e dolce, e voglio divorarla.

Piegando la testa, affondo il naso nei suoi capelli profumati e le sussurro nell'orecchio: "Ci vediamo domani allo Starbucks vicino a casa tua a mezzogiorno, e parleremo lì. Ti dirò tutto quello che vuoi sapere."

Mi tiro indietro e mi fissa, con gli occhi grandi sul viso a forma di cuore. So cosa sta pensando, così mi avvicino di nuovo, abbassando la testa in modo da poter avvicinare la mia bocca al suo orecchio.

"Se contatterai l'FBI, cercheranno di nasconderti da me. Proprio come hanno cercato di nascondere tuo marito e gli altri sulla mia lista. Ti sradicheranno, ti porteranno via dai tuoi genitori e dalla tua carriera, e ti sarai impegnata per niente. Ti troverò dovunque andrai, Sara... a prescindere da tutto quello che faranno per tenerti lontana da me." Strofino le labbra sul lobo del suo orecchio, e sento il suo respiro accelerare. "In alternativa, potrebbero usarti come esca. In questo caso

—se mi tenderanno una trappola—lo scoprirò, e il nostro prossimo incontro non sarà per un caffè."

Rabbrividisce, e mi lascio sfuggire un respiro profondo, inalando il suo delicato profumo un'ultima volta prima di lasciarla andare.

Facendo un passo indietro, mi mischio alla folla e mando un messaggio ad Anton per avvisarlo di posizionare la squadra.

Devo assicurarmi che torni a casa sana e salva, senza essere importunata da qualcun altro che non sia io.

Volete continuare a leggerlo? Visitate il mio sito web all'indirizzo www.annazaires.com/book-series/italiano/ per saperne di più e per iscrivervi alla mailing list delle nuove pubblicazioni.